SAUERLÄNDER

© Axel Krause

Tobias Elsäßer, geboren 1973, arbeitet als freier Journalist, Autor und Musiker. Darüber hinaus leitet er Schreibwerkstätten und Songwriter-Workshops und schreibt Drehbücher. Für seine Kinder- und Jugendromane hat er bereits zahlreiche Preise und Stipendien erhalten, u.a. das Kranichsteiner Literaturstipendium vom Deutschen Literaturfonds und dem Arbeitskreis für Jugendliteratur und das Bayern-2-Favoriten-Gütesiegel. Er war nominiert für den Jugendliteraturpreis »Goldene Leslie«; außerdem sind seine Romane regelmäßig unter den »Besten 7 Büchern des Monats«.

Weitere Informationen zum Kinder- und Jugendbuchprogramm der S. Fischer Verlage finden sich auf *www.fischerverlage.de*

Tobias Elsäßer

EDEN PARK

Band 1 Der neunte Würfel

SAUERLÄNDER

Für Jana

MIX
Papier aus verantwortungsvollen Quellen
FSC® C083411

Erschienen bei FISCHER Sauerländer

Hedderichstr. 114, D-60596 Frankfurt am Main
Umschlaggestaltung: Max Meinzold
Satz: Dörlemann Satz, Lemförde
Druck und Bindung: CPI books GmbH, Leck
Printed in Germany
ISBN 978-3-7373-5462-2

Auszug aus der Zeitschrift »Kunst der Wissenschaft«

18. Februar 2018,
Prof. Dr. Cornelius Parker

Seit jeher ist der Mensch fasziniert von der Vorstellung, in den unendlichen Weiten des Weltalls mit Raumsonden und Teleskopen auf einen erdähnlichen Planeten zu stoßen. Nachdem eine Reihe von Experimenten mit Antimaterie zu überraschenden Ergebnissen geführt hat, stellte sich mir und meinem Team jedoch die Frage, ob wir diese gefährlichen und kostspieligen Missionen nicht zumindest so lange zurückstellen sollten, bis wir das größte Geheimnis unseres eigenen Planeten gelüftet haben: den Mittelpunkt der Erde.

Der unter Federführung meiner Frau entwickelte Teilchenbeschleuniger und Planeten-Detektor OPUS IV könnte uns noch in diesem Jahrzehnt Gewissheit darüber bringen, ob wir wirklich alleine auf unserem Planeten sind oder ob die Geschichte der Physik, und damit auch die der Menschheit, neu geschrieben werden muss.

PROLOG

Der erste Kontakt

Der Riss in der Straße fraß sich mit eisernen Zähnen durch den Asphalt und machte auch vor der Gartenmauer der Parkers nicht halt. Er brach die Steine knirschend entzwei und wanderte ohne große Eile die Kieseinfahrt hinauf. Kleine blaue Blitze entluden sich an der Oberfläche, begleitet von einem Geräusch, das an das Klicken des alten Benzinfeuerzeugs erinnerte, an dem Vincent immer herumspielte, wenn er mit seinem Onkel über einem Kreuzworträtsel brütete und nicht weiterkam. Vincent wurde dann so entsetzlich ungeduldig, dass es in seinen Armen und Beinen kribbelte, als würden ihn die Flöhe von Betwedew in den Wahnsinn treiben. Acht Kniebeugen, dreimal ums Haus rennen und zwei Wörter nach Wahl rückwärts aufsagen, ohne dabei dämlich zu grinsen – damit bekam Vincent die Unruhe normalerweise einigermaßen in den Griff und konnte nach mensch-

> Zu dieser Flohart zwischenirdischen Ursprungs, ihrer Aufgabe (die kennen nur wenige) und ihrem genauen Aufenthaltsort (auch der ist meist unbekannt), kommen wir später in der Geschichte. Was nicht heißt, dass später viel später sein muss. Messungen haben ergeben, dass Papier nicht wirklich geduldig ist, wie alle behaupten.

lichen Maßstäben wieder klar denken. Zumindest für die nächste halbe Stunde.

Doch jetzt schlief Vincent tief und fest. Er hörte das Klicken nicht, sondern träumte davon, Wissenschaftler, Weltumsegler, Musiker oder gleich alles zusammen zu werden, weil er nicht wusste, dass er für etwas *viel* Größeres bestimmt war.

Nach einer kurzen Verschnaufpause (zwei rosafarbene Blitze) erreichte der Riss den überfüllten Briefkasten der Parkers und sprengte ihn von der Hauswand. Sämtliche Rechnungen, Mahnungen, Werbebroschüren und Flyer gingen in Flammen auf. Das hätte die Parkers mit Sicherheit gefreut, hätten sie es denn mitbekommen. Aber alle außer Vincent schauten gerade das Finale einer Internet-Fernsehshow mit dem Namen *Wer küsst den Frosch und kriegt den Prinzen?* und hätten nicht mal bemerkt, wenn neben ihnen ein Meteorit eingeschlagen wäre. Hochkonzentriert schaufelten sich Mutter Parker, genannt Martha, Vater Parker, genannt Wolfgang, und Tochter Parker, genannt Marlene (oder auch *zugespachteltes Photoshop-Monster*, wenn Vincent sich mit ihr stritt), Chips, Marshmallows und Gummibärchen in ihre Münder. Grölten, lachten, jauchzten und verschluckten sich dabei, weil sie es so *lustig* fanden, wie die Kandidaten in Froschkostümen durch einen Teich aus weißer Schokolade kraulten und sich gegenseitig untertauchten, um die meisten Punkte zu bekommen.

Unbemerkt kletterte der Riss in einer perfekten Zickzacklinie die Fassade hinauf. Im zweiten Stock angekommen, änderte er seine Richtung, was nach den Gesetzen der Physik unmöglich war, durchbohrte die Mauer und schoss an der Innenseite der Wand wieder hinunter. Mitten hinein in Vincents Zimmer. Mitten hinein in Vincents *fast* normales Leben.

Das Klicken wurde lauter, die Blitze greller. Der Riss machte einen tänzelnden Bogen um die vermackte E-Gitarre und blieb unentschlossen vor dem Teleskop stehen, das Vincent bei einem Preisausschreiben gewonnen hatte, obwohl das Lösungswort (Vulkanaffe) falsch gewesen war.

Vincent war größer als die meisten Kinder in seinem Alter. Seine Arme und Beine waren länger und seine Gedanken komplizierter. Deshalb hatte eine Lehrerin vor ein paar Monaten den Vermerk *Stellt zu viele Fragen* in den zentralen Schulcomputer eingegeben. Der Eintrag hatte ihm eine Standpauke seiner Eltern eingebracht, weil die Löschung aus der Perfect-Life-Datenbank ziemlich teuer war und die Parkers zugunsten eines sprachgesteuerten Haartrockners mit Föhnwellenschaltung darauf verzichtet hatten.

Aber wie gesagt: Im Augenblick befand sich Vincent im Land der Träume, und das Letzte, woran er dachte, war der »lächer-

Die große Datenbank soll dabei helfen, das Leben der Menschen zu vereinfachen, ihre Zukunft vorherzusagen und ihnen den richtigen Weg durch das Dickicht der Möglichkeiten aufzuzeigen. Nur bei Vincent funktionierte es nicht, weil er selten das tat, was die Software von ihm erwartete und selbst die klügsten Computer nicht wussten, was aus diesem Jungen einmal werden sollte.

liche Eintrag«, wie ihn Onkel Cornelius völlig korrekt genannt hatte.

Vincents Arm hing aus dem Bett. Der Zeigefinger seiner rechten Hand berührte den Boden. Vor dem Finger lag ein Bleistift mit angekautem Radiergummi. Daneben aufgefächert mehrere Buntstifte, die dringend gespitzt werden mussten.

Wie ein Hund, der eine Fährte erschnüffelt hatte, änderte der Riss erneut seine Richtung, machte einen Schlenker nach links und verlangsamte seine Geschwindigkeit, bis er fast ganz anhielt. Die Blitze wurden schwächer, das Klicken leiser. Zögernd, vorsichtig, beinahe respektvoll, näherte sich der Riss einem Buch mit Leineneinband, das von Star-Wars-Aufklebern übersät war. Staubflocken gingen in Flammen auf. Unsichtbare Hände schoben sich raschelnd zwischen die Seiten und blätterten durch die Zeichnungen. Im Schein der Leuchtreklame, der durch die Rollladenschlitze fiel, erkannte man die Skizze einer grünen Hügellandschaft. In der Mitte eine kreisrunde Ansammlung von Holzhäusern und Sandwegen, am Horizont Wälder, die scheinbar im Nichts endeten. Ging man näher an die Zeichnung heran, so nah, dass die feinen Striche vor den Augen verschwammen, hörte man ein tosendes, lauter werdendes Geräusch. Das Papier, die Häuser und Straßen, wurden an mehreren Stellen in rasende Strudel gezogen. Kleine, schwarze Löcher, die in die Unendlichkeit führten.

»Auslöschungen«, flüsterte eine piepsige Stimme. »Und der Junge kann sie tatsächlich sehen! Das ist mal was Neues.«

Wieder zuckten die blauen Blitze durch die Dunkelheit. Eine

Ecke der Buchseite fing Feuer und wurde im selben Moment wieder gelöscht, besser gesagt, *ausgespuckt*, was genauso widerlich aussah, wie es sich anhört.

»Mist!«, hörte man die Stimme etwas lauter fluchen. »So ein Mist.«

Das Buch klappte lautlos zu. Ein weiterer, gedehnter Blitz erhellte das Zimmer und machte einen spektakulären Sprung über das Buch hinweg. Ein Sprung, der aussah wie eine fliegende Acht aus leuchtendem Elektronenstaub, was wirklich allerhand ist. Nach der kleinen Showeinlage, die völlig unnötig war, weil ja keiner zuschaute, landete der Blitz auf dem Bleistift, spaltete ihn der Länge nach in zwei Teile (ebenfalls unnötig) und schnappte nach Vincents Zeigefinger. Die Fingerkuppe begann zu glühen wie flüssiges Glas über einer Flamme. Vincent spürte einen leichten Schmerz, der sich nach und nach in seinem ganzen Körper ausbreitete und ihn im Traum mit Traurigkeit und einer dunklen Vorahnung erfüllte. Nach einigen Sekunden verschwand das Glühen, und auch der Schmerz verging. Eine Rauchfahne kräuselte sich in das Buchinnere.

Ein tiefes Seufzen erklang. »Das, mein Junge, heißt, dass wir uns wiedersehen. Sehr wahrscheinlich werden wir das. Wenn es nicht schon zu spät ist.«

Der flackernde Schatten eines winzigen Männchens wurde gegen den Buchdeckel geworfen. »Aber Überstunden mach ich keine mehr. Nein, ganz bestimmt nicht bei meinem letzten Auftrag. Das bringt ja ohnehin nichts.« Das Männchen blickte hinüber zum Teleskop und schüttelte den Kopf. »Von wegen kaputt!

Da hat wohl einer die Anleitung nicht gelesen. Tse, tse, diese Menschen sind immer so ungeduldig.«

Mit einer sehr starken Lupe oder einem ziemlich schwachen Elektronenmikroskop hätte man nun die flirrenden Umrisse von Äsch Flux Underwood, einem Superboten ersten Ranges, erkannt.

Bei Dimensionsreisen und Quantensprüngen dauerte es immer einen Moment, bis sich alle Körperteile an der richtigen Stelle materialisiert und zusammengefügt hatten. Acht Sekunden vergingen, was in Anbetracht von Äschs Lustlosigkeit relativ wenig war, dann kam sein rundliches Gesicht zum Vorschein. Arme, Beine, Oberkörper und der schlanke Hals waren schon da. Nur sein ausladendes Hinterteil machte wieder mal Probleme. Ein beträchtliches Stück davon hing noch in einer anderen Dimension fest, was den Superboten von der Seite aus betrachtet wie einen angebissenen Apfel aussehen ließ. Wegen der vielen Knabbereien, die sich Äsch aus Frust über seinen Job, die vielen hoffnungslosen Fälle und die bleierne Einsamkeit einverleibte, neigte er dazu, am Hintern anzusetzen. Aber auch sonst war es nicht allzu gut um sein körperliches Wohl bestellt. Die ständigen Welt-, Dimensions- und Wahrscheinlichkeitsreisen,

Wenn dabei etwas schiefgeht, kommt dabei das heraus, was Menschen als Geister oder Monster (vier Arme und drei Köpfe beispielsweise oder umgekehrt) bezeichnen und was die Grundlage vieler Sagen, Hexen- und Horrorgeschichten bildet.

das Größer- und Kleinerwerden, Auflösen und Zusammenfügen und nicht zuletzt das aufwendige Gestaltwandeln, waren nicht spurlos an ihm vorübergegangen.

Äschs Alter ließ sich schwer schätzen. An guten Tagen sah sein Gesicht für Botenverhältnisse recht passabel aus, an schlechten hässlicher als das einer mittelschweren Quarkkröte nach einem Rundflug im Teilchenbeschleuniger. Verbotenerweise war Äsch auch diesmal mit dreifach unwahrscheinlichem Blitzantrieb an seinen Bestimmungsort gerast. Und genau deshalb würden gleich alle elektronischen Geräte im Umkreis von einem Kilometer verrücktspielen.

Auch der übergroße, nagelneue Ultra-Breitbildfernseher und -Computer, kurz UbFuC, der Parkers begann zu knistern und verabschiedete sich mit einem kümmerlichen *Plopp* aus dem Leben der Familie.

Wolfgang, Martha und Marlene waren so verblüfft, dass sie sich verschluckten, und Krümel in Fontänen aus ihren Mündern schossen. Ihre Augen schnappten dabei hervor wie bei Eidechsen nach einer missglückten Teleportation.

Was eine Teleportation ist, weiß natürlich jeder: In Nullkommanix und ohne sich zu bewegen, von einem Ort zum andern reisen. Trotz aller Vorsichtsmaßnahmen kommt es vor allem bei Eidechsen jedoch hin und wieder zu Zwischenfällen, bei denen die Seele erst zwei Minuten später am gewünschten Ziel ankommt. Und das ist für Mensch und Tier gleichermaßen verwirrend, nicht zu wissen, wo, aber vor allem, *wer* man ist.

Danach war es für die Winzigkeit einer Sekunde völlig still.

Diese Stille war wirklich bemerkenswert, weil sie so absolut war wie die Stille im Weltall bei minus zweihundertsiebzig Grad. Sie ließ die Parkers erstarren, denn im Gegensatz zu Vincent konnte der Rest seiner Familie mit echter Stille nichts anfangen. Schlimmer noch, sie empfanden sie als Bedrohung – und das war nun wirklich albern. Aber so sind gewöhnliche Menschen halt. Sie fürchten sich vor Dingen, die gar nicht existieren.

Kaum war der erste Schock überstanden, hörte man von draußen das Schrillen von Sirenen. Überall im Haus gingen die Rauchmelder an und kreischten aus tausend Kehlen. Im gleichen Moment begann die Erde zu beben. Gläser, Tassen und Teller fingen an zu summen wie Beobachter der Kategorie B im Gegenwind – oder Alpakas mit Heimweh, um auch hier ein irdisches Beispiel zu wählen. Vincents große Schwester, Marlene, stieß einen spitzen Schrei aus. Erschrocken zeigte sie zur Decke, wo sich der unscheinbare Riss mit einem lauten *Ratsch* in einen exakt acht Komma vier Zentimeter breiten Spalt verwandelt hatte, durch den Vincents Hand zu sehen war.

»Was war das?«, fragte Martha, obwohl sie es wusste.

Beobachter der Kategorie B unterscheiden sich von Beobachtern der Kategorie A durch die Fähigkeit, ihre Sonnenbrillen selbst bei extremer Kälte durch den sogenannten Schlottereffekt auf Betriebstemperatur halten zu können. Leider frieren die Beobachter trotzdem und beginnen deshalb zu summen.

»Was war das?«, fragte Wolfgang, obwohl auch er es wusste.

»Ein Beben«, beendete Marlene das unnötige Hin und Her.

»Keine Panik«, sagte Martha.

»Keine Panik *vor* der Panik«, sagte Wolfgang mit erhobenem Zeigefinger. »Ein bisschen stärker als vor zwei Wochen, aber ich glaube nicht, dass es ein Rekord war.« Er wackelte mit den Zehen. »So was spür ich in den Fußsohlen.«

»Vielleicht doch«, sagte Marlene und starrte gebannt hinüber zur Anzeigetafel an der Wand, die zu blinken begonnen hatte. Eine rot flackernde 8,2 erschien.

»YEAH!«, brüllte Marlene, sprang auf und klatschte mit ihrem Vater ab, der vor Begeisterung und mit Tränen der Rührung in den Augen immer nur »O ja … ja, ja, ja, ja, ja. O ja, ja.« sang und dabei den Takt des Erdbeben-Songs mit dem Kopf nickte.

Dem ein oder anderen mögen die Reaktionen der Parkers befremdlich erscheinen, aber dies war nicht das erste Beben, das ihr Haus durchschüttelte. Auch nicht das zweite oder dritte. Seit man in Hochtal mit den Erdbohrungen begonnen hatte, zitterte die Erde mindestens einmal die Woche. Überall in der Stadt breiteten sich Risse aus. Mittlerweile überzogen sie wie ein riesiges Spinnennetz Plätze, Straßen und Gebäude.

Der Text des Erdbeben-Songs besteht nur aus zwei Worten – o und ja – und kaum Melodie, damit auch wirklich *jeder* mitsingen kann.

Die Bürger von Hochtal hatten sich daran gewöhnt, dass die Innenstadt einem Flickenteppich glich, den man notdürftig mit Teer und Spezialkleber zusammenhielt. Sie murrten nicht. Sie maulten nicht. Nein, im Gegenteil. Sie waren regelrecht enttäuscht, wenn es zu lange ruhig blieb. Denn nach jedem Beben verschenkte der Stadtrat Einkaufsgutscheine, Gratisproben neuer Waschmittel und organisierte Feste mit mittelmäßigen Cover-Bands, bei denen jede Menge Freibier, Freiwein, Freicola und Frei-Sonstwas ausgeschenkt wurden. Deshalb unterhielt man sich in Hochtal nicht wie anderswo über das Wetter, sondern tauschte Gerüchte und Vermutungen aus, was für Geschenke es nach dem nächsten Beben geben würde. Auf den meisten Selfies, die von Hochtal aus in die Welt gingen, sah man Gesichter voller Vorfreude – und jede Menge Risse in Kloschüsseln, Waschbecken, Porzellanhunden, dritten und vierten Zähnen. Doch das Beben in dieser Nacht war stärker als alle davor, und langsam dämmerte den Parkers, dass sie wohl doch bald umziehen mussten.

»Was ist mit Vincent?« Wolfgang Parker war aufgestanden. Er drückte den roten Knopf neben dem Sofa und beobachtete, wie im Wohnzimmer Stahlstützen aus dem Boden fuhren und sich zwischen Decke und Boden spannten.

»Siehst du irgendwas, Marlene?«, fragte ihre Mutter, während sie hektisch über ihre frisch lackierten Zehennägel pustete. »Kannst du irgendwas sehen?« Sie beugte sich nach vorne und zog die elektronischen Zehenspreizer ab.

Marlene schoss ein Selfie von sich und dem Riss in der Decke und drückte auf SENDEN. »Alles okay bei Vincent. Er schnarcht. Der verpennt noch mal sein ganzes Leben.«

»Was ist mit seiner Haut?«

»Sieht normal aus. Kein Schimmern, nichts.« Ein lautes Knacken ließ Marlene zusammenzucken. »Sollen … sollen wir vielleicht doch besser nach draußen gehen? Der neue Riss ist ziemlich groß.«

»Das Haus hält«, sagte Wolfgang Parker unbeeindruckt. »Das haben die uns schriftlich gegeben. Die Stahlträger und auch der Beton halten mindestens hundert Tonnen.« Zum Beweis rüttelte er an einer der Stützen. »Sitzt bombenfest.«

»Da ist auch wirklich kein Glühen an seinen Fingern?«, hakte Martha nach, begutachtete ihre neongelben Zehennägel und stemmte sich aus dem Sessel. »Bei diesen Beben entweicht immer so viel elektromagnetische Strahlung … hach, hach, der arme Vincent. Diese Allergie bringt ihn noch mal um. Cornelius muss endlich eine Lösung finden.«

»Nein, Mama«, schnaubte Marlene. »Mit *Vincent* ist alles okay.«

Nach und nach verstummten die Rauch- und Einbruchsmelder, der piepsende Kühlschrankwächter, die Alarmanlage des Geländewagens und das ploppende Popcorn in der Mikrowelle. Die lauteste Sirene von allen, die auf dem Rathausdach von Hochtal, setzte ein letztes jaulendes Signal in die Dunkelheit ab, dann war es wieder still. Aber nicht völlig still. Nicht so wie vorhin. Denn das kehlige Quaken der Zierfrösche im Garten war so laut zu hören, als hätte jemand an der Verstärker-App herumgespielt.

Marlene starrte mürrisch auf ihr Handy. Eine Fehlermeldung wurde angezeigt. »Wenn das Internet nicht gleich wieder funktioniert, raste ich aus. Das Bild gibt bestimmt tausend Klicks. Der Riss sieht so cool aus.« Ihr Blick wanderte hinüber zum Fernseher. Schwarzbild.

Wolfgang und Martha Parker runzelten fast gleichzeitig die Stirn, denn plötzlich fingen die Multifunktionsuhren an ihren Handgelenken an zu piepsen, die Pulsanzeige schnellte auf hundertachtzig, dann runter auf siebzig und schließlich auf null, wo sich die Uhren schließlich selbst abschalteten. Fassungslos hielten Vincents Eltern den Atem an, bis sie endlich kapierten, dass ihr Herz auch ohne die Dinger weiterschlagen würde.

»Vincent«, rief Wolfgang Parker zum Riss in der Decke. »Alles gut bei dir?«

Keine Reaktion. Vincent lag da wie festgefroren. Nachdem er den ganzen Tag im Wald verbracht hatte, war er gleich nach dem Abendbrot ins Bett gegangen und über seinem Skizzenbuch eingeschlafen.

Im Traum rannte er. Ein Heer aus Verfolgern war ihm dicht auf den Fersen. Er schlitterte eine steile Böschung hinunter, sprang über einen umgestürzten Baum und duckte sich. Sie durften ihn nicht finden. Er musste es rechtzeitig schaffen. Sonst war alles verloren. – *Alles.*

»Du musst es schaffen«, hörte er flüsternd die unbekannte Stimme eines Mädchens. Dann rauschte es in seinen Ohren, und eine andere, vertraute Stimme brach sich den Weg in sein Unterbewusstsein.

Es war sein Vater.

Der Traum verblasste.

»Vincent!« Wolfgang nahm den elektrischen Rückenkratzer vom Tisch. »Du musst aufwachen.« Er steckte den Stab durch die Decke und stellte enttäuscht fest, dass sich der Greifmechanismus nicht mehr anschalten ließ. »Von hier aus sieht alles normal aus. Er will nur nicht aufwachen.«

»Das hat er von dir«, sagte Martha, als die Kellertür aufgestoßen wurde.

Riley, der frisch geschorene – oder nennen wir's beim Namen – *verschandelte* Königspudel betrat das Wohnzimmer.

Wolfgang schüttelte den Kopf. »Ach, hat der faule Kläffer auch schon mitgekriegt, dass das Haus wackelt? Los, hol Vincent. Weck ihn auf! Husch, husch.«

Riley warf Wolfgang, Martha, Marlene, einem nach dem anderen, einen verständnislosen Blick zu, bevor er mit erhobener Nase in den ersten Stock trabte. Dort versuchte er, Vincent zu wecken, indem er ihm wie üblich die feuchte Zunge einmal quer übers Gesicht zog. Vincent reagierte nicht. Er machte keinen Mucks, was dazu führte, dass der Vierbeiner sein ekelhaftes Begrüßungsritual ein zweites Mal wiederholte. Diesmal noch schleimiger.

Endlich öffnete Vincent die Augen.

»Komm runter«, krächzte Marlene durch den Spalt im Boden. »Die Erde hat gebebt. Gleich erfahren wir, was es diesmal für Geschenke gibt.«

»Was?«, fragte Vincent, halb im Schlaf. Er fühlte sich wie betäubt. Seine Beine taten weh, sein Schlafanzug war schweißnass, hinter seiner Stirn lauerte ein dumpfes Pochen. Greller Lichtschein schoss in blinkenden Streifen durch die Rollladenschlitze. Noch im Halbschlaf starrte Vincent auf den neuen Riss im Boden. Der war deutlich breiter als die anderen im Haus. Vielleicht durfte er vorübergehend in seiner Gartenhütte schlafen, bis die Handwerker den Riss repariert hatten. Dort schlief er ohnehin am besten.

Vincent stand auf und ließ den Rollladen nach oben schnellen. Die riesige Leuchtreklame am Bohrturm blinkte wie verrückt. Vincent schaltete die Schreibtischlampe an und zuckte zurück. Ein brennender Schmerz jagte durch seinen linken Zeigefinger. Über den Rücken lief ihm ein kalter Schauer. »Bitte nicht«, seufzte er, als er die längliche Blase an der Fingerkuppe entdeckte. Sie hatte sich mit Wasser vollgesogen. »Nicht schon wieder.« Er hatte doch vor dem Schlafengehen nicht mal ferngesehen. Und auch sein Handy hatte er nach exakt dreißig Minuten ausgeschaltet. War das jetzt schon zu viel? War seine Allergie noch schlimmer geworden? Daran wollte er gar nicht erst denken.

Vielleicht kam die Blase ja vom Gitarreüben. Das könnte doch sein. Cornelius hatte gesagt, dass sich Hornhaut bilden würde, wenn er häufiger übte. Und das hatte er die letzten Tage ja getan. Stundenlang hatte er gespielt. *Da ist es doch kein Wunder, wenn sich eine Blase bildet*, versuchte Vincent sich zu beruhigen.

»Zieh dir was an und komm runter«, sagte sein Vater durch den Riss im Boden. »Kann sein, dass es jetzt so weit ist. Dass wir jetzt evakuiert werden. Die haben es ja angekündigt.«

Vincent nickte stumm. Die Vorstellung, eventuell an eine neue Schule zu müssen, versetzte ihm einen Stich in die Brust. Dann würde alles von vorne losgehen. Er müsste wieder jedem erklären, warum Monitore bei ihm eine Allergie auslösten und er deshalb aus abgenutzten Büchern lernen musste und nicht wie alle anderen aus dem Internet. Er hasste diese Sonderbehandlung. Er hasste die bemitleidenden Blicke, Fragen und Hänseleien.

Plötzlich begann der Boden unter Vincents Füßen zu vibrieren. Riley kläffte die Tonleiter einmal rauf und runter, bevor er sich zitternd hinter Vincents Beinen verschanzte. Er war der ängstlichste Hund, den Vincent kannte, aber auch sein bester Freund.

Erneut tauchte Vincents Vater im Spalt auf. »Komm bitte runter. Das Internet ist ausgefallen. Scheint diesmal wirklich ernst zu sein.«

»Ich weiß«, sagte Vincent ärgerlich. »Cornelius hat es doch vorhergesagt. Er hat berechnet, dass es durch die Bohrungen noch schlimmer wird mit den Wellen.«

»Ja, ja, die Wellen«, seufzte Wolfgang. »Klar hat mein großer Bruder das. Der *große* Wissenschaftler. Der Herrscher über Zeit und Raum bastelt schon wieder an einer neuen Endzeitheorie.«

Martha Parker schob sich ins Bild. »Und mit dir ist auch wirklich alles okay?« Sie stellte sich auf das Sofa. »Auch nichts mit deinen Händen? Zeig mal her!«

Widerwillig ging Vincent in die Hocke. Warum hatte er ausgerechnet eine Bildschirmallergie? Heuschnupfen, Milch, Getreide – so was hatten normale Leute. Aber nein, er reagierte auf Strahlung. Wenn seine Mutter die Blase entdeckte, ging es schnurstracks in die Notaufnahme des nächsten Krankenhauses. Da gab es dann jede Menge Ärzte, die Tests mit ihm anstellen wollten, um am Ende doch nur ratlos mit den Schultern zu zucken und seltsame Therapien und Medikamente zu empfehlen. Darauf konnte er verzichten.

»Siehst du?«, sagte Vincent lächelnd, den Finger mit der Blase angewinkelt hinter dem Daumen.

»Wenn du die Hände so hältst, sehe ich gar nichts.«

»Aber …«

»Ich will sofort deine Finger sehen.«

Da seine Mutter so hartnäckig war, musste wohl Plan B in Kraft treten: Hinter dem Rücken gab Vincent Riley ein Zeichen, dann drehte er in Zeitlupe die Handflächen. Doch bevor seine Mutter einen Blick auf den verletzten Finger erhaschen konnte, streckte Riley die Schnauze durch den Riss und bellte einmal laut auf.

Martha wäre vor Schreck beinahe vom Sessel gekippt. »Herrgott nochmal, Vincent, nimm den Hund weg! Und komm endlich runter.«

Vincent atmete tief durch. »Bin gleich da.«

Von draußen hörte man Feuerwehrsirenen näher kommen. Vincent hob sein Skizzenbuch vom Boden auf und blätterte zur letzten Zeichnung. Ungläubig betrachtete er die angekokelte Buchseite. Konnte ein Beben tatsächlich Papier entzünden? Aber gewöhnliches Papier brannte doch erst bei knapp zweihundert Grad … Vincent inspizierte den Boden und entdeckte einen zweiten Riss, kaum breiter als einen Zentimeter. Dieser Riss schlängelte sich von der gebrochenen Fensterbank aus in sein Zimmer und machte einen Schlenker um die E-Gitarre. So einen Riss hatte er noch nie gesehen. Die Ränder waren gerußt, als hätte jemand mit einem Schneidbrenner den Beton und die Stahlverbindungen durchtrennt. Aus der Nähe erkannte man eine feine Zickzacklinie. Das musste er Cornelius erzählen. Dafür gab es bestimmt eine physikalische Erklärung. Vielleicht waren das die Wellen gewesen, von denen sein Onkel immer erzählte. »Sie können alles zerstören, wenn sie die richtige Frequenz haben. Auch Menschen sind nicht sicher. Im schlimmsten Fall lösen sie sich einfach in Luft auf.«

Vincent setzte sich auf die Bettkante und betrachtete das Skizzenbuch. Ein seltsamer Geruch stieg ihm in die Nase, als er sich die verkohlten Seitenränder anschaute. Das Papier roch nach Erdnussflips. Kein Zweifel, der Geruch von Erdnussflips! Erdnussflips, die er nicht essen durfte, weil seine Schwester sonst Ausschlag bekam.

Es klingelte an der Haustür. Fast zeitgleich ließ ein lauter Knall die Scheiben zittern, und in Vincents Zimmer wurde es dunkel. Erschrocken fuhr Vincent herum und starrte aus dem Fenster. Riley presste sich dabei wimmernd gegen seine Beine.

Neben dem Bohrturm stieg eine glitzernde Staubwolke in den orangefarbenen Nachthimmel.

Die gigantische Videotafel war abgestürzt.

ERSTES KAPITEL

Zwischenstopp

Die restliche Nacht verbrachten die Parkers in ihrem geräumigen Van. Das heißt alle außer Vincent und Riley, dem leicht verwöhnten Königspudel. Die beiden durften ausnahmsweise in der Hütte im Garten vor dem Haus schlafen, weil Vincents Eltern lauter schnarchten als eine Herde Oligolypen mit Heuschnupfen. Vincents Schwester Marlene schützte sich gegen den Lärm mit bunten Bluetooth-Schlafsound-Ohrstöpseln, die sie auch gerne mal beim Frühstück noch trug.

Vorigen Sommer, als es mit Vincents Strahlungsallergie besonders schlimm gewesen war, hatte sein Onkel das Häuschen innerhalb weniger Tage zusammengezimmert, ein altes Sofa und einen Schreibtisch reingestellt und es auch sonst mit allem Notwendigen ausgestattet. Sobald Vincent die Tür hinter sich zuzog, hatte er das Gefühl, in einer anderen Welt zu sein. Selbst das Atmen fiel ihm hier drin leichter als im Haus oder in der lärmenden Schule. In den Regalen standen Tüten mit Astronautennahrung, Konservendosen, Kerzen, ein Gaskocher, Blechtöpfe

Um diese Spezies zwischenirdischen Ursprungs zu beschreiben, genügt ein einziges Wort: ekelhaft!

und ein Überlebenshandbuch für die Wildnis, das zur Grundausstattung größerer Expeditionen gehörte. Nach und nach waren immer mehr von Vincents Sachen in die Hütte gewandert. Stifte, Zeichenpapier, die zwölfsaitige Westerngitarre und natürlich seine Comicsammlung. Das mit dem Essensvorrat war natürlich übertrieben. Der nächste Megasupermarkt war ja nur einen Steinwurf entfernt, aber Vincent mochte die Vorstellung, wie sein Onkel, unabhängig von der Außenwelt, für sich selbst sorgen zu können.

An der Wand über dem Sofa hing das einzige elektronische Gerät im Raum. Ein kleiner grauer Kasten, der je nach Wetterlage mit Solar oder Windkraft betrieben wurde. In dem Kasten befand sich ein Messapparat für elektronische Strahlung. Cornelius hatte ihn installiert, als man in und um Hochtal mit den Erdbohrungen begonnen hatte.

»Wenn sie das vorhaben, was ich glaube«, hatte er gesagt, »dann sind die Beben nur der Anfang.«

Sobald Vincent sein Handy neben die Messstation hielt, zuckte die Nadel wegen der Strahlung nach oben, und einige der roten Lämpchen begannen zu leuchten. Bei einem Laptop mit WLAN begannen sie, hektisch zu blinken. Aber dass die Station so ausflippte, war bisher nur zweimal passiert: als Cornelius das Gerät installiert hatte und gestern Abend, als Vincent einen neuen Griff an der Gitarre geübt hatte und mitten im Spielen eine Saite gerissen war. Am Telefon hatte sein Onkel gesagt, dass es die Schwingung der Saite gewesen sein könnte. »Die Wellen des Akkords sind ja abrupt abgebrochen, als die

Saite gerissen ist. So etwas bemerkt die Messstation. Da schlägt sie Alarm.«

Vincent hatte nicht weiter nachgefragt. Manchmal waren die Erklärungen seines Onkels genauso kompliziert wie die Textaufgaben in den abgegriffenen Mathebüchern, aus denen er lernen musste.

Im Laufe des nächsten Tages zeigte sich das ganze Ausmaß der Schäden, die das nächtliche Beben angerichtet hatte. Rot-weißes Absperrband flatterte über Straßen, Fußgängerwegen und im Stadtpark. Dort klafften überall Krater im Rasen, so groß, dass sie problemlos ein Auto verschluckt hätten. Trichter, die Hunderte Meter in die Tiefe reichten und übelriechende Dampfschwaden ausstießen.

Über die Lautsprecher der Polizeiwagen kam im Minutentakt die Aufforderung, die Häuser wegen Einsturzgefahr so schnell wie möglich zu verlassen und Lose für die bevorstehende Hauslotterie zu kaufen.

Die Gewinner durften schon bald in ein exklusives und vor allem bereits *abbezahltes* Haus ziehen und mussten nicht in Containern oder bei Verwandten unterkommen, bis Hochtal II und III, fünf Kilometer weiter, fertig gebaut waren und man die Leute neu verteilt hatte.

Sechs Stunden blieben den Parkers, um ihre Sachen zu packen. Das war nicht viel, wenn man bedachte, wie viel Blödsinn sie in den letzten Jahren angeschafft hatten. Da waren unter anderem zehn selbstaufblasende Nackenrollen mit Massagefunktion; eine Waschmaschine mit Rückwärtsgang, vier Lautsprechern und einem Monitor, der anzeigte, wie viele Socken ohne passendes Gegenstück in der Trommel umherwirbelten und wie hoch der Verschmutzungsgrad der einzelnen Wäschestücke war. Dann gab es da noch einen Roboterstaubsauger, der auf Sofas, Schränke und Betten springen konnte, aber neulich in der Kloschüssel ertrunken war; einen Roboterrasenmäher, der am liebsten Strickmuster ins Gras fräste und Riley auf Schritt und Tritt verfolgte, was ebenfalls zu einem aberwitzigen Unfall geführt hatte. Nicht zu erwähnen die unzähligen kleinen, großen und mittleren Küchen- und Elektrogeräte, die sich allesamt über die Happy-Family-App steuern ließen, die allerdings nur nach Lust und Laune funktionierte.

Aus Angst vor Nachbeben wollten Vincents Eltern so viel wie möglich einpacken. Doch der relativ große Van war dafür eindeutig zu klein. Fassungslos starrte Vincent in den überfüllten Kofferraum. Warum die Mikrowelle, der Toaster und auch der Roboterfensterputzer mitsollten, war ihm ein Rätsel. Seine Schwester drängte sich an ihm vorbei und legte eine Ladung Klamotten und ihre elektronischen Lockenwickler auf den Rücksitz. Damit war der letzte freie Platz belegt.

Zehn Stück deshalb, weil es für die ersten beiden Nackenrollen jeweils eine umsonst gab, für Nummer drei und vier jeweils zwei und weil dank einer Sonderaktion am Super-Samstag auf zehn aufgerundet wurde.

»Die Gitarre muss aber *jetzt* mit«, protestierte Vincent. »Und das Teleskop auch. Das hab ich bei einem Preisausschreiben gewonnen.«

»Ich dachte, es funktioniert nicht«, sagte sein Vater.

»Aber ich hab es gewonnen. Cornelius und ich haben es gewonnen.«

Marlene verdrehte die Augen. »Und der Weihnachtsmann lebt am Südpol, kleiner Bruder. Wann kapierst du endlich, dass Cornelius diese Geschichten nur für dich erfindet, damit du dich wegen deiner Allergie nicht langweilst.«

»Ich langweile mich nicht!«

»Ja, weil Cornelius dir ständig Schwachsinn erzählt und ihr uralte Kreuzworträtsel löst, für die es mit Sicherheit keine Gewinne mehr gibt.«

»Schwachsinn ist es, den ganzen Tag Schminkvideos anzuschauen und bescheuerte Fotos zu posten und darauf zu hoffen, eine Million Klicks zu bekommen. Du wirst nicht berühmt! *Große Schwester.*«

»Du bist doch nur neidisch.« Sie zog ihren Lippenstift nach.

»Bin ich nicht, du zugespachteltes Photoshop-Monster!«

Marlene holte zu einer Ohrfeige aus.

Vincents Mutter konnte sie gerade noch am Arm festhalten. »Das reicht! Könnt ihr euch nicht einmal vertragen?«

Ihr Vater hob Marlenes Sachen aus dem Wagen, deponierte sie im Gras und legte stattdessen das Teleskop auf den Rücksitz. »Wir werden zweimal fahren. Basta!«

»Ja, ja. Im Zweifel immer für Vincent, weil der so arm dran ist.«

»Ich bin nicht arm dran.«

»Doch. Und du merkst es nicht mal.«

Auf den elektronischen Werbetafeln, die rechts und links die Straße säumten, liefen Sondersendungen der Baufirma, die die Erdbohrungen vorgenommen hatte und somit für den ganzen Schlamassel verantwortlich war. Ein Mann in Anzug und Krawatte redete sanft lächelnd in die Kamera: »Bewahren Sie die Ruhe, liebe Bürger von Hochtal. Wir werden Sie schon in den kommenden Tagen für die entstandenen Unannehmlichkeiten entschädigen. Dafür bürgt die Alpha-Gruppe. Jeder von Ihnen darf zusätzlich an der Haus-und-Grund-Lotterie von Eden Park, der modernsten Stadt der Welt, teilnehmen. Erwerben Sie dazu jetzt gleich Lose bei der Polizei oder der Feuerwehr!«

»Martha«, rief Wolfgang und befestigte die vollautomatische Grillstation auf dem Dachträger. »Hast du schon ein Los gekauft?«

»Ja, mein Schatz. Vier Lose. Für jeden von uns eines. Sind alle registriert.« Martha gab jedem von ihnen einen blauen Chip, während auf der Anzeige eine Losnummer aufleuchtete.

»… *Eden Park* verwirklicht Ihren Traum von einer unbeschwerten Zukunft.«

Eine Stunde später standen die Parkers mitten im Wald, direkt vor der Holzhütte von Onkel Cornelius. Die Hütte war keine richtige Hütte, sondern ein großes Holzhaus, das sich wie ein sechseckiger Donut um eine knorrige alte Eiche schlang und über zwei Stockwerke, acht geräumige Zimmer und einen großen Keller verfügte. An der Eingangstür wurde man von einem Blechschild mit einer *eindeutigen* und einer *zweideutigen* Botschaft in Empfang genommen:

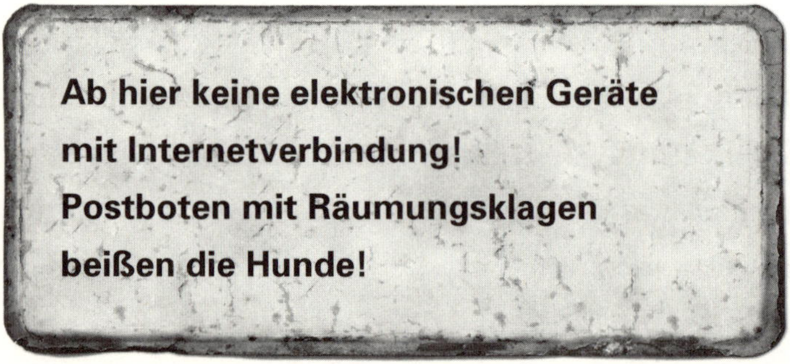

Vincents Vater schenkte dem Schild keine Beachtung, aber Cornelius versperrte ihm den Weg.

»Nein, kleiner Bruder«, sagte Cornelius bestimmt. »Da mache ich auch in diesem Fall keine Ausnahme. Alles, was sendet und empfängt, bleibt draußen. Wäre ohnehin besser für Vincent, wenn ihr nicht ständig wie lebende Funkmasten rumlaufen würdet. Man kann ja nie wissen, wann es zu viel wird.«

Marlene machte einen Schritt auf Vincent zu und wuschelte ihm durchs Haar. »Unser strahlenempfindlicher Alien könnte zur Abwechslung auch mal wieder seinen schicken Schutzanzug tragen. Der war doch so teuer. Nicht wahr?«

Vincent schlug ihre Hand weg. »Sei froh, dass du nur gegen Erdnüsse allergisch bist.«

»Ja, sonst müsste ich womöglich auch mein Leben damit verbringen, schwachsinnige Comics zu lesen und mich wie ein einsamer Freak vor gruseligen unsichtbaren Strahlen im Wald zu verstecken.«

»Jetzt ist es gut, Marlene!« Vincents Mutter zwängte sich zwischen die beiden. »Hört sofort auf, euch zu streiten, oder ich vergesse mich.«

Die Multifunktionsuhr von Vincents Vater landete mit einem lauten Scheppern im Metallkasten neben der Tür. Was nicht weiter schlimm war, da sie seit der letzten Nacht ohnehin nur noch die Wetterprognose für den unaussprechlichen Ort Karabasinolograd (37 Einwohner) anzeigten. Und die restlichen Funktionen ihren Geist aufgegeben hatten.

»Du auch, Marlene!«, sagte Wolfgang streng.

Widerwillig rückte sie ihr Handy heraus. »Immer stellt ihr euch hinter Vincent. Nur wegen seiner blöden Allergie. Das ist unfair.«

»Aber heute Abend werden die Gewinner der Hauslotterie bekanntgegeben«, meldete sich Vincents Mutter zu Wort und fuchtelte mit dem Los-Chip in der Luft herum. »Vielleicht gewinnt ja einer von uns.«

»Okay«, grummelte Cornelius. »Heute Abend könnt ihr für zehn Minuten *ein* Handy anschalten. Das muss genügen, so lange ihr bei mir seid.« Er runzelte die Stirn und blickte ernst zu Marlene. »Für die Strahlungsallergie kann dein kleiner Bruder nichts. Es wäre schön, wenn du darauf etwas mehr Rücksicht nehmen könntest.«

Marlene zog eine Schnute und sagte trotzig: »Und wie sollen wir ohne Handy mitbekommen, wenn es Neuigkeiten gibt?«

»Buschfunk, meine Liebe.« Cornelius lächelte ironisch. »Vincent. Könntest du bitte das Transistorradio aus dem Keller holen? Und ich glaube, es ist mal wieder an der Zeit für ein neues Kreuzworträtsel.«

Im Keller herrschte Chaos. In den Regalen drängten sich unzählige Aktenordner, alle möglichen Apparaturen, uralte Festplatten und Computer, die anscheinend alle noch funktionierten. Und Kisten gab es, jede Menge Kisten. Die meisten Sachen stammten aus der Zeit, als Cornelius noch als Wissenschaftler an der Alpha-Universität über die Entstehung der Erde und die Welt der kleinsten Teilchen geforscht hatte. Vincents Eltern sagten, er habe sich mit anderen Wissenschaftlern über das *große Ganze* verkracht und sei dann wegen *Kleinigkeiten* gegangen. Was das genau war, *das große Ganze*, wusste Vincent nicht, weil sein Onkel nicht gerne über früher sprach. Das lag aber vor allem an seiner Frau, Angelika, Vincents Tante. Seit ihrem Tod lebte Cornelius hier draußen im Wald und ging nur noch unter Menschen, wenn es unbedingt sein musste. Im Haus gab es weder Bilder noch Gegenstände, die an Angelika erinnerten. Die Sachen, die ihm wichtig waren, bewahrte Cornelius in einem Stahlschrank auf, an dem ein dickes Vorhängeschloss baumelte. Einmal hatte Vincent seinen Onkel dabei beobachtet, wie er vor dem geöffneten Schrank gestanden und mit seiner Tante gesprochen hatte, als stünde sie vor ihm. Das war ziemlich gruselig gewesen. Aber wahrscheinlich machen das viele Menschen, wenn sie jemanden verlieren, den sie geliebt haben. Deshalb hatte Vincent auch keinem davon erzählt.

Hinten im *Fuchsbau*, wie Cornelius den verwinkelten Keller nannte, gab es stapelweise alte Zeitungen und Zeitschriften und jede Menge Spinnen, die ihre Netze zwischen die Balken spannten. Es roch nach Holz, Staub und Altpapier. Vincent schaltete das Licht an, nahm das oberste Heft vom Stapel und dachte an die Worte seines Onkels: »Eines Tages werden wir etwas Großes gewinnen.«

Ja, *etwas Großes*, das hatte er gesagt, und das Teleskop als unbedeutenden Gewinn abgetan. Obwohl die meisten Kreuzworträtsel doppelt so alt waren wie Vincent und die Gewinner der Preisausschreiben längst ihre Geschenke erhalten hatten, wäre er niemals auf die Idee gekommen, an diesen Worten zu zweifeln. Im Gegensatz zu seinen Eltern, hatte ihn Cornelius noch nie enttäuscht. Dass er ihm vor einigen Monaten das defekte Teleskop als Gewinn untergejubelt hatte, verbuchte Vincent als Notlüge. Wahrscheinlich dachte sein Onkel, ihm würde irgendwann die Lust am Wörterraten vergehen, wenn nicht ab und zu mal ein Gewinn dabei heraussprang.

Am Ende der Woche hatten sie vier Kreuzworträtsel geschafft, einen Bogen aus Kirschholz geschnitzt und einen Hochsitz gebaut, von dem aus sie eine Wildschweinrotte und ein Reh beobachtet hatten. Draußen bei Vincents Onkel galten andere Regeln als in der Stadt. Auch wenn seine Eltern wegen der vielen Arbeiten im und um das Haus, dem strikten Handy- und Fernsehverbot murrten, wagten sie es nicht, Cornelius zu widersprechen. Auf keinen Fall wollten sie die Nächte im Van verbringen.

Hier draußen gab es nämlich seit ein paar Jahren auch wieder Wölfe.

Wie üblich brachten Vincent und Cornelius am nächsten Morgen die Postkarte mit dem Lösungswort zum summenden Postkasten am Waldrand.

»Und der Postkasten wird wirklich noch geleert?«, fragte Vincent mehr aus Gewohnheit als aus echtem Interesse, während er die Karten durch den Schlitz schob und darauf wartete, außer dem Summen ein weiteres Geräusch zu hören. Aber da war nur ein leichtes Schaben. Pappe auf Pappe.

»Natürlich wird der Postkasten geleert«, sagte sein Onkel schmunzelnd. »Solange wir Briefe und Postkarten schreiben, die wir mit Hoffnung und guten Worten füllen, wird sich daran nichts ändern.«

Vincent nickte. Im Internet hatte er herausgefunden, dass der Briefkasten vor ziemlich genau sechs Jahren das letzte Mal geleert worden war. Aber bei der Größe des gelben Kastens, würde es Jahre dauern, bis er voll war und sein Onkel die Schummelei zugeben müsste. Solange könnten sie noch jede Menge Rätsel lösen und sich ausmalen, was sie mit den Gewinnen anfangen könnten.

Cornelius hatte wie immer noch einen anderen Brief dabei. Adressiert an einen ehemaligen Schulfreund, der mit einem kleinen Wandertheater durch die Welt zog und alle paar Jahre auch in ihrer Gegend Station machte. Sie schrieben sich regelmäßig und hielten so Kontakt.

Nachdem sie auch den Brief durch den Schlitz geschoben hatten – er war gefüttert und passte nur knapp hindurch –, hörte man ein kurzes Brummen, gefolgt von einem Zischen.

Sein Onkel nickte zufrieden. »Das klingt nach einem Hauptgewinn, wenn du mich fragst. Das Teleskop war nur der Anfang unserer Glückssträhne. Jetzt räumen wir richtig ab.«

Vincent grinste. Er konnte nicht ahnen, dass sein Onkel recht behalten sollte.

ZWEITES KAPITEL

Willkommen in Eden Park

Drei Tage später hätte ein waagerechter Strich genügt, um Vincents Stimmung auszudrücken. Enttäuscht blickte er in den lächerlich kleinen, von Mauern umgebenen Garten. Hier würden sie also von nun an leben: in Eden Park, *der modernsten Stadt der Welt*. Ausgerechnet sein Los hatte den Hauptpreis gewonnen. Das konnte nur ein schlechter Scherz sein. Er hatte noch versucht, den Chip unauffällig loszuwerden, als seine Nummer bekanntgegeben wurde, aber seine Familie hatte neben ihm gestanden, rumgebrüllt und ein Selfie nach dem anderen geschossen. Cornelius war ohne ein Wort zu sagen in den Wald verschwunden und erst am nächsten Morgen zurückgekehrt. Vielleicht dachte er, dass Vincent seltener zu Besuch kommen würde, wenn sie von Hochtal wegzogen. Aber das würde auf keinen Fall passieren, nahm sich Vincent fest vor. Mit dem Rad waren es nur dreißig Minuten. Nicht die Welt.

Seine Eltern davon abzubringen, den Gewinn anzunehmen, war unmöglich. Genau wie seine Schwester waren sie überglücklich, zukünftig in dieser langweiligen Wohnsiedlung zu leben, in der die Straßen, Plätze und Wiesen aussahen, als dürfe man weder Basketball spielen noch Skateboard fahren. Überall gab es Hinweis- und Verbotsschilder und fliegende Werbedisplays, die einen auf Schritt und Tritt verfolgten. Die künstliche Stadt war mindestens dreimal so groß wie Hochtal und aufgebaut wie ein Schachbrett. Statt Straßennamen gab es Kombinationen aus Buchstaben und Zahlen. Die Parkers wohnten am Ende einer Straße, in der alle Häuser gleich aussahen, in G9. Das würde Vincent in Zukunft als Absender auf die Postkarten mit den Lösungsworten schreiben müssen, die er mit Cornelius abschickte: G9. In Hochtal hatten sie im Birkenweg 32 gewohnt – ein himmelweiter Unterschied.

Vincent schüttelte missmutig den Kopf. War das in ihrem Garten überhaupt echtes Gras oder Kunststoff? Jedenfalls hatte er selten etwas Scheußlicheres gesehen. In der Mitte stand ein einziger dürrer Baum mit großen Nadeln, um den man weiße Kieselsteine gestreut hatte. Vor den Mauern links und rechts ein paar Büsche, die wie giftgrüne Kegel aus dem kurzgeschorenen Rasen ragten. Der eckige Teich mit dem Springbrunnen sah aus, als würden Pflanzen, Vögel und Insekten einen großen Bogen darum machen. Nicht das kleinste Summen war zu hören. Bestimmt hielt die Vögel das Schwirren der Paket- und Briefdrohnen fern, die im Minutentakt die Nachbarschaft ansteuerten. Cornelius musste davon gewusst haben. »Sieh mal einer an«, hatte er zu seinem Vater gesagt, als sie aufgebrochen waren. »So schließt sich also wieder der Kreis. An Zufall oder *Glück* mag ich da nur ungern glauben. Und ihr solltet das auch nicht tun.«

»Du wieder mit deinen Verschwörungstheorien«, hatte Vincents Vater geantwortet. »Kannst uns ja besuchen, wenn du mal wieder einen Tapetenwechsel brauchst.«

»Verzichte.«

Irgendwann in der Woche hatte Vincent Cornelius heimlich die Brandblase an seinem Finger gezeigt. Sein Onkel kannte sich damit besser aus als die Ärzte, bei denen er wegen seiner Allergie und den starken Wachstumsschüben schon gewesen war. Mit einer Speziallupe hatte er den Finger untersucht und Vincents Vermutung bestätigt, dass die Blase aller Wahrscheinlichkeit nach vom Gitarrespielen kam und nicht von irgendeiner Strahlung. »Ist trotzdem besser, wenn du deinen Eltern nichts davon erzählst. Sie schleppen dich sonst wieder zu den Quacksalbern.« Anschließend hatte Cornelius eine seiner selbstgemachten Salben auf die verletzte Stelle getan und ihm geraten, sich von Steckdosen, Monitoren und Funkmasten fernzuhalten, bis die Wunde verheilt war.

Jetzt war von der Blase nur noch ein sichelförmiger Schatten zu erkennen. Sogar Gitarrespielen ging wieder. Vincent hatte kein außergewöhnliches Talent, aber trotzdem fühlte es sich großartig an, wenn sich die Töne zu Melodien und Akkorden verbanden, die sich wie ein feines Netz aus Schwingungen über seine Haut legten.

Sein Blick wanderte durch das riesige, spärlich eingerichtete Wohnzimmer. Warum waren seine Eltern so aus dem Häuschen? Weil hier alles neu und teuer war? Die Früchte in der Obstschale glänzten, als seien sie aus Plastik. Ungenießbar. Nirgendwo das kleinste Stäubchen. Der Putzroboter surrte gelangweilt über den Granitboden und parkte wieder in der Ladestation. Aus unsichtbaren Lautsprechern plätscherte Kaufhausmusik. Eine

Sprecherin verkündete, dass das Wetter weiterhin schwülwarm bleiben würde, man aber in der Shoppingmall von Eden Park gratis eislaufen dürfe. Vincent wollte nicht eislaufen, er wollte zurück nach Hochtal oder zu Cornelius. Aber das Schlimmste kam ja erst noch: Ab morgen musste er in die neue Schule gehen, sich vorstellen, den anderen von seiner Strahlungsallergie erzählen und hoffen, dass sie ihn nicht wieder wie einen Aussätzigen behandelten.

»Vincent«, rief seine Mutter aus dem Flur. »Du bist ein echter Glückspilz. Das ist unglaublich. Das ist wie in *Trautes Heim, Glück allein* und noch viel besser. Das musst du dir ansehen.«

»Später«, sagte Vincent, »hab Kopfschmerzen.«

»Hast du auch genug getrunken?«, kam es prompt von seinem Vater.

»Ja, Paps. Ja.« Vincent wünschte sich, das Erdbeben, den Umzug und diesen *Hauptgewinn* nur geträumt zu haben. Aber der künstliche Vanilleduft und dieses schreckliche Gedudel machten die schöne Vorstellung zunichte. Wahrscheinlich sollte er sich damit anfreunden, von nun an hier zu wohnen. Er lehnte seinen Kopf gegen die kühle Fensterscheibe und schloss kurz die Augen.

Als hätte jemand seine Gedanken gelesen, ertönte von draußen fröhliches Vogelgezwitscher. Eine einzelne Stimme. Vincent schmunzelte. Kurz war er erleichtert, aber etwas an der Melodie störte ihn. Sie wiederholte sich alle paar Sekunden und klang jedes Mal krächzender. So einen Vogel hatte er noch nie gehört. Die Töne machten ihn regelrecht wütend, je stärker er sich darauf konzentrierte. Er steckte sich die Finger in die Ohren, dann öffnete er wieder seine Augen.

Die Stille tat gut. Er entdeckte einen ziemlich großen Marienkäfer mit auffällig vielen Punkten, die aus der Nähe betrachtet wie kleine Sternchen aussahen. Er kletterte an der Terrassentür nach oben. Durch die Glasscheibe sahen die Bewegungen der winzigen Beinchen seltsam stolz aus. Vielleicht eine neue Käferart. Eine, die es wegen der exotischen Pflanzen nur hier draußen in Eden Park gab. Vincent nahm sich vor, bald eine Tour durch die Stadt zu machen und sich die Tiere hier genauer anzusehen.

»Vincent, dein neues Zimmer ist mindestens doppelt so groß wie dein altes«, sagte sein Vater, der gerade ins Wohnzimmer gekommen war. »Willst du dir das nicht mal ansehen? Das wird dich umhauen.«

Superboten müssen sich so nah wie möglich an den Ort des Geschehens begeben, um den richtigen Moment für die Übergabe ihres Pakets zu erwischen. Deshalb ist Tarnung oder Gestaltwandeln, wie sie es nennen, in ihrem Job immens wichtig. Meist entschied sich Äsch dazu, als Stubenfliege oder Ameise in Erscheinung zu treten. Doch in diesem Fall hatte er den Eindruck, dass dem Jungen eine kleine Aufheiterung nicht schaden konnte. Obwohl es natürlich nicht seine Aufgabe war, die Empfänger seiner Sendungen bei Laune zu halten, hatte er Mitleid. Er wunderte sich selbst über dieses neuartige Gefühl, das er in seinem Beruf eigentlich nicht haben durfte. Wahrscheinlich kam es daher, dass dies sein allerletzter Auftrag vor der Pensionierung war und er damit rechnete, auch dieses Mal enttäuscht zu werden.

»Ihr habt mir versprochen, dass ich den alten Wohnwagen von Cornelius als Ersatz für die Hütte bekomme. Das habt ihr mir versprochen, und …« Vincent deutete zum Bildschirm über dem offenen Kamin. »Und hier drin gibt's überall Monitore.«

»Meine Güte, warum bist du immer so anstrengend?«, seufzte seine Schwester, während sie mit ihrem Handy wie wild um sich knipste. »Warum kannst du nicht einfach mal normal sein?«

»So wie du?«

»Das wäre ein Anfang.«

»Verzichte!«

In dem Moment tauchte Maja von Sittgenstein, die Präsidentin von Eden Park, in der Tür auf. Die dürre, rothaarige Frau hatte Vincent vorhin bei der Pressekonferenz den symbolischen Schlüssel für das neue Haus überreicht, bevor er zum ersten Mal in seinem Leben ein Interview geben musste. Das Licht der Scheinwerfer hatte in seinen Augen gebrannt. Vielleicht kamen die Kopfschmerzen daher.

»Wenn alles klappt, wird dein Wohnwagen in zwölf Minuten hier sein, Vincent«, flötete die aufgetakelte Präsidentin mit einem übertriebenen Lächeln.

»Was?« Vincent schaute sie entgeistert an. »Wie soll das denn gehen?« Cornelius musste doch erst noch das Dach flicken. Und die Reifen waren ja auch alle platt.

»Lass dich überraschen! Schließlich wollen wir, dass du dich in deinem neuen Zuhause wohlfühlst.« Frau von Sittgenstein zwinkerte ihm zu.

Vincent zwang sich zu lächeln.

»Noch eine Kleinigkeit«, sagte sie, stellte ihre Handtasche auf den Küchenblock und zog mehrere silberne Plastikbänder heraus. »Sobald das hier erledigt ist, können Sie mit dem Einrichten beginnen und in ein neues, sorgenfreies Leben starten.« Sie hielt die Bänder in die Luft. »Diese Spezialuhren muss jeder von Ihnen von heute an um sein Handgelenk tragen. Bei Tag und bei Nacht. Das ist verpflichtend. Steht in den allgemeinen Geschäftsbedingungen unter Paragraph 3, die Sie sich später online anschauen können. Schließlich übernehmen wir die Verantwortung für das Wohlergehen aller Bürger von Eden Park.«

Wolfgang hob seinen Arm mit der klobigen Multifunktionsuhr. »Und was wird aus unseren nagelneuen Mufis? Die haben wir erst heute Morgen gekauft, und die Verträge laufen noch fünf Jahre.«

»Die können Sie mir gleich geben. Ich werde das für Sie regeln. Das ist kein Problem. Ihr Geld bekommen Sie natürlich zurück.«

»Aber unser Sohn hat doch diese Allergie gegen elektronische Geräte«, wandte Martha ein. »Er darf sich nur dreißig Minuten am Tag elektronischer Strahlung aussetzen. Maximal.«

»Das ist uns bekannt. Aber diese Uhren entsprechen dem neuesten Allergieschutzstandard. Ihre Strahlungswerte sind absolut unschädlich. Selbst für hochsensible Menschen wie Vincent.« Die Frau streckte Wolfgang Parker die Bänder entgegen. »Damit können sie einkaufen, Geräte bedienen, Medikamente abholen, sich beim Arzt ausweisen, Tipps zur Ernährung und zu Gesundheitsfragen abrufen und vieles, vieles mehr. Sogar Ihr neues Haus lässt sich damit aufschließen, sollten sie einmal die Schlüsselkarte vergessen. Und Sie sehen immer, wo sich Ihre Lieben gerade aufhalten.«

Marlene verzog das Gesicht. »Super.«

»Das ist wirklich allerhand«, sagte Wolfgang Parker und legte Vincent das Band ums Handgelenk.

»Sobald Sie auf den kleinen roten Knopf drücken, schließt sich das Band von selbst.«

Kaum hatte Wolfgang den Knopf gedrückt, fügten sich die Enden wie von Geisterhand zusammen. Vincent wunderte sich darüber, wie leicht sich das Band an sein Handgelenk schmiegte. Es war kaum zu spüren.

»Und das ist auch wirklich kein Irrtum?«, vergewisserte sich Wolfgang Parker, während er sich einen der lecker aussehenden Schokokekse aus der Schale nahm. »Wir bekommen das Haus tatsächlich *geschenkt*? Der Gewinn hat keinen Haken?«

»Und auch keinen doppelten Boden. Da können Sie ganz sicher sein.« Frau von Sittgenstein blickte hinüber zu Vincent.

Der stand wieder vor der Glasfront und schaute in den Garten. Weit und breit keine Spur von einem Vogel. Vielleicht kam der nervige Gesang ja aus unsichtbaren Lautsprechern.

»Wir werden alles tun, damit Sie sich so schnell wie möglich bei uns eingewöhnen.«

Vincent drehte sich um. »Und was ist mit Riley? Warum durfte er nicht mitkommen? Er gehört auch zur Familie.«

»Ich verstehe ja, dass du an deinem Hund hängst«, sagte die Präsidentin. »Aber zum Schutz und Wohlergehen der anderen

Bewohner von Eden Park muss jedes Tier erst einmal in Quarantäne. Schließlich haben alle hier ein Höchstmaß an Harmonie und gegenseitigem Respekt verdient. Auch die Haustiere.«

»Da hörst du's«, sagte Martha, »alles nur zu unserem Besten.«

»Aber er hat Angst vor fremden Menschen«, sagte Vincent.

»Glaub mir, unsere Tierärzte und Pfleger werden sich gut um ihn kümmern. Sie sind dafür hervorragend ausgebildet.«

»Da hörst du's«, sagte nun auch Vincents Vater. »Deinem Kumpel geht es gut.« Zufrieden schob er sich den Keks in den Mund und verzog augenblicklich das Gesicht. »Die … die schmecken ja nach, nach …«

»… mehrfach gefilterten Aromen mit der Geschmacksrichtung Ingwer-Zitrone-Heidelbeer-Sauerampfer«, fiel ihm Frau von Sittgenstein ins Wort. »Unsere Kekse beinhalten alle lebenswichtigen Vitamine, sind gluten-, zucker- und fettfrei und haben keine nachweisbaren Kalorien. Klicken Sie sich durch unser Gesundheitsangebot! Schließlich wollen wir für die Bewohner von Eden Park …«

»… *nur das Beste*. Das schmeckt man«, sagte Wolfgang und würgte den Brei hinunter.

Vincent schmunzelte.

»Und die Möbel? Gehören die auch dazu?«, hakte Martha Parker nach. »Davon stand gar nichts in der Ausschreibung.«

»Das ist ein Geschenk der Verwaltung. Als Entschädigung für die vielen Unannehmlichkeiten, die Ihnen durch den Umzug entstehen und für Ihr altes Inventar. Da hängen ja Erinnerungen dran, die unbezahlbar sind. Das wissen wir. Deshalb wollten wir Ihnen mit den Möbeln eine kleine Freude machen. Ich hoffe, sie gefallen Ihnen.« Frau von Sittgenstein streckte Vincents Mutter ein Handy entgegen. Das Display blinkte rot auf, und eine Eingabemaske erschien. »Jetzt brauchen wir nur noch den Daumenabdruck von Ihnen und Ihrem verehrten Herrn Gemahl, dann können Sie damit beginnen, Eden Park zu erkunden. Wenn Sie erst einmal gesehen haben, was es hier bei uns alles gibt, wollen Sie nie wieder woanders leben.«

»Also, das ist ja wirklich großzügig. Wahnsinn! Und sagen Sie, können sich unsere alten Nachbarn auch hier in Eden Park ein Haus kaufen?«, erkundigte sich Wolfgang. »Vincent und Marlene sind mit den Kindern in der Straße groß geworden, wenn Sie verstehen, was ich meine. Wir fühlen uns dort wie eine große Familie.«

Die Frau hob ihre schmalen Schultern und ließ sie, begleitet von einem theatralischen Seufzer, wieder sinken. »Wir haben leider lange Wartelisten. Das hier ist ja eine exklusive Anlage, wie Sie sicherlich schon bemerkt haben. Aber glauben Sie mir, Ihre *neuen Nachbarn* werden Sie und Ihre Kinder mit offenen Armen empfangen. Das geht ganz schnell. Wenn Sie sich durch unsere Homepage klicken, sehen Sie, was für engagierte Bürger hier leben und können sich mit ihnen vernetzen. Unsere Planungsexperten achten darauf, dass die Zusammensetzung der Bewohner in den jeweiligen Stadtteilen perfekt aufeinander abgestimmt ist. Ob jung oder alt, bei uns bleibt keiner lange alleine. Das haben wir uns auf die Fahnen geschrieben.«

»Das ist so was von cool«, sagte Marlene und ließ sich in einen Sessel plumpsen. »Meine Freunde sind alle tierisch neidisch. Die wollen alles über Eden Park wissen.«

Frau von Sittgenstein schritt hinüber zur Terrassentür und schnippte mit den Fingern, woraufhin die Glasschiebetür lautlos zur Seite glitt. Dabei war ein lauter werdendes Surren zu hören. »Kommen Sie, das müssen Sie sich ansehen!«

Vincents Eltern und seine Schwester folgten der Präsidentin Richtung Garten. Vincent blieb auf der Schwelle stehen. Durch die Luftschlitze in der Führungsschiene der Terrassentür zischte die kalte Luft der Klimaanlage und kroch über seinen Rücken. Ihm wurde schwindelig. Als das Surren näher kam, zitterte das Wasser auf dem kleinen Gartenteich, bis es begann, sich an den Rändern zu kräuseln. Von der Mitte ausgehend bildeten sich kleine Wellen, und auf diesen Wellen sah Vincent plötzlich ein Bild. Eine grüne Hügellandschaft. Es war ein Déja-vu. Diese Landschaft hatte er in den letzten Monaten häufiger in seinen Träumen gesehen und später in sein Skizzenbuch gezeichnet.

Vincent stockte der Atem. Ihm war heiß und kalt zugleich.

»Das ist ja unglaublich«, hörte er die Stimme seines Vaters wie durch Watte. »Vincent. Schau dir das an!«

Das Bild verblasste. Auf der Wasseroberfläche sah Vincent nun etwas anderes: den Wohnwagen seines Onkels, der vor einem blauen Himmel mit Schäfchenwolken in ihren Garten herabschwebte. Vincent machte einen Schritt nach vorne und schloss kurz die Augen. Der Schwindel verschwand. Als er seine Augen wieder öffnete, begriff er, dass zumindest die zweite

Spiegelung keine Täuschung gewesen war. Der Wohnwagen seines Onkels schwebte jetzt nur noch wenige Meter über dem Rasen. Gehalten von schnaubenden Transportdrohnen, die sich langsam absenkten und dabei immer wieder ihre Position korrigierten.

»Wie haben Sie das gemacht?«, fragte Vincent, nachdem der Wohnwagen sicher gelandet war. Er inspizierte die nagelneuen Reifen.

»Das ist natürlich nicht das Original«, säuselte die rothaarige Frau. »Wir mussten den Maßstab etwas verkleinern, haben hier und da etwas ausgebessert, aber ansonsten ist das der gleiche Wohnwagen wie der deines Onkels. Unsere 3D-Druckerei gehört zu den besten der Welt.«

Vincent wollte etwas entgegnen, da hörte er ein dumpfes Kläffen. Es kam aus dem Innern des Wohnwagens. Kaum hatte er die Tür aufgezogen, sprang ihm Riley mit einem großen Satz in die Arme. Vincent war so überrascht, dass er das Gleichgewicht verlor und nach hinten ins Gras kippte. Seine Eltern lachten. Und Vincent lachte mit ihnen. Auch wenn Riley sich manchmal seltsam benahm, war Vincent glücklich, ihn wieder bei sich zu haben.

Die Freude war beiderseits. Riley stand schwanzwedelnd über Vincent und schleckte ihm das Gesicht.

»Aber Riley ist keine Kopie?«, fragte Vincent, nachdem er sich wieder aufgerichtet hatte.

»Nein, natürlich nicht.« Frau von Sittgenstein lächelte. »Er darf ab heute auch hier wohnen. Das wurde soeben mit Hilfe einer Onlinebefragung aller Eden-Park-Einwohner entschieden. 96 Prozent waren einverstanden. Sehen Sie, wir wollen nur das Beste für unsere neuen Mitbürger.«

»Müssen wir unsere Kinder eigentlich noch in der Schule anmelden?«, fragte Martha.

»Ist schon erledigt. Alle Zeugnisse, Einträge und der aktuelle Leistungs- und Lernstand sind bereits übermittelt. Es wird einen nahtlosen Übergang geben.« Das Band an Frau von Sittgensteins Handgelenk begann zu blinken. »Auch über Vincents Allergie wird das Lehrpersonal informiert.« Sie angelte sich ihre Tasche und gab ihnen allen die Hand. Bei Vincent blieb sie kurz stehen. »Unsere Lehrer freuen sich, dich und deine Schwester morgen in ihren Klassen begrüßen zu dürfen. Bei uns bleibt kein Talent unentdeckt. Glaub mir.«

DRITTES KAPITEL

Fehler im System

Vincent wäre am liebsten wieder umgedreht. Das Schulgelände war riesig, und das Gewusel zehn Minuten vor Beginn der ersten Stunde schlimmer als in einem Ameisenhaufen. Schon seit fünf Minuten starrte er auf den Monitor mit dem Lageplan und versuchte sich zu orientieren, aber im Augenblick konnte er nicht mal sagen, wo er sich befand. Nirgendwo gab es einen Hinweis auf seinen Standort. Jeder schien zu wissen, wo er hinmusste, nur er hatte keine Ahnung, wie er in diesem Wirrwarr aus Verbindungsröhren und kugelförmigen Gebäuden seine neue Klasse finden sollte. Es gab nicht den kleinsten Hinweis auf die Jahrgangsstufen. Aus der Vogelperspektive, die im Wechsel mit verschiedenen Seitenansichten auf dem Monitor aufploppte, erinnerte die neue Schule an eine gigantische Raumstation, die sich über drei Etagen unter der Erde fortsetzte und mit dem Einkaufszentrum am nördlichen Ende von Eden Park verbunden war. Fehlten nur noch Androiden. Das wäre dann wenigstens cool gewesen.

»Du bist nicht eingeloggt«, sagte eine tiefe Stimme hinter ihm. »Das kommt manchmal vor. Ein Systemfehler.«

Vincent drehte sich um. Vor ihm stand ein glatzköpfiger Mann mit kantigem Schädel. Sein Oberkörper wurde von einem schwarzen Poloshirt geschluckt. Auf der Brusttasche war eine goldglänzende liegende Acht aufgenäht. Das Zeichen für Unendlichkeit, wie Vincent aus einem Kreuzworträtsel wusste. Daneben drei Buchstaben: B. E. O. Der Name der Sicherheitsfirma, der man überall in Eden Park begegnete.

»Hast du dein Armband am Terminal aktiviert?« Die Stimme des Mannes klang monoton wie bei einem Navigationsgerät. Auf seiner Sonnenbrille brach sich das Licht in schillernden Regenbogenfarben. Man konnte nur vermuten, wie die Augen aussahen.

»Nein, hab ich nicht«, entschuldigte sich Vincent und seufzte innerlich. »Davon hat keiner was gesagt.« Seine Pechsträhne schien weiterzugehen. Erst gewann ausgerechnet er den Hauptpreis in der Hauslotterie, und jetzt fand er nicht mal den Weg in seine neue Klasse.

»Ist nicht schlimm.« Der Mann verzog den Mund zu einem kleinen Lächeln.

»Wo ist denn der Terminal?«

»Am Eingang. Die Terminals stehen alle am Eingang zum Campus. Im Normalfall werden Gesichter und Bänder automatisch gescannt und abgeglichen. Aber seit dem schweren Gewitter letzte Woche häufen sich die Programmausfälle.«

»Soll ich … soll ich noch mal zurückgehen?«

»Ist nicht nötig. Könnte auch sein, dass dein Band nicht korrekt gestartet wurde. Bist ja neu in Eden Park.«

Woher wusste der Mann, dass er neu war? Vermutlich war das auf seiner schmalen Nase eine Datenbrille. Wenn man genau hinschaute, konnte man ein leichtes Flimmern erkennen.

»Der Unterricht geht gleich los«, drängte Vincent. Er wollte nicht unhöflich sein, aber am ersten Tag zu spät kommen wollte er auch nicht.

Der Mann nickte leicht. Die Sehnen an seinem Hals bewegten sich, als würde er stumm reden. Offensichtlich hatte er es nicht eilig. »Noch vier Sekunden.«

Vincent traute sich nicht nachzufragen, was in vier Sekunden passieren würde. Vielleicht wurde man in die Klasse gebeamt, wenn man zu spät dran war. Das wäre jedenfalls die einzige Möglichkeit, es noch rechtzeitig schaffen.

Ein leises Surren erfüllte die Luft, und eine Kurierdrohne tauchte hinter dem langgestreckten Hauptgebäude auf. Sie ging in den Sinkflug über und schoss direkt auf sie zu.

Für einen Augenblick spielte Vincent mit dem Gedanken, in Deckung zu gehen, doch dann, etwa fünf Meter vor ihm, bremste die silberne Drohne ab und landete punktgenau vor seinen Füßen.

»Eine Expresssendung für Vincent Parker«, meldete eine freundliche Frauenstimme. Sie kam aus der Drohne. Vincent blickte fasziniert auf das längliche Fluggerät. So ein Modell hatte er noch nie gesehen. Es war bestimmt zwei Meter lang und rundherum mit kleinen Kameras bestückt. Die Oberfläche erinnerte an eine Kakerlake. Sie war in vier Segmente unterteilt, an der jeweils zwei Rotoren befestigt waren.

»Bitte quittieren Sie den Erhalt der Sendung mit einem Stimmabgleich«, kam es freundlich aus der Drohne.

»Was?«, entfuhr es Vincent.

»Danke. Stimmabgleich korrekt.«

Ein Klacken, der Panzer fuhr zurück und gab den Laderaum frei. Zu Vincents Verwunderung lag darin nicht nur ein neues Armband, sondern auch ein weißes Poloshirt und ein in Folie eingeschweißtes Paar Sneakers. Vincent schaute hilfesuchend zu dem Sicherheitsbeamten. »Aber ich hab die Schuluniform doch schon an.«

»Leider entspricht sie nicht ganz der Sauberkeitsordnung.« Die Brauen des Mannes zuckten über den Metallrand der Brille. »Mit kleinen Nachlässigkeiten beginnt der Riss in der Biographie. Erdbeermarmelade gehört aufs Brot, nicht auf die Schuluniform.«

Jetzt sah es Vincent auch. Am Saum seines Poloshirts klebte ein Spritzer Erdbeermarmelade. Auch seine Schuhe hatte es erwischt. Aber deshalb gleich wieder umziehen? Das war wirklich übertrieben.

»Worauf wartest du?«

»Ähm, aber …« Vincent biss sich auf die Zunge. Er hatte seinen Eltern versprochen, sich an der neuen Schule mit Fragen zurückzuhalten, um nicht noch einen Eintrag in die Perfect-Life-Datenbank zu bekommen. Deshalb bedankte er sich höflich und nahm die Sachen aus der Drohne.

»Nach dem Sportunterricht in A7 kannst du dich umziehen.«

»Und wo ist mein Klassenzimmer?«, fragte Vincent kleinlaut. »Wie komme ich da schnell hin?«

»Indem du dein Mobiltelefon benutzt und die Alpha-App aktivierst. Damit kannst du auch eine Suchdrohne anfordern, solltest du dich verlaufen.«

»Aber …«

Der Mann zog die Stirn in Falten. »Hast du etwa dein Handy vergessen?«

Über seine Allergie wusste er also nicht Bescheid.

»Darf ich nur im Notfall anschalten. Ist wegen …«

Der Sicherheitsbeamte brachte ihn mit einer Handbewegung zum Schweigen. »Weil es dein erster Tag ist, lass ich diese Ausrede durchgehen. Aber es gibt hier Regeln, an die sich alle halten müssen. Sonst wird die Allgemeinheit gestört. Und die Allgemeinheit darf nicht unter dem Freiheitsdrang des Einzelnen leiden.«

Der Schulgong ertönte. Jetzt war Vincent definitiv zu spät.

Der Mann zog einen rechteckigen, schwarzen Gegenstand aus seiner Hosentasche, dessen Oberfläche geriffelt war. »Streck deine rechte Hand aus.«

Vincent zögerte.

»Worauf wartest du?«

»Ähm …« Vincent streckte die Hand nach vorne.

»Und jetzt die Handfläche nach oben drehen.«

Der B. E. O.-Mann legte den Quader in seine Hand. Für seine Größe war der scharfkantige Klotz recht schwer, fühlte sich aber angenehm kühl an.

»Die personengebundene Suchdrohne zeigt dir den schnellsten Weg in deine neue Klasse. Deine Lehrer und Mitschüler sind benachrichtigt, dass du heute *ausnahmsweise* zu spät kommst. Dafür gibt es keinen Eintrag.«

»Da-da-danke«, stammelte Vincent. Ein Eintrag, weil er ein

paar Minuten zu spät kam? Was sollte das denn heißen? Er schluckte seine Wut hinunter und wartete, was mit dem Ding in seiner Hand passierte.

»Du musst drüberpusten. Steht alles im Online-Handbuch für Schüler und Studenten. Das solltest du dir durchlesen. Ist wichtig. Wirklich wichtig. Sonst findest du dich hier nicht zurecht.«

»Mach ich … mach ich in der Pause.«

Vincent pustete über den schwarzen Quader. Eine leichte Vibration, ein Kitzeln, Wärme breitete sich auf seiner Haut aus. Dann hörte man ein Rascheln. Vor seinen Augen verwandelte sich der Gegenstand in eine Art Insekt. Eine Tigermücke. Cornelius hatte erst neulich davon gesprochen, dass sich die asiatische Stechmücke wegen der feuchtwarmen Hitze geradezu explosionsartig in der Gegend ausbreitete. Sogar der Stechrüssel war vorhanden. Vincent spürte die kleinen Beine auf seiner Haut. Es kitzelte.

»Metamorphose«, sagte er und versuchte, die Hand ruhig zu halten.

»Nicht ganz«, widersprach der Mann. »Bei diesem *Insekt* handelt es sich um eine kluge, selbstlernende Maschine und nicht um ein Lebewesen, deshalb ist es zutreffender, von einer Transformation zu sprechen.«

Vincent nickte.

»Die Drohne gehört ab heute dir. Sie kann mit dem Handy oder dem Armband gekoppelt werden. Reagiert aber auch auf Sprachbefehle und Gesten, sobald ein genaues Muster erstellt wurde.«

»Danke.« Vincent betrachtete das Roboterinsekt mit den durchscheinenden Flügeln. So etwas kannte er nur aus der Werbung. Die Dinger waren verdammt teuer, und hier bekam man sie geschenkt, wenn man nach dem Weg fragte. Das war wirklich nicht schlecht.

Vincent spürte den Windhauch des Flügelschlags. Die Drohne erhob sich surrend in die Luft.

»Und nun beeil dich«, sagte der Mann. »Sonst verpasst du noch die Morgenansprache unserer verehrten Rektorin.«

Die Tür zum Klassenzimmer stand offen. Die energische Stimme einer Frau wurde auf den Gang hinausgetragen. Vincent kannte sie und wunderte sich. Sie gehörte zu Maja von Sittgenstein. Sie war also nicht nur die Präsidentin des Parks, sondern auch die Rektorin seiner neuen Schule.

»… und deshalb nutzt eure Freiheit und die Möglichkeiten, die sich euch hier bieten, um eure Eltern stolz zu machen. Zeigt ihnen, euren Freunden und Followern, dass ihr auf einem guten Weg seid. Dass ihr die Welt aus den Angeln hebt und unserer Schule und Eden Park alle Ehre machen werdet.«

Vincent blieb zögernd neben der Tür stehen. Die Suchdrohne schwirrte ungeduldig vor seiner Nase auf und ab.

»Ist ja gut«, flüsterte Vincent. »Ich geh ja gleich rein.«

Der Monitor rechts neben der Tür leuchtete auf:

Drohne bittet um Landeerlaubnis. Bitte Landeplatz bereitstellen.

Vincent schüttelte ungläubig den Kopf, dann ließ er die Drohne auf seiner Hand landen. Innerhalb von Sekunden nahm sie wieder ihre ursprüngliche Form an. Er ließ den Quader in seiner Hosentasche verschwinden und spürte die Hitze an seinem Oberschenkel.

Auf Zehenspitzen betrat er das Klassenzimmer und blieb hinter der letzten Reihe stehen. Keiner bemerkte sein Eintreten. Alle Augen waren nach vorne gerichtet. Auch Vincent schaute in das leuchtende Hologramm vorn. Er wusste nicht, wie viel Zeit ihm noch blieb, bevor sich seine Allergie bemerkbar machte. Das hing von vielen Faktoren ab.

»Ein neuer Tag, um den Kopf mit Wissen zu füllen und eine höhere Stufe auf der Leiter des Lebens zu erreichen«, sagte die Rektorin oder Präsidentin und was sie noch alles war.

Dann ertönte ein heller Glockenton. Vincent sah aus dem Augenwinkel, wie das Hologramm zusammenschrumpfte. Sofort schalteten die Schüler ihre glänzenden Tablet-Computer ein. Natürlich waren es die neuesten Modelle. Vielleicht gibt es hier gar keine richtigen Lehrer, dachte Vincent. Vielleicht fand der gesamte Unterricht online statt und über den Beamer. Jedenfalls war das hier so ziemlich die merkwürdigste Schule, die er je von innen gesehen hatte.

Ein Mädchen mit strenger Kurzhaarfrisur drehte sich zu ihm um und musterte ihn stumm.

»Ich bin neu hier«, sagte Vincent. »Sind die Lehrer hier alle Hologramme?«

»Erklär ich dir nachher«, sagte das Mädchen knapp. »*Nach* dem Kurztest.«

Erneut der Glockenton. Das Mädchen wandte sich von ihm

ab. In Windeseile wischte sie über ihren Tablet-Computer, wo in schneller Folge Bilder und Zahlen eingeblendet wurden. Vincent kniff die Augen zusammen. Wenn das so weiterging, bekam er gleich am ersten Tag einen allergischen Schock.

Auch die anderen Schüler saßen da wie hypnotisiert, tippten und wischten im Akkord. Nur ein Junge mit glatten schwarzen Haaren und asiatischem Aussehen, ließ sich von der Hektik nicht anstecken. Seine Finger schwebten unentschlossen über dem Bildschirm. Am oberen Rand lief ein Countdown.

»Dr. Rothfuß kommt gleich«, flüsterte das Mädchen etwas freundlicher und beendete den Test mit einem zufriedenen Nicken. »Du sitzt da drüben, der freie Tisch, neben Yashi.« Sie zeigte zu dem asiatischen Jungen. Der beugte sich grübelnd über den Computer. Vincent setzte sich.

Der Junge lugte unter einer starren Haarsträhne zu ihm herüber. Seine schwarzen Haare standen wie Zacken in alle Richtungen ab. Vincent lächelte. Der Junge lächelte zurück und zuckte mit den Schultern, als wolle er sich dafür entschuldigen, wie seltsam sich alle hier benahmen.

VIERTES KAPITEL

Zwei Welten

Vincents Befürchtungen bestätigten sich: Auch sein Klassenlehrer, Dr. Rothfuß, tauchte als 3D-Projektion über dem Lehrerpult auf. Sein Name schwebte in leuchtenden Buchstaben über seinem Gesicht. Langsam wurde es eng. Obwohl er in der letzten Reihe saß, wusste er nicht, wie gefährlich die Strahlung war, die bei ihm ankam. Das hätte nur Cornelius bestimmen können, aber der hatte gesagt, dass er keinen Fuß in den Park setzen würde, solange die Alpha-Gruppe, der er die Schuld für die schweren Erdbeben gab, hier das Sagen hatte.

Eine Viertelstunde Strahlung hatte Vincent seit dem Aufstehen bestimmt schon abbekommen. Bevor sich seine Allergie auf unschöne Weise bemerkbar machen würde, brauchte er jetzt dringend einen Plan B. Das dumpfe Pochen unter seinen Schläfen kündigte Kopfschmerzen an. Als Nächstes würden seine Augen brennen. Dann würde ihm schwindelig werden, und seine Hände fingen an zu zittern. Sobald sich kalter Schweiß auf seiner Stirn bildete und er seine Umwelt wie durch einen hellen Schleier wahrnahm, gab es nur noch eine Möglichkeit, um einem allergischen Schock zu entkommen: Er musste so schnell wie möglich in einen abgedunkelten Raum und sich hinlegen.

So weit war es zum Glück noch nicht, doch vor Vincents Augen fing das Klassenzimmer an zu schwanken. Jedes noch so kleine Geräusch wurde entsetzlich laut. Vincent hielt die Hand vor die Augen. Allzu lange hielt er das nicht mehr aus. Jetzt fingen auch schon seine Fingerspitzen an zu kribbeln.

Er spähte hinüber zu dem asiatischen Jungen, der nervös mit den Fingern gegen die Tischkante hämmerte, bevor er von Dr. Rothfuß ermahnt wurde. Vincent war erleichtert, denn das Hämmern hatte sich in seinen Ohren angehört wie Paukenschläge. An den Schuhen des Jungen klebte Gras, die weißblauen Socken waren verdreht. Wie hatte er es bloß an den Sicherheitsleuten vorbeigeschafft? Seine Beine wippten unablässig. Und die Nervosität, die von ihm ausging, war ansteckend. Vincent musste hier raus, bevor es zu spät war.

Er meldete sich.

Dr. Rothfuß stoppte seinen Vortrag und zog die Brauen mürrisch zusammen. »Nicht so eilig, mein Junge. Nicht so eilig.« Die Bassstimme kam von allen Seiten und klang alles andere als freundlich. »Dass du neu in der Klasse bist, heißt nicht, dass wir für dich den Tagesablauf über den Haufen werfen. Bei mir gibt es keine Sonderbehandlung.«

Vincent ließ seinen Arm wieder sinken. Zwar hatte er sich an seiner alten Schule auch nicht wohl gefühlt, aber wenigstens hatten sich die Lehrer noch persönlich gezeigt.

Dr. Rothfuß ratterte die Ergebnisse des soeben absolvierten letzten Tests herunter. Statt Noten von eins bis sechs, wie an seiner alten Schule, gab es Prozente. Die meisten Schüler hatten mehr als achtzig Prozent. Trotzdem hielt sich die Freude in Grenzen.

»Nachdem wir das erledigt hätten, schauen wir mal, was es über euren neuen Mitschüler in der Perfect-Life-Datenbank zu finden gibt.«

Vincent hoffte, sich verhört zu haben. »Was?«, entfuhr es ihm lauter als beabsichtigt. »Sie wollen –«

»Das heißt: *wie bitte.*«

»Aber –«

»Wie war noch mal dein Name?«

Vincent war sprachlos. Sein Klassenlehrer kannte nicht mal seinen Namen. Und noch schlimmer: Er wollte allen seine Einträge zeigen.

»Wärst du jetzt bitte so freundlich«, drängte Dr. Rothfuß. »Wir müssen heute noch ein straffes Programm bewältigen.«

»Vincent … Ich … ich heiße Vincent Parker«, sagte Vincent kleinlaut. Die Projektion von Dr. Rothfuß kam ihm von Sekunde zu Sekunde greller vor.

»Parker?« Der Lehrer runzelte die Stirn. »Aha. Und du bist dir sicher, dass du in der richtigen Klasse bist?«

»Die Suchdrohne hat mich hierhergebracht.«

»Dann wollen wir mal annehmen, dass die Drohne korrekt arbeitet. Auch wenn du für einen elfjährigen Jungen ziemlich groß bist.«

Einige Schüler drehten sich zu ihm um. Vincent wurde rot. Seine Hände fingen an zu zittern. »Ich weiß«, nuschelte er. Selbst seine Stimme klang jetzt brüchig. Am liebsten hätte er sich in Luft aufgelöst. Auf dem Smart-Board erschien sein Steckbrief. Wusste der Lehrer denn nicht über seine Allergie

Bescheid? Frau von Sittgenstein hatte doch gesagt, sie würde die Lehrer informieren.

»Lassen wir erst einmal die Fakten sprechen«, machte Dr. Rothfuß weiter. »Euer neuer Mitschüler kommt also aus Hochtal. Aus der Stadt, die nach den Erdbohrungen geräumt werden musste. Er und seine Familie haben es einem Losgewinn zu verdanken, hier in Eden Park leben zu dürfen. Einem Losgewinn. So weit ist es schon gekommen.«

Immer mehr Informationen wurden eingeblendet. Als Dr. Rothfuß bei Vincents Familienstammbaum angekommen war, machte er ein überraschtes Gesicht. »Ich wusste doch, dass mir dein Name bekannt vorkommt.« Er wandte sich an die Klasse. »Ihr müsst wissen, der Onkel eures neuen Mitschülers ist Cornelius Parker. Ein einst angesehener Wissenschaftler, der gemeinsam mit seiner Frau etwas zu energisch seinem Freiheitsdrang gefolgt ist. Dem Erfinder der Theorie der zwei Welten und des alles umfassenden Wellennetzes. Was für ein Humbug. Stellt euch vor, daran hatte man wirklich eine Zeitlang geglaubt. Zum Glück sind diese Zeiten vorbei. Saubere Energie gibt es nur in der Tiefe.« Er deutete ein Lachen an. »Und so etwas wie andere Dimensionen, meine lieben Kinder, gibt es nur in albernen Filmen und überflüssigen Büchern. Schon viele Wissenschaftler haben versucht, die Theorien von Einstein, Heisenberg, und wie die großen Genies des zwanzigsten Jahrhunderts alle heißen, ins Wanken zu bringen, um sich selbst ein Denkmal zu setzen, und alle sind sie an der eigenen Eitelkeit gescheitert.«

Es war unfair, Vincents Onkel und seine Tante vor der Klasse vorzuführen. Wahrscheinlich waren als Nächstes seine Eltern an der Reihe, nur weil sie für einen Online-Supermarkt als Produkttester arbeiteten und nicht für die Alpha-Gruppe, wie wohl bei den meisten Kindern, deren Eltern sich in Eden Park ein Haus leisten konnten.

Vincent senkte den Blick, um nicht zu viel von der Strahlung abzubekommen.

»Sind wir noch nicht ganz wach heute morgen?«, ermahnte ihn Dr. Rothfuß. Durch die 3D-Projektion hatte man den Eindruck, als würde seine lange Nase über die Köpfe der Schüler hinweg in den Raum hineinragen.

»Nein, das ist wegen …« Vincent redete nicht weiter. Eigentlich hatte er sich vorgenommen, die Strahlenschutzbrille nicht aufzusetzen, aber gleich am ersten Tag in Ohnmacht zu fallen war auch nicht besser.

Vincent öffnete seinen Rucksack und zog die umfunktionierte Schweißerbrille heraus. Die großen Gläser waren von winzigen Drähten durchzogen. Er drückte auf den Knopf am Brillenbügel, und ein grünes Licht leuchtete auf. Es signalisierte, dass der Schutzsensor aktiviert war.

»Was soll das werden?«, fragte Dr. Rothfuß. »Sonnenbrillen sind im Klassenzimmer nicht erlaubt.« Seine Nase schwenkte an Vincents Kopf vorbei wie der Ausleger eines Krans.

Vincent wich zurück. Sein Stuhl kippelte, bevor sich die Rückenlehne wie von Geisterhand gegen sein Gewicht stemmte, sich die Armlehnen zusammenzogen und seinen Oberkörper wieder in eine aufrechte Position zwangen.

»Das ist keine Sonnenbrille«, sagte Vincent kleinlaut. An den Gesichtern seiner Mitschüler konnte er ablesen, dass sie kurz davorstanden, in schallendes Gelächter auszubrechen.

»Ich sehe schon. Ganz der Onkel. Immer um Aufmerksamkeit bemüht.« Dr. Rothfuß rümpfte die Nase. »Die Müdigkeit wird sich legen und deine Lust auf alberne Scherze auch, sobald du dich an unser Arbeitstempo gewöhnt hast. Das kann ich dir versprechen.« Immer noch kein Wort zu seiner Allergie. Nicht die kleinste Andeutung.

Ein Foto von Vincent wurde eingeblendet, das ihn Kaugummi kauend vor ihrem alten Haus zeigte. Einige Schüler kicherten. Dr. Rothfuß brachte sie mit einer raschen Kopfdrehung zum Schweigen. Aber es sollte noch schlimmer kommen: Als Nächstes erschienen Vincents Bewertungen, Zeugnisse und Beurteilungen. Der Lehrer schüttelte den Kopf.

»Euer neuer Mitschüler ist also ein kleiner Rebell. Hat sich wohl etwas von seinem Onkel abgeschaut. Aber um Regeln zu brechen, meine Lieben, muss man sie zuerst einmal kennen. Das solltet ihr euch alle hinter die Ohren schreiben.«

Aus der letzten Reihe hatte man den Eindruck, dass alle im Raum fast gleichzeitig nickten. Einige tippten kurz auf ihre Computer. Wahrscheinlich nahmen sie die Stunde mit der Videofunktion auf. Neben jedem Tisch war eine Art Antenne befestigt, die mit einer kleinen Kamera ausgestattet war.

Die grünen Augen von Dr. Rothfuß starrten Vincent regungslos an.

Vincent traute sich nicht mal zu blinzeln.

»Hier gibt es keinen Platz für Sonderwege. Das Einzige, womit du an dieser Schule überzeugen kannst, sind gute Leistungen und der Einsatz für die Gemeinschaft.«

Die Idee, an seiner alten Schule den Tag des Nichtstuns und der tausend Fragen einzuführen, hatte Vincent mehrere Stunden Nachsitzen und einen weiteren Eintrag in die Datenbank eingebracht. Auf die Idee hatte ihn sein Onkel gebracht. Genau wie Vincent hatte der sich als Kind oft gelangweilt. Aber er sagte auch, dass ihn erst diese Langeweile zu einem guten Wissenschaftler gemacht hätte. »Und löchere deine Lehrer mit Fragen, wenn du was nicht verstehst«, sagte Cornelius immer, wenn sie zusammen durch den Wald streiften und Tiere beobachteten. »Nur wer viel fragt, kann viel wissen.«

Seit der Sache mit dem Eintrag hatte Vincent sich angewöhnt, zu zeichnen, wenn ihm eine Frage unter den Nägeln brannte oder er nervös war. Seine Schulhefte waren voll mit Comics, Phantasiefiguren und Sprechblasen. Aber offensichtlich hatte sein neuer Klassenlehrer nicht die geringste Ahnung von seiner Allergie, deshalb ließ Vincent seinen neuen Block in der Schultasche.

»Was will uns diese *interessante* Zusammenfassung sagen?« Das faltige Gesicht von Dr. Rothfuß rückte in den Vordergrund und wurde größer, das Tafelbild verblasste. Trug er tatsächlich einen Bademantel? Zumindest der Kragen sah so aus, als sei er aus Frottee.

Das Mädchen mit den kurzen Haaren streckte die Hand in die Luft.

»Ja, Leonie«, kam es freundlich aus den Lautsprechern.

»Er hat zu wenige Sozialpunkte und muss sich anstrengen, die Mindestpunktzahl für einen Sponsor zu erreichen, der ihm später einen Ausbildungs- oder Studienplatz garantiert.«

»Korrekt. Und wie könnte ihm das gelingen?«

Das Mädchen drehte den Kopf zu Vincent. »Er müsste jede Menge Zusatzaufgaben übernehmen, sich für die Klasse engagieren, Shopping-Punkte sammeln, sich mit Mitschülern und Freunden vernetzen und Bewertungen vergeben.«

»Korrekt, meine Liebe, korrekt«, lobte Dr. Rothfuß. »Aber dazu müsste er zu allererst seinen Computer zur Hand nehmen.«

Kurz war es still. Alle Augen waren auf Vincent gerichtet. Vincent blickte sich suchend auf dem Tisch um. Am Kopfende befand sich ein leuchtendes Symbol, das wie ein Computer aussah. Daneben eine grün blinkende Statusanzeige und die Umrisse eines Fachs. Eine rechteckige Kerbe. Aber wie bekam man das Fach auf? Mit dem Handy?

»Mit zwei Fingern nach rechts streichen«, flüsterte ihm Yashi zu.

»Danke«, entfuhr es Vincent lauter als beabsichtigt.

»Hat da jemand seine Hausaufgaben nicht gemacht?«, sagte der Lehrer. »Bis morgen bitte ich dich darum, das Handbuch für Schüler durchzuarbeiten und den Eingangstest für Neubürger zu machen. Das ist die Basis, um sich möglichst schnell in Eden Park zu integrieren. Sag das auch deinen Eltern, falls sie das noch nicht getan haben. Integration, das Einfügen in die

Gemeinschaft, ist das A und O hier in Eden Park.« Der Blick des Lehrers verharrte auf Vincents Hand. Die buschigen Augenbrauen zogen sich zusammen. »Worauf wartest du noch? Der Unterricht muss weitergehen.«

Vincent zögerte. Im Kopf addierte er die Zeit, die er heute schon vor großen und kleinen Bildschirmen verbracht hatte, und das Lehrerhologramm leuchtete ja auch ziemlich hell. Vielleicht hatte diese Strahlung denselben Effekt auf ihn. Jedenfalls kribbelte das Licht auf seiner Haut und brannte leicht in seinen Augen, und das war kein gutes Zeichen. Maximal fünf Minuten blieben noch übrig. Was, wenn sein verletzter Finger doch der Vorbote eines richtigen Anfalls war und nicht vom Gitarrespielen kam? Daran wollte er lieber nicht denken. Er musste sich was einfallen lassen.

»Kann ich kurz mal rausgehen?«, fragte er leise.

»Auf die Toilette?«

»Nein, ich … ich muss nicht. Es –« Er spürte die verwunderten Blicke seiner Mitschüler.

»Darf ich fragen, weshalb du uns dann schon wieder verlassen möchtest? Hat man dir in Hochtal den Unterschied zwischen Anwesenheitspflicht und freiem Arbeiten nicht beigebracht?« Die Nase von Dr. Rothfuß kam näher, die Stimme verzerrte sich. Neugierige Stille breitete sich zwischen den Bänken aus.

»Es ist wegen der Strahlung«, sagte Vincent und lächelte verlegen. Jetzt war es raus. Aber länger konnte er nicht warten. Er musste so schnell wie möglich hier weg.

»Wie bitte?« Die Nase durchschnitt den Raum wie ein Lichtschwert, fehlte nur das brummende Geräusch. »Wegen der *Strahlung*? Sind wir gleich am ersten Tag zum Scherzen aufgelegt? Manieren sind das! Das ist wirklich ungeheuerlich. Dir fehlt es eindeutig an Erziehung und Respekt.« Seufzend wandte sich Dr. Rothfuß an die Klasse. »Haben wir es bei eurem neuen Mitschüler etwa mit einem Clown zu tun?«

Ein Junge meldete sich.

»Das war keine Frage, Maximilian!« Der Lehrer verdrehte die Augen. »Vincent Parker, wäre das heute nicht dein erster Tag, und würdest du nicht aus *Hochtal* kommen und der Gewinner einer *Lotterie* sein, würde ich dir einen Eintrag geben.« Dr. Rothfuß ging so nah an die Kamera heran, dass nur noch seine stechenden Augen zu sehen waren. »So aber will ich noch mal Gnade vor Recht ergehen lassen und es bei einer mündlichen Verwarnung belassen.«

Vincent nickte. Im selben Augenblick fingen seine Hände an zu zittern. Es ging los. Die Allergie! Schützend hielt er sich die Hände vors Gesicht.

»Was machst du da?«, kam es wütend von seinem Lehrer. »Wir sind hier nicht im Kindergarten. Könntest du bitte deine Hände wegnehmen?«

»Ich … ich …«

»Sofort!«

Vincent ließ langsam seine Hände sinken, als die Tür zum Klassenzimmer aufgezogen wurde. Die Rektorin eilte zusammen mit dem Mann vom Sicherheitsdienst in das Zimmer und blieb direkt vor Vincents Tisch stehen.

»Der Junge weigert sich, am Computer zu arbeiten«, behauptete Dr. Rothfuß.

Vincent wollte gerade über den Tisch streichen, um den Tablet-Computer hervorzuholen, da legte Frau von Sittgenstein ihre Hand auf seine. »Schon gut«, sagte sie lächelnd. »Für heute ist es genug. Tut mir leid, dass das so gelaufen ist. Das tut mir wirklich leid.«

»Aber …«, setzte Dr. Rothfuß an.

Frau von Sittgenstein schnitt ihm das Wort ab. »Wer ist in dieser Klasse die oder der Leistungsstärkste, Dr. Rothfuß? Das will ich jetzt von *Ihnen* wissen. Mehr nicht!«

»Ähm … das ist Leonie Kampnagel.« Die Nase schwenkte zu dem schwarzhaarigen Mädchen. »Sie hat die meisten Prozente.«

»Gut«, sagte die Rektorin und wandte sich zu ihr. »Dann bitte ich dich, deinem neuen Mitschüler alles zu zeigen.« Sie legte einen gewöhnlichen Schlüssel vor Vincent auf den Tisch. »Auch die ehemalige Schulbibliothek im Westtrakt. Vincent Parker bekommt nämlich Bücher. Richtige Bücher.« Sie sagte das auf eine Weise, dass es wie eine Auszeichnung klang.

»Ähm, Bü-bü-cher?«, stammelte der Lehrer. »Aber …«

»Zurück zu Ihnen, Herr Dr. Rothfuß. Sie sollten in Zukunft die Nachrichten lesen, die ich Ihnen schicke. Dieser Junge hat eine Allergie gegen die Strahlung von Monitoren und eventuell auch von Holo-Projektoren. Das muss noch geklärt werden.«

Jetzt starrten Vincents Mitschüler ihn mit offenen Mündern an.

»Das … das hab ich nicht gewusst«, stammelte Dr. Rothfuß.

»Ich erwarte Sie in zehn Minuten zum *persönlichen* Gespräch in meinem Büro. Und ziehen Sie davor bitte die *offizielle* Schulkleidung an!«

FÜNFTES KAPITEL

Die ehemalige Bibliothek

Leonie schaute alle paar Sekunden auf ihr Handy, tippte Nachrichten und eilte durch die Korridore, als müsste sie ein Rennen gewinnen. Immer wieder blieb sie stehen, ratterte Informationen zu den Gebäuden, den Klassenzimmern, den Projekt- und Aufenthaltsräumen herunter, betonte, welche Berühmtheiten in Eden Park ihren Abschluss gemacht hatten und marschierte weiter zum nächsten Punkt ihrer hektischen Besichtigungstour.

»Die silbernen Terminals stehen vor jedem Klassenzimmer und in der Mensa. Dort kannst du deine Tagesleistung und deinen Wochenplan abrufen, dein Guthaben für Essen und Nachhilfestunden aufladen und schauen, wo du noch Bonuspunkte bekommen kannst. Am Ende des Tages kannst du Bewertungen und Kommentare für Mitschüler und Lehrer oder das Personal abgeben. Ein bis fünf Sterne. Je mehr desto besser für die Rangliste.« Leonie machte kaum Pausen zwischen ihren Sätzen.

»Rangliste?«, fragte Vincent.

»International auch *Ranking* genannt.«

»Klar. *Ranking.*«

»Beurteilungen, Tests, Hausarbeiten, außergewöhnliche Leistungen und und und. Für fast alles gibt es Punkte, und Punkte sind mit Vergünstigungen, Shopping-Gutscheinen, der Teilnahme an Sonderkursen oder Freistunden verbunden. Und

Freistunden sind gut, weil man sonst nicht dazu kommt, seine Hausaufgaben zu machen, und bis in die Nacht lernen muss.«

»Verstehe«, sagte Vincent. Er redete absichtlich sehr langsam weiter, um Leonie zu ärgern. »Und warum geht das nur an den Terminals und nicht online, wenn die Schule so modern ist?«

»Datenschutz. Soll ja nicht jeder alles wissen. Gab's an deiner alten Schule wohl nicht.« Sie hielt ihr Armband vor den Terminal. Der Bildschirm zeigte eine Auflistung der Aufgaben, die Leonie in den letzten Wochen erledigt hatte. Es sah aus, als würde sie rund um die Uhr pauken. »Dein Wochenziel kannst du selbst festlegen. Je höher der Schwierigkeitsgrad ist, den du für die Tests und Aufgaben wählst, desto mehr Punkte kannst du kriegen. Es ist wichtig, dass du jede Woche eine Steigerung einbaust. Auch in den Ferien. Das wird gerne gesehen und gibt Sonderpunkte. Verstanden?«

Vincent starrte auf die Liste. Hinter jedem Schulfach stand ein Fortschrittsbalken. Leonie hatte überall mehr als neunzig Prozent erreicht.

»Verstanden?« Leonie tippte ungeduldig gegen ihr Hosenbein.

»Wenn du mir sagst, wo ich hinmuss, kann ich die Bücher auch selber holen. Ich hab ja die Insektendrohne.«

»Die im alten Teil von Eden Park leider nicht funktioniert. Also machen wir weiter.« Sie tippte gegen den Monitor. »Hier unten kannst du sehen, welchen Platz du im Klassen-, Jahres- und Allzeitvergleich belegst und wo du noch Chancen hast, dich zu verbessern. Einige schaffen das Schulprogramm in sieben statt in acht Jahren. Die werden dann für ein Sonderprogramm der Alpha-Universität ausgewählt, vorausgesetzt, sie bestehen den Eingangstest.«

»Und wo sind die Sportnoten?«, fragte Vincent.

»Ähm … die …« Leonie blinzelte mit den Augen. Ihr Handy piepste. »Wir müssen weiter. Hab nachher noch ein Seminar in weiterführender Verkaufsargumentation.«

Je mehr Vincent über seine neue Schule erfuhr, desto größer wurde sein Wunsch, wieder nach Hochtal zurückzukehren. Dort war es vielleicht nicht so modern wie hier, dafür konnte man vom Schulhof aus direkt in den Wald sehen und die Luft nach einem Regenschauer einatmen und nicht das Putzmittel der Marke *Besonders blumig*, nach dem es hier überall roch. Hinter den ovalen Fenstern duckte sich der künstliche Rasen wie ein lebloser Teppich.

Leonie ging weiter zum nächsten Knotenpunkt, von dem aus vier Röhren in alle Himmelsrichtungen abzweigten. Sie blieb vor einem Monitor stehen, auf dem gerade ein Werbefilm über ein Lernprogramm von Eden Park gezeigt wurde. Kinder mit Schutzbrillen und weißen Laborkitteln arbeiteten an einem komplizierten Versuchsaufbau aus Kolben und Röhren. Im Bildhintergrund blitzten chemische Formeln auf, und ein Sprecher sagte: »Der Baustein für eine blühende Zukunft ist eine solide Ausbildung. Hand in Hand mit der Industrie von morgen.«

Leonie tippte auf ein Symbol am unteren Bildrand. Der Film verschwand, und die 3D-Ansicht der Schule wurde gezeigt. »Wenn du schon mal auf den Lageplan geschaut hast, ist dir vielleicht aufgefallen, dass die Gebäude und Gänge in einer speziellen Form angeordnet sind.« Sie machte eine Pause. »Ist es dir aufgefallen?«

»Ja«, stöhnte Vincent. Wieso führte sie sich so überheblich auf? Glaubte sie, dass er bisher hinter dem Mond gelebt hatte?

»Hast du eventuell eine Idee, was die Architekten dazu inspiriert hat, die Gebäude auf diese Weise anzuordnen?«

»Nein, ich hab keine Ahnung, was sie dazu *inspiriert* hat. Vielleicht war ihnen ja langweilig.«

Leonie prustete empört und stemmte die Hände in die Hüften. »Möchtest du es wissen?«

»Kannst du es nicht einfach sagen?«

»Na gut. Was ist der härteste Stoff der Welt?«

»Der Diamant.« Die Frage war erst letzte Woche wieder in einem Kreuzworträtsel aufgetaucht.

»Nicht schlecht.«

»Aber das stimmt gar nicht«, sagte Vincent ruhig. »Nicht mehr.«

Sie schüttelte den Kopf. »Was redest du da? Es gibt keinen härteren Stoff als einen Diamanten.«

»O doch, den gibt es. Man nennt ihn Lonsdaleit.« Vincent genoss Leonies überraschtes Gesicht. Er redete weiter und versuchte, dabei genauso überheblich und erwachsen zu klingen wie Leonie. »Benannt wurde der Stoff nach der irischen Kristallographin Kathleen Lonsdale. Das solltest du aber wissen, wenn du zu den Besten gehören willst.«

»Das hast du gerade erfunden. Gib zu, dass du das erfunden

hast. Deshalb hast du auch diese Einträge, weil du glaubst, dass Schule nur Spaß ist. Aber damit kommst du hier nicht weit. Damit kassierst du nur noch mehr Einträge und wirst heruntergestuft. Das passiert allen, die sich nicht an die Regeln halten.«

»Lons-da-le-it«, wiederholte Vincent Silbe für Silbe. »Das ist die richtige Antwort. Auch wenn du mir nicht glaubst.«

Leonie presste die Kiefer aufeinander.

Vincent kam in Fahrt. »Ich kann nichts dafür, dass du nicht auf der Höhe der Zeit bist.«

»Das werden wir noch sehen.« Leonie drehte sich von ihm weg und tippte wütend auf ihr Smartphone.

»Und?«, fragte Vincent. »Hab ich recht?«

»Okay«, schnaubte Leonie. »Eins zu null für dich. Aber bilde dir bloß nichts darauf ein. Eigentlich wollte ich damit nur sagen …«

Vincent hob die Hand: »… dass die Schulgebäude angeordnet sind wie die Struktur bei einem Brillanten. So wie das Firmenzeichen der Alpha-Gruppe, die Eden Park gebaut hat.«

»Dann hätten wir das also geklärt«, grummelte Leonie und eilte wortlos weiter.

Vincent spürte ein stärker werdendes Stechen hinter der Stirn. Jetzt hatte er schon wieder aus nächster Nähe auf einen Monitor geschaut. Gleich würden die Kopfschmerzen richtig losgehen. Vielleicht bildete er sich das nur ein, aber der verletzte Finger begann wieder zu kribbeln. Und seine Haut … sie schimmerte … schimmerte sie tatsächlich bläulich?

Bitte nicht!, dachte er, blieb stehen und schloss kurz die Augen. Das Kribbeln wurde stärker, der Finger begann zu pulsieren und brannte. Der Schmerz zog von der rechten Hand hinauf bis in die Haarspitzen. Als er die Augen wieder öffnete, tauchte in der Spiegelung eines Fensters das Bild einer Hügellandschaft auf. Eine Ansammlung kleiner, einstöckiger Häuser, die in unregelmäßigen Abständen in der glühenden Sonne standen. Kreisrund um ein unsichtbares Zentrum. Er kannte das Bild. Es sah aus wie die letzte Zeichnung in seinem Notizbuch, nur mit dem Unterschied, dass sie diesmal von einem blauen Schimmer überdeckt wurde. Als er genauer hinschaute, stockte ihm der Atem: Die gewundenen Sandwege endeten im Nichts. Auch der Himmel sah aus, als hätte jemand mit Schleifpapier über den Wolken gewütet. Das kratzende Geräusch konnte man fast hören. Vincent schüttelte sich.

Der Horizont war zerklüftet. Man konnte nur erahnen, wie sich die Landschaft fortsetzte. Im oberen Drittel war das Bild leer, unberührt. Doch Vincent spürte, dass da etwas fehlte …

In seinem Magen breitete sich ein mulmiges Gefühl aus, weil er sich einmal mehr von dieser Landschaft angezogen fühlte. Sogar der Duft der blühenden Wiesenblumen kitzelte in seiner Nase und erfüllte ihn mit Sehnsucht. Es war verrückt! Er sehnte sich nach einem Ort, an dem er noch nie gewesen war.

Seine Augen fielen zu, und er hörte eine leise Melodie, ein verheißungsvolles Summen, das sich wie eine schützende Haut über seinen Körper legte und im nächsten Moment von krächzendem Vogelgezwitscher gestört wurde.

Wütend öffnete Vincent wieder die Augen.

»Worauf wartest du?«, rief Leonie. Sie war am Ende des Korridors angelangt. »Die ehemalige Schulbibliothek liegt ganz am anderen Ende von Eden Park. Wir müssen uns beeilen. Ich hab nicht den ganzen Morgen Zeit.«

»Ich komm ja schon.«

Vincent spürte ein unangenehmes Ziehen in der Magengegend. Kurz fühlte es sich an, als würde er fallen. Es war wie Abschiednehmen, als das Bild vor seinen Augen verblasste und schließlich auch aus seinen Gedanken verschwand. War ihm vor wenigen Minuten noch warm gewesen, fühlten sich seine Füße jetzt eiskalt an, und er hatte das Gefühl zu schwanken. Wenigstens ließ das Kribbeln in seinem Finger nach.

»Hey, alles okay? War das gerade wegen deiner Allergie? Hast du deshalb so komisch geschaut?« Leonie klang besorgt. »Hilft die Brille denn nicht gegen die Strahlung?«

»Sind ja nicht nur die Augen, die darauf reagieren. Die Strahlen gehen auch durch die Klamotten.« Vincent wollte den peinlichen Schutzanzug nicht erwähnen, den er zwar besaß, in den ihn aber keine zehn Pferde mehr hineinkriegen würden. Beim letzten Mal hatte der Reißverschluss geklemmt, und sie mussten durch die halbe Stadt fahren, um jemanden zu finden, der ihn aufbekam, damit Vincent das Ding wieder ausziehen konnte. Ein paar kleine Kinder waren vor Schreck heulend davongerannt, als er aus dem Wagen gestiegen war.

»Mein Onkel …«, begann er und kniff die Augen zusammen.

»Der verrückte Wissenschaftler?«, fragte Leonie. Ihre Stimme klang weit entfernt.

»Er … er ist nicht verrückt«, nuschelte Vincent und räusperte sich.

»So hab ich das nicht gemeint. Bei Dr. Rothfuß hat es sich nur so angehört. Aber der ist ja selber ein merkwürdiger Kauz.« Sie zögerte. »Alles okay mit dir? Soll ich jemanden holen? Brauchst du Hilfe?«

»Nein. Geht gleich wieder.« Vincent versuchte sich klarzumachen, wie unwahrscheinlich es war, hier und jetzt einen Anfall zu bekommen. Cornelius hatte ihm gesagt, dass gewöhnliche Monitore keinen akuten Schock auslösen konnten, wenn er nicht für Minuten aus nächster Nähe direkt hineinschaute oder so.

»Cornelius«, sagte er und holte tief Luft. »Mein Onkel arbeitet an einem speziellen Stoff, der einen Teil der Strahlung filtert. Denn sobald es zu viel wird, reagiert leider auch meine Haut, und mir wird schwindelig. Deshalb darf ich maximal eine halbe Stunde am Tag auf Monitore und so schauen.«

»Krass«, sagte Leonie. »Das ist wirklich krass. Hast du deshalb so viele Sommersprossen?«

Vincent musste schmunzeln. »Nein, die sind normal. Die haben alle in meiner Familie.«

»Sollen wir wieder umdrehen?«, fragte Leonie. »Wir müssen durch das Einkaufszentrum. Dort folgen einem überall nervige Holo-Projektionen und wollen einem was andrehen, sobald man vom System erkannt wird.«

»Wenn ich nicht reinschaue, müsste es gehen.« Tatsächlich löste sich der Schleier vor Vincents Augen wieder auf. Er war erleichtert. »Hab nur ein bisschen Kopfschmerzen.«

»Hatte ich gestern auch den ganzen Tag. Deshalb muss ich heute einen Zahn zulegen. Sonst stuft mich das Lernprogramm zurück. Die Hausaufgaben und Tests passen sich ja täglich deinem Niveau an. Im oberen Level ist das ganz schön hart. Da kommen sogar sonntags noch Fragen und Projektangebote.«

»Heißt das, dass wir alle unterschiedliche Tests bekommen?«

»Ja, natürlich. War das an deiner Schule, an der in Hochtal, denn nicht so?«

»Nein.«

Leonie schaute ihn verwundert an. »Ihr habt alle dieselben Tests geschrieben? Im Ernst?«

»Ja.«

»Das ist wirklich schräg.«

»Wieso?«

»Ist doch ungerecht. Kann doch nicht jeder gleich gut sein und sich gleich viel merken.«

Vincent nickte. So hatte er das noch nie gesehen. Sie kamen erneut an eine Abzweigung. Bisher hatte es nirgendwo einen Hinweis auf die Bibliothek gegeben, und sie hatten schon etliche Gebäude und Verbindungsröhren durchquert. Dem Stand der Sonne nach zu urteilen, hatten sie sich etwa dreihundert Meter Richtung Westen bewegt. Wie gut, dass Vincent bei Cornelius eine echte Pfadfinderausbildung genossen hatte. Er konnte sich sogar bei Nacht an den Sternen orientieren. Und Spuren lesen.

Leonie blieb unentschlossen an einem Knotenpunkt stehen.

»Ich kann wirklich alleine weitergehen«, sagte Vincent.

»Auf keinen Fall.« Sie schaute sich verstohlen um, tippte etwas in ihr Handy und hielt es vor einen unscheinbaren grünen Punkt an der Wand.

»Wir nehmen eine Abkürzung.« Ein Zischen, und die Wand glitt zur Seite. »Schnell, bevor uns jemand sieht.«

Vincent zögerte.

»Worauf wartest du?«

»Ist das nicht verboten?«

Leonie grinste. »Nur, wenn man erwischt wird.«

»Aber …«

»Los!«

Kaum hatten sie das Treppenhaus betreten, schloss sich hinter ihnen die Wand. Stickige Luft schlug ihnen entgegen. Vincents Augen brauchten einige Sekunden, um sich an die dunklere Umgebung zu gewöhnen. Das gedämpfte Licht tat gut. Das Ziehen hinter seiner Stirn ließ nach. Vor ihnen tauchten nackte, unverputzte Betonwände auf, und Granitstufen führten in die Tiefe wie in einen schwarzen Schlund.

»Wo sind wir hier?«, fragte Vincent.

»Das ist der Verbindungsgang für das Putzpersonal und die Rektorin, die auch Präsidentin und Leiterin der Zukunftsabteilung von Eden Park ist«, sagte Leonie. »Die gesamte Stadt ist unterkellert. Das war ja früher alles mal ein Forschungszentrum.« Sie zeigte nach vorne. »Der Weg führt zum Teilchenbeschleuniger und den ehemaligen Laboren. Da haben sie zum ersten Mal Antimaterie nachgewiesen. Vor acht Jahren hat es aber wohl einen Zwischenfall gegeben, deshalb wurde der ganze Bereich gesperrt.«

»Warum zeigst du mir das?«, fragte Vincent.

Sie grinste. »Ich hab mir dein Profil angeschaut und noch ein paar Abfragen gemacht.« Sie hielt ihm ihr Handy hin. Seinen Eintrag aus der Perfect-Life-Datenbank. Doch dann öffnete sich eine weitere Seite, die Vincent noch nie gesehen hatte. Ein roter Balken, der unter zehn Prozent stand.

»Wie du siehst, ist die Wahrscheinlichkeit, dass du mich verpfeifst, äußerst gering. Theoretisch kann man dir also vertrauen.«

»Wie bist du da rangekommen?«

»Die Verschlüsselung zu knacken war ein Kinderspiel. Passwörter sind meine Spezialität. Da staunst du, was? In der Datenbank soll es noch weitere geheime Seiten geben, damit sie planen können, wer von uns zu Höherem bestimmt ist.« Sie verdeckte das Handy-Display. »Eine Allergie, wie du sie hast, kommt übrigens äußerst selten vor. Nur einer von zehn Millionen hat so was. Hab ich vorhin gleich nachgeschaut. Das macht dich zu was Besonderem. Hat also auch seine guten Seiten.«

Sie gingen schweigend durch einen langen Gang. Vermutlich war das ein Seitentunnel des Teilchenbeschleunigers. Der Tunnel beschrieb eine sanfte Linkskurve, und etwa alle zwanzig Meter kamen sie an einer Nische vorbei, die zu einer Stahltür mit einem Warnhinweis führte. Leonie schien sich an den Nummern zu orientieren, die über den Rohrleitungen angebracht waren. Ein an- und abschwellendes Säuseln überlagerte alle paar Minuten die Stille. Bei der Nische mit der Nummer 17 hielt Leonie an und öffnete die Tür mit einem kleinen länglichen Schlüssel, den sie aus der Hosentasche zog. Im Raum dahinter befand sich ein Aufzug. Eine Überwachungskamera drehte sich in ihre Richtung.

»Was ist mit den Kameras?«, fragte Vincent und folgte Leonie in den schmalen Aufzug.

»Haben wir umgeleitet. Zeigen jetzt nur einen leeren Fahrstuhl.«

»Umgeleitet? Wir?«

»Yashi und ich. Sein Vater ist der Hausmeister. Yashi kann *fast* überall hin. Er kennt sogar den Zugangscode zum Rechenzentrum, dem Herzstück von Eden Park. Wenn man da rankommt, kann man praktisch alle Daten von den Bewohnern anzapfen und eben auch die Überwachungskameras austricksen.«

Vincent nickte beeindruckt. »Und die Bibliothek?«

»Ist ein Sonderfall. Veraltete Technik, die man nach dem Umbau nie mit dem Alpha-System verbunden hat.«

Vincent verstand nur die Hälfte. Er traute sich aber nicht nachzufragen, weil er befürchtete, Leonie könnte wieder so überheblich reagieren wie vorhin.

Sie wischte über einen Pfeil, der nach rechts zeigte und drückte dann auf den Knopf mit der Aufschrift 5G. »Bevor du gleich fragst: Ja, dieser Aufzug fährt auch waagerecht. Leider nicht in den alten Teil von Eden Park. Dort gibt es weder Überwachungskameras noch Terminals. Wegen der dicken Mauern und der fehlenden Verstärker gibt es auch kein WLAN.« Sie zeigte ihm die Warnmeldung auf ihrem Handy. »Wir sind gewissermaßen unsichtbar«, raunte sie ihm zu. Der Gedanke schien ihr zu gefallen.

Vincent wurde aus Leonies Verhalten nicht schlau. Je weiter sie sich von der Schule entfernten, desto freundlicher wurde sie. Selbst ihre Stimme klang nicht mehr so abweisend.

»Die meisten alten Gebäude hat man abgerissen, als die Shoppingmall und die Stadt gebaut wurden.«

Sie folgten einem schwach beleuchteten Korridor, dessen Wände von dicken Rohren durchzogen wurden, bis zu einem unverputzten Treppenhaus, das mehrere Stockwerke nach oben führte. Außer einem gleichmäßigen Rauschen war nichts zu hören. Vincent hatte inzwischen komplett die Orientierung verloren. Alleine würde er nicht mehr zurückfinden.

»Den Schlüssel«, sagte Leonie. »*Deinen* Schlüssel.«

Vincents erstauntes Gesicht spiegelte sich auf dem Granitboden. Sie standen vor einer mächtigen Holztür, die in der großen Halle wie ein Fremdkörper wirkte, wie das Tor in eine andere Zeit.

»Man hat einen Betonwürfel über die Bibliothek gebaut, damit die Architektur ins Gesamtbild passt«, erklärte Leonie. »Aber die Bibliothek ist nicht mehr für die Öffentlichkeit zugänglich, seit man das letzte Buch digitalisiert hat.«

»Bist du schon mal hier gewesen?«, fragte Vincent.

»Nein. Wozu auch? Den Schulstoff gibt's online. Das meiste muss man bloß auswendig lernen. Dafür muss man nicht hierher ans Ende der Welt gehen.« Leonie streckte ihre Hand aus. »Jetzt müssen wir uns aber wirklich beeilen. Den Schlüssel, bitte.«

Kaum hatte Leonie den Schlüssel ins Schloss gesteckt, ertönte ein Summen. Der rechte Türflügel schwang quietschend nach innen, von wo ihnen muffige, trockene Luft entgegenschlug.

Leonie bekam den Mund nicht mehr zu. »Wahnsinn.«

Vorsichtig, Schritt für Schritt, gingen sie hinein. Immer mehr Lichter flackerten über ihnen auf. Dann schloss sich hinter ihnen leise die Tür.

Auch wenn Vincent Bücher nicht mochte, weil er wegen seiner Allergie dazu verdonnert war, sie zu benutzen, und immer damit auffiel, war der hohe Saal wirklich beeindruckend. Sie standen auf einer Brücke aus Beton, die mitten in den Raum hineinragte und von Stahlseilen gehalten wurde. Statt einer Treppe gab es rechts und links neben dem Eingang Rampen, die sich wie die Windungen eines Schneckenhauses nach oben in die Kuppel zogen und auf ihrem Weg dorthin mehrmals kreuzten. Je länger Vincent hinschaute, desto stärker wurde sein Eindruck, dass sich die Windungen im Uhrzeigersinn drehten. Eine optische Täuschung.

Nirgendwo gab es Geländer. Vincent ging vor bis zur Kante. Seine Schritte waren in der Stille das einzige Geräusch.

»Ich warte hier«, sagte Leonie. Sie blieb dicht am Eingang stehen. »Von hier sieht es auch schon sehr beeindruckend aus.«

»Hast du Höhenangst?«

Sie schaute Vincent erschrocken an. »Ein bisschen. Aber bitte sag keinem was davon. Wenn das in der Datenbank landet, kann ich nicht mehr Pilotin werden.«

»Du willst Pilotin werden?«

»Nein, natürlich nicht. Das war bloß ein Beispiel. Ich will mir nur nicht jetzt schon irgendwelche Möglichkeiten verbauen. Bis zum Studium kann ja noch viel passieren.«

»Wenn du nach vorne schaust und nicht nach unten, geht es vielleicht besser mit der Angst.«

»Ich überleg's mir. Geh ruhig schon mal vor.«

Der Saal erstreckte sich über fünf Etagen. Drei nach oben und zwei nach unten. Die Decken und Wände waren mit hellem Holz getäfelt. Ganz unten stand ein Sofa aus rotem Samt und ein massiver Holztisch, auf dem sich dicke Bücher stapelten, manche davon waren aufgeschlagen, als hätte jemand erst vor kurzem darin gelesen.

Leonie befolgte Vincents Rat und ging seitlich über die Rampe nach unten. Sie hielt sich nah an der Wand und richtete die Augen starr nach vorn. Vincent beobachtete sie und lächelte dabei in sich hinein.

»O mein Gott«, rief sie zu ihm herauf, kaum dass sie unten angekommen war. »Das … das ist unglaublich. Das musst du dir ansehen. Von hier sieht es phänomenal aus. Das ist der Hammer!« Sie drehte sich langsam um die eigene Achse und strahlte übers ganze Gesicht. »Das … das ist ja eine richtige, eine echte Bibliothek. Das sind ja gar nicht nur Schulbücher, wie es im Online-Verzeichnis steht. Hab ich schon gesagt, wie unglaublich das ist?« Sie nahm eines der Bücher vom Tisch und schnupperte daran. »Ich liebe alte Bücher. Ohne gute Geschichten würde ich sterben. Hör mal!« Sie ließ die Seiten aufblättern und strich mit dem Daumen über die Kanten. »So klingen sprechende Seiten.« Sie seufzte. »Wie sehr ich das vermisst habe, ein richtiges Buch in der Hand zu halten.« Leonie legte das Buch behutsam zurück. Ihre Augen glänzten vor Freude. »Dieser Ort ist noch viel besser, als es im Internet ausgesehen hat. Viel besser.«

Leonie lief über die Rampe zurück nach oben. Sie schien ihre Angst vergessen zu haben. »Die haben die Bücher ja doch nicht alle nach der Digitalisierung weggeworfen.« Staunend ging sie von Regal zu Regal. »Vincent, glaubst du, du darfst den Schlüssel behalten? Ich will mir das alles in Ruhe anschauen.«

»Weiß nicht. Ist ja eigentlich nur wegen der Schulbücher.«

»Und wenn du behauptest, dass du nicht alle Bücher auf einmal tragen konntest, weil sie zu schwer waren? Oder noch besser: dass du für eine freiwillige Projektarbeit was nachlesen willst. Das nimmt dir der Rothfuß auf jeden Fall ab. Das muss er dir abnehmen. Nach dem Ärger, den er jetzt mit Frau von Sittgenstein kriegt, wird er dir aus der Hand fressen.«

Vincent setzte sich in den schweren Ohrensessel. Nicht das kleinste Geräusch war von draußen zu hören. Das war fast noch besser als im Wohnwagen.

»Warum sollte ich das tun?«, fragte er herausfordernd. »Das wäre doch gelogen. Wenn es rauskommt, krieg ich bestimmt einen Eintrag. Und du hast ja selbst gesagt, dass Einträge Probleme fürs *Ranking* bedeuten.«

»Ach, iwo. Wie soll das denn rauskommen? Kann doch keiner wissen, ob du die Bücher wirklich brauchst. Hier drin gibt es weder Kameras noch Sensoren. Das ist wie eine Insel. Abgeschnitten von der Außenwelt. Yashi wird begeistert sein.«

»Ich weiß nicht.«

»Wir könnten doch einen Deal machen.« Leonie ließ nicht locker.

»Und wie würde dieser Deal aussehen?«

»Du versuchst, das mit dem Schlüssel hinzukriegen, und ich werde deine Einträge in der Perfect-Life-Datenbank ein wenig auffrischen, damit du keine nervigen Spezialaufgaben kriegst oder ganz unten anfangen musst. Nur Shoppen und vernetzen musst du dich selbst. Vor allem mit Leuten, die bessere Bewertungen haben als du. Aber auch dafür kann ich dir ein paar Tipps geben.«

»Aber das ist doch strafbar, ich meine, richtig strafbar, Einträge zu fälschen.«

Leonie grinste. »Kommt drauf an, wie man sich dabei anstellt.« Sie zog ein Buch aus dem Regal und wurde schlagartig ernst. »Das … das ist Huckleberry Finn. Das hat mir meine Mutter immer vorgelesen, als ich klein war.« Sie schlug das Buch an irgendeiner Stelle auf und las laut vor: *»Wenn aber einer aus der Bande die Geheimnisse verrate, werde ihm der Hals abgeschnitten, der Körper verbrannt und die Asche in alle vier Winde gestreut …«* Gedankenverloren schaute sie wieder hoch, klappte das Buch langsam zu und strich über den Einband. »Die Sprache ist uralt, manche Wörter gibt es gar nicht mehr. Ach Vincent, du hast so ein Glück! So ein *verdammtes* Glück, wie Huck sagen würde.« Sie lachte auf. »Hattest du vielleicht in Hochtal auch eine Bande? Das ist doch eher ländlich da. Oder?«

»Ländlich?«

»Na ja, das ist ja nicht zwangsläufig schlecht.«

»Mein Onkel hatte als Kind eine Bande, mit Lager und allem drum und dran. Er ist sogar mal von zu Hause ausgerissen und hat im Wald übernachtet.«

»Das muss cool sein. Wenn man den ganzen Tag nur das macht, worauf man Lust hat.« Sie schlenderte weiter an den Regalen entlang. »Und hier haben wir schon mal Deutsch und Gemeinschaftskunde. Die Bücher für die anderen Fächer müssen oben bei den Naturwissenschaften sein.«

SECHSTES KAPITEL

Der Bote

Nach dem Vorfall mit Dr. Rothfuß hatte sich Frau von Sittgenstein bei Vincent entschuldigt und ihm den Nachmittag freigegeben. Zur Sicherheit wollte sie noch einmal persönlich mit allen Lehrern sprechen und seinen Stundenplan überarbeiten, bis feststand, ob ihm die Strahlung der Hologramme in der letzten Reihe etwas anhaben konnte. Daran wollte er lieber nicht denken. Er wollte keine Sonderbehandlung, sondern einfach wie jeder andere zur Schule gehen. Er war froh darüber, dass ihn seine neuen Mitschüler nicht wie einen Aussätzigen behandelten. Wenn niemand sonst sie hören konnte, schwärmte Leonie davon, was es in der alten Bibliothek alles zu lesen gab. »Sicher gibt es dort auch *Frederick* und *Wo die wilden Kerle wohnen*, die wegen der *unklaren Einstufung* …«, sie malte Gänsefüßchen in die Luft, »… in Eden Park verboten sind.«

»Wir können ja beim nächsten Mal danach suchen.«

Leonie nickte.

Vincents Allergie verkaufte sie den anderen als *etwas Besonderes.* Als sei sie etwas, worüber man sich freuen sollte. Das war völliger Quatsch, aber Leonie war die Klassensprecherin, und die meisten schienen ihr das abzukaufen. Zwar musste Vincent in den Pausen unzählige Fragen über sich ergehen lassen, aber das übliche Getuschel blieb aus. Unterm Strich war der erste

Schultag also ganz okay gewesen. Und den Schlüssel zur Bibliothek durfte er auch behalten. Darüber würde sich Leonie morgen freuen. Vielleicht könnten er und Yashi sogar Freunde werden. Im Gegensatz zu Leonie schien er nicht nur gute Noten und Bücher im Kopf zu haben. In der Mittagspause hatte er erzählt, dass im neuen Teil von Eden Park ganze Häuser mit mobilen Druckern gebaut wurden. »Das dauert nur drei Tage«, hatte er gesagt und stolz von seinem Vater erzählt, der als Hausmeister Zugang zu allen Bereichen der Stadt hatte. Er war Leonies bester Freund, und Vincent mochte ihn auf Anhieb. Yashi schaute einem direkt in die Augen, hatte ein ansteckendes Lachen und war nicht wie die anderen ständig mit Zusatzaufgaben beschäftigt. In der großen Pause war er mit seinem Skateboard über den Schulhof gerast und hatte Vincent ein paar Tricks gezeigt. Vielleicht fuhr auch er BMX-Rad oder spielte gerne Basketball, dann wäre das mit der Bildschirmallergie kein großes Problem.

Jetzt saß Vincent im neuen, alten Wohnwagen, hatte die Vorhänge zugezogen und sortierte die Sachen aus, die dem Brand der Gartenhütte nicht zum Opfer gefallen waren. Er nahm den alten Holzkompass aus der Kiste, mit dem er gelernt hatte, sich im Wald zu orientieren. Das Glas war angelaufen, aber die Kompassnadel zeigte noch immer zuverlässig nach Norden. Nach Hochtal. Dorthin, wo es bald nur noch Bohrtürme geben würde.

Einige Spielfiguren, Optimus Prime, R2D2, E.T. und Batman, die er früher zum Trost nach seinen Krankenhausbesuchen bekommen hatte, waren zu einem schwarzen Plastikklumpen geschmolzen. Die Konservendosen hatten sich unter der Hitze zu kleinen Blechbällen aufgebläht. Zu seiner Überraschung hatte es bei seinem Schweizer Taschenmesser nur die Kunststoffschale erwischt. Die Klingen und Werkzeuge ließen sich alle noch ausklappen. Er steckte das Messer ein. Damit hatte er seinen ersten Bogen geschnitzt. Aus dem Holz einer Ulme, das ihm Cornelius zu seinem achten Geburtstag geschenkt hatte. Damals war die Allergie so stark gewesen, dass Vincent wochenlang in einem Krankenhaus bleiben musste. An die vielen Untersuchungen wollte er sich lieber nicht mehr erinnern. Ständig hatte man ihn in irgendwelche Röhren gesteckt, in denen er Ewigkeiten stillhalten musste, und die unterschiedlichsten Tests mit ihm gemacht. Nur um herauszubekommen, dass mit ihm eigentlich alles in Ordnung war.

Vincent schaute sich im Wohnwagen um. Es war verblüffend, wie exakt die Kopie des Wagens selbst von innen aussah. Man musste schon sehr genau hinschauen, um zu erkennen, dass die Macken im Tisch nicht echt waren. Nur der Geruch passte nicht. Der Wohnwagen roch wie ein fabrikneues Auto, wie ihr neuer Van, der am Eingang von Eden Park stand, weil innerhalb der Stadt nur Elektroautos, Mini-Segways und Fahrräder erlaubt waren.

Riley döste neben ihm auf der Eckbank, streckte sich und genoss den kühlenden Luftzug der neu eingebauten Klimaanlage. Hier drin konnte man fast vergessen, wo man war. Wären da nicht die seltsamen Vogelstimmen gewesen, die sich alle paar Sekunden wiederholten. Mittlerweile waren es mehrere Stimmen.

Zwei weitere Vögel waren dazugekommen, deren Melodien Vincent in den Ohren zerrten. Vincent nahm sich einen Comic vom Tisch und legte ihn wieder weg. Woher kam diese schreckliche innere Unruhe? Als würden Ameisen durch seine Arme und Beine krabbeln, so fühlte sich das an. Er nahm die Gitarre, zupfte einzelne Töne und schlug offene Akkorde an. Der Finger mit der Blase tat weh, aber der Schmerz verschwand, je weniger Angst er hatte, sich zu verspielen.

»Du musst nur darauf vertrauen, die richtigen Töne zu finden«, sagte Cornelius immer. »Verspielen gehört dazu. Und quäl dich nicht mit Notenlernen. Das ist verschwendete Zeit.«

Vincent schlug C-Dur und e-Moll an, d-Moll und G-Dur. Dann schloss er die Augen und spielte Akkorde, deren Namen er noch nie gehört hatte. Wie von selbst fügte sich eine Harmonie an die andere. Erst im Rhythmus seines Herzschlags und dann immer schneller und lauter. Akkorde, bei denen sich die Saiten raschelnd am Griffbrett rieben und über dem Schallloch zu einem mächtigen Geräusch erhoben, das den Tisch, die Schranktüren, ja, sogar die Vorhänge zum Schwingen brachte. Dazu summte er eine Melodie, die er noch nie gehört hatte, und spürte, wie sich die Schwingungen über seine Haut legten und mit jedem neuen Ton etwas von der Unruhe nahmen.

Er wollte gerade die Singstimme eines Vogels nachspielen, als es an der Tür klopfte. Das Klopfen war laut, sehr laut. Es hörte sich an, als würde jemand mit einem Hammer gegen eine mächtige Kirchenglocke schlagen. Der ganze Wagen zitterte. Riley bellte einmal, bevor er unter die Eckbank kroch.

»Ich hab keinen Hunger«, rief Vincent durch die geschlossene Tür. »Hab in der Schulkantine zu viel gegessen.«

Keine Antwort. Erneut das Klopfen.

Vincent legte die Gitarre aus der Hand. Erst jetzt bemerkte er den kalten Schweiß auf seiner Stirn und das Schimmern seiner linken Hand. Er strich einmal darüber, und das Schimmern verschwand wieder.

»Wenn du das bist, Marlene«, sagte Vincent genervt, »dann kannst du gleich wieder abhauen. Riley will bei mir bleiben. Er hat keine Lust darauf, dass du ihm ständig eine neue Frisur verpasst, und er macht auch bei keinem Casting mehr mit.«

Das Klopfen wurde noch lauter. Das Wasser in Vincents Glas schwappte über den Rand. Gleich würde die Tür aus den Scharnieren brechen. Vincent riss wütend die Tür auf. »Was ist denn?!«, polterte er und verstummte augenblicklich. Im Licht der untergehenden Sonne stand nicht seine Schwester, sondern ein kleiner gedrungener Mann, der in der Uniform eines Postboten steckte.

»Na endlich«, begrüßte ihn der Postbote müde lächelnd. »Hab ja nicht ewig Zeit. Muss ja alles schnell gehen. Heute und schon immer.« Wie aus dem Nichts zog der Mann ein schuhkartongroßes Paket hinter dem Rücken hervor und streckte es Vincent entgegen. »Eine Eilsendung. Oberste Priorität. Alleroberste Priorität.«

»Für mich?«

Der Bote zog einen kleinen Block aus seiner Jackentasche und spähte an Vincent vorbei. »Nein, für den Hund. Für den schlecht frisierten, nichtsnutzigen Vierbeiner da.« Der Postbote seufzte und drückte Vincent das Paket in die Hand. »Natürlich für dich. Sonst würde ich wohl kaum hier stehen. Ich mach das ja nicht zum Spaß.«

»Und von wem ist es?«

»Fragen über Fragen. Es ist wirklich ein Leid mit der Neugier der Kinder.« Er nahm Vincent das Paket wieder ab, stellte es auf den Boden, zog einen kleinen Block aus der Weste und überflog eine Zahlenkolonne. »Also«, sagte er mit bemüht ruhiger Stimme. »Hier steht, dass du neulich bei einem Kreuzworträtsel mitgemacht hast. Ist das korrekt?«

»Ja, aber –«

»Dann ist das wohl der Hauptgewinn. So sieht's aus. Ursache und Wirkung. Man macht bei einem Kreuzworträtsel mit, kritzelt das Lösungswort auf eine scheußliche Postkarte mit dämlich dreinglotzenden Alpakas drauf und gewinnt. Daran ist nichts Ungewöhnliches.« Er hielt Vincent den Block unter die Nase.

Die Zahlen waren verschwunden. Nun stand dort in altmodisch schnörkeliger Schrift sein Name und die neue Adresse. *Vincent Parker. G9, Eden Park.*

»Da unten bei dem Kreuz muss die Bestätigung hin, und …« Der Postbote grinste unvermittelt. »Und anschließend bitte mit Spucke besiegeln.«

»Was?«

»War nur ein Scherz.« Der Bote stieß einen kichernden Laut aus. Dann ein Lachen, das sich tief und raschelnd anhörte. Nachdem er sich wieder eingekriegt hatte, räusperte er sich und sagte ernst: »Eine Zahl zwischen eins und sieben.«

»Eine ...« Vincent schaute den Mann entgeistert an.

»Sicherheitscode. Muss ja alles seine Ordnung haben. Hier und da und überall. Also, eine Zahl. Los, los, hab ja nicht ewig Zeit!«

»Vier.«

Der Bote seufzte. »Vier. Wie langweilig. Dann nehmen wir die Drei. Primzahlen sind immer so einsam. Einverstanden?«

»Aber ...«

»Also die Drei.«

»Und ich soll wirklich unterschreiben?«, fragte Vincent.

»Natürlich sollst du das. Ich dachte, den Punkt hätten wir bereits geklärt.«

»Aber ich bin doch ein Kind.«

»Und?« Der Bote hob einen Mundwinkel. Seine Zähne glänzten grellweiß. »Soll ich deshalb Mitleid haben? Willst du das? Du kannst reden und denken und dich mit mir unterhalten. Damit sind alle Voraussetzungen für eine Unterschrift erfüllt. Also bitte.« Der kleine Mann wackelte ungeduldig mit dem Block.

Vincent griff nach dem Stift, der sich extrem schwer anfühlte.

»Nur eine Drei in das Kästchen schreiben«, sagte der Postbote. »Groß und deutlich. Aber auch nicht zu deutlich, sonst klappt es mit der Erkennung nicht.«

»Aber ich heiße ...«

»Vincent Parker«, seufzte der Bote. »Da wir das alle wissen, genügt die Zahl. Wäre ja auch blödsinnig, etwas hinzuschreiben, was jeder weiß, nicht wahr?« Der Bote hob die Brauen.

»Sicher.« Vincent schwirrte der Kopf, so schnell wie der Mann redete. Ohne weiter nachzudenken schrieb er eine Drei in das Kästchen.

Wie von Wunderhand wurde die Ziffer durch das Papier in einen Strudel gezogen, der nicht nur wie ein Schwarzes Loch aussah, sondern auch eines war. Ein Wurmloch, um genau zu sein. Nachdem der Spuk vorüber war, fiel das Loch in sich zusammen. Ein grün blinkendes Häkchen erschien.

»Alles vergänglich und korrekt. Damit hätten wir das erledigt. Für die Zukunft, die Vergangenheit und Gegenwart wäre es gut, wenn du etwas kooperativer wärst. Superboten ersten Ranges haben es nämlich immer eilig. Schließlich müssen sie oft an zwei, drei und vielen Orten gleichzeitig sein und es allen recht machen.«

Der Bote schaute sich um, als würde ihn jemand beobachten. Dann räusperte er sich und straffte den Rücken. »Kommen wir wieder zurück zum offiziellen und damit besonders langweiligen

Ein Wurmloch besitzt die Eigenschaft, einen auf direktem Weg in die Vergangenheit zu transportieren. Das wiederum ist gut, wenn man vergesslich ist und vor lauter Lesen zum Beispiel die Herdplatte anlässt. Man muss nur höllisch aufpassen, sich beim Flug durch das Loch nirgendwo festzuhalten, sonst wird man zerquetscht, und das tut richtig weh.

Teil: Mit deiner Unterschrift versicherst du, keinem vom Empfang dieses Pakets oder dessen Inhalt zu erzählen. Keinem. Das ist wichtig. Öffnen, zusammenbauen, wegschauen und …« Er hielt sich den Finger an die Lippen. »Schweigen. Das ist Schritt zwei.«

»Und was war der erste Schritt?«

»Dich zu finden.«

Vincent nickte, dann musterte er das Paket. »Wo steht das?«

»Wo steht was?«

»Dass ich schweigen soll?«

»Hier.« Der Bote hielt ihm den Block hin und zog das Blatt mit seiner Unterschrift auseinander wie die Papierlagen einer Serviette. Auf der Innenseite waren dicht an dicht Paragraphen aufgelistet. Kaum lesbar, weil die Schrift von der anderen Seite durchschien. »Auf der zweiten Ebene. Das Kleingedruckte. Der Subtext. Zufrieden?«

»Sub was?«

»Jetzt mach schon!«

»Aber ich hab das doch gar nicht gelesen.«

»Ist ja auch nicht wichtig.« Der Bote steckte den Block wieder in seine Weste. »Kostet zu viel Zeit. Und davon hat man nur genug, wenn man schneller ist als das Licht, was natürlich unmöglich ist. *Ha, ha, ha.* Wichtig ist nur, keinem davon zu erzählen. Können wir uns darauf einigen?« Der Bote kam ganz nah. »Oder hast du etwa Freunde? Also Menschen, die in keinem Verwandtschaftsverhältnis zu dir stehen und dich trotzdem mögen?«

»Ähm, was … ob ich Freunde habe?«

»Ja, genau das war meine Frage. Hast – du – Freunde?«

»Ja, nein, nicht besonders viele. Eher weniger.«

»Gut, dann kannst du dich auch nicht auf den Freundschaftsparagraphen berufen, wenn du fremde Hilfe in Anspruch nehmen willst.«

»Das Paket ist also doch nicht geheim?«

»Bei echten Freunden oder Anwärtern auf eine echte Freundschaft macht das Gesetz eine Ausnahme.«

Vincent nickte. »Okay. Aber warum ausgerechnet ich? Das Kreuzworträtsel war doch uralt. Und meine Adresse hat sich geändert. Die kannte ja noch niemand.«

Der Bote stemmte die Hände in die Hüften. »Fragen, Kinder stellen immer diese Fragen. Es ist, wie es ist. Mehr kann ich leider nicht sagen. Als Bote kenne ich natürlich meine Grenzen. Dienst nach Vorschrift, ausliefern, abgeben und schwupp, zum nächsten Auftrag. Wie gelernt, so getan. Ein bisschen langweilig, aber gut bezahlt, und kurz vor dem Ruhestand will ich lieber eine ruhige Kugel schieben.«

Vincent kniff die Augen zusammen. Für einen Moment hatte er den Eindruck, den Postboten doppelt zu sehen. Eine zweite, etwas kleinere Version stand im Hintergrund auf der Terrasse. Beide Boten hatten die Arme vor der Brust verschränkt, nur das schmale Gesicht sah bei dem Boten auf der Terrasse mürrischer aus, und jetzt verzerrte es, wurde unscharf und an manchen Stellen durchsichtig wie Glas.

»Hat Sie mein Onkel beauftragt?«, fragte Vincent, während er sich darauf konzentrierte, die unscharfe Spiegelung des Boten zu ignorieren.

»Dein Onkel hat damit nichts zu tun. Zumindest nicht so, wie du denkst.«

Vincent hob eine Braue. »Sie sind nicht zufällig ein Freund von ihm?«

Cornelius hatte neulich wieder von seinem guten Freund erzählt, der an einem Wandertheater als Schauspieler arbeitete und ihn demnächst besuchen wollte. Vielleicht stand genau dieser Freund jetzt vor ihm und spielte ihm in Cornelius' Auftrag einen Streich.

Der Bote kräuselte die Nase und biss sich auf die wulstige Unterlippe. »Wenn ich eine Frage mit der wahrscheinlichsten aller Wahrscheinlichkeiten und der bestimmtesten aller Bestimmtheiten beantworten kann, dann die eben gestellte. Denn, so will es dieser Beruf, der leider für mich keine Berufung ist: Ich – habe – keine – Freunde.« Kurz sah es aus, als würde das Gesicht des Boten flackern. Das spitze Kinn mit dem dünnen Kinnbart zitterte, und eine kleine Welle zog von der Nase nach außen. Die Ohren wackelten, und das blaugrüne Leuchten in den Augen verblasste. Der Mann sah traurig aus. Tieftraurig. Vincent spürte seine Traurigkeit am ganzen Körper wie bei einem Moll-Akkord auf der Gitarre und fühlte sich verantwortlich.

»So hab ich das nicht gemeint«, sagte er schnell. Auch wenn der Postbote ziemlich sicher ein Schauspieler war, schien ihn die Frage tatsächlich getroffen zu haben. Eine Wolke schob sich vor die Sonne. Die durchscheinende Spiegelung des Boten stand jetzt direkt vor ihm. Vincent hatte das Gefühl, zu schielen. »Aber jeder hat doch einen Freund«, sagte er leise.

Der Bote zuckte mit den schmalen Schultern. Sein Kopf wippte auf dem dünnen Hals wie auf einer Springfeder. Die Schultern hingen schlaff herunter. »Schon gut«, sagte der Bote, hickste mehrmals hintereinander und entschuldigte sich auch gleich noch für seinen Schluckauf. »Hab mich dran gewöhnt. Ist okay. Bald darf ich in Rente gehen, dann … *Hicks* … dann wird alles … *Hicks* … anders. Dann erfülle ich mir all meine Träume.«

Vincent holte das Glas Wasser aus dem Wohnwagen. »Hier, bei mir hilft das immer.«

Der Bote bedankte sich und trank hastig das Glas leer. »Muss nur gehen. Immer weiter. Von Ort zu Ort. Oft mit schlechten Nachrichten im Gepäck. Das ist zermürbend. Wirklich zermürbend.« Er gab Vincent das Glas wieder zurück. »Ach, und noch was: Den Inhalt des Pakets, beziehungsweise von dem, was davon übrig bleibt, solltest du immer bei dir tragen. Tag und Nacht. Und jetzt danke für die Kooperation und viel Glück oder – *Stern- und Weltenbruch* – wie wir Superboten sagen.« Begleitet von einem Knistern fügten sich die beiden Boten zu einem zusammen. Und dieser eine Bote machte auf der Stelle ein paar Schritte, die aussahen, als würde er tanzen. Dann drehte er sich einmal um die eigene Achse, spurtete nach rechts und verschwand hinter dem Wohnwagen. Das Letzte, was Vincent hörte, war ein lautes und gedehntes »Japahhhhhhhhhicks«.

Ein eiskalter Windstoß fegte durch den Garten, bevor eine Druckwelle gegen Vincents Körper prallte wie eine riesige Faust und ihn zu Boden schlug.

Für einige Sekunden summte es in seinen Ohren, dann war es still, und die Wärme kehrte zurück.

Was war das? Ein Zaubertrick? Riley streckte den Kopf aus dem Wohnwagen, warf ihm einen verstörten Blick zu und fing an zu knurren.

»Alles gut, du Angsthase.«

Vincent ging um den Wohnwagen herum und bekam den Mund nicht mehr zu. Auf einer kreisrunden Fläche schimmerte das Gras abwechselnd blau und rot. Das Schimmern ließ langsam nach, und während das Gras zu seiner ursprünglichen Farbe zurückkehrte, kam ein quadratischer Abdruck zum Vorschein, das mit seinen vier Ecken, die Innenseite des Kreises berührte. Was für ein irrer Zaubertrick! Cornelius' Freund hatte es wirklich drauf. Ein hektisches Flattern ließ Vincent zusammenfahren. Zwei Vögel schossen im Tiefflug über den Garten hinweg und verschwanden zwischen den Häusern.

Ein Zaubertrick war das natürlich nicht, weil das hier ja keine Geschichte über Magie, Hokuspokus und so ist. Vielmehr war das Quadrat der Eingang zu einem zweikanaligen Doppelspalt. Davon gibt es jede Menge unter der Erde. Unsichtbar für die Menschen. Erschöpfte Superboten können sie wie eine Rutsche benutzen, um sich und ihre Spiegelung wieder zusammenzufügen. Klingt kompliziert, ist es auch. Deshalb an dieser Stelle einfach die Geschichte weiterlesen, sonst kommt es zu einem dreifachen Gehirnknoten.

SIEBTES KAPITEL

Das Paket

Leonie und Yashi saßen bei Yashi im Keller und wurden Zeuge, wie sich der Postbote in Luft auflöste. Wobei *Auflösen* nicht das richtige Wort ist. Zuerst wurde das Bild auf dem Monitor unscharf, dann sah man den Boten einen hektischen Tanz vollführen, bei dem er wie wild mit den Armen ruderte, in kurzer Abfolge mindestens zweihundert Grimassen (überflüssig, schmerzhaft und ungesund) zog und sich zum Schluss (was nicht vorgesehen war) mit beiden Händen an den Rücken fasste, als hätte er sich die Schulter ausgekugelt. Ein lautes Knacken war zu hören. Das Ganze (Tanzen, Grimassen ziehen und sich an den Rücken fassen) dauerte exakt 3,1415 Sekunden und ein paar Zerquetschte, und damit eine ganze Sekunde länger als im Handbuch Pi Minus 1 für Superboten vorgeschrieben.

Das Bild kräuselte sich, aus den Lautsprechern drang Rauschen und Knistern, und dann wurde es still wie im Auge eines Tornados.

Äsch hielt sich nicht gerne an die Regeln. Meist folgte er dem, was er als Bauchgefühl bezeichnete, und hatte sich damit schon jede Menge Ärger eingebrockt.

»Was ist passiert?«, fragte Leonie. »Das ging alles so schnell. Hast du auch gesehen, dass der Postbote getanzt hat?«

»Kann auch eine Bildstörung gewesen sein.« Yashi zeigte zur Anzeigetafel. »Kamera vier und sieben sind ausgefallen. Davor haben sie sich selbst auf Zeitraffer geschaltet.«

»Die Drohnen haben auf Zeitraffer geschaltet?«, wunderte sich Leonie. »Hast du vorhin wieder an den Einstellungen rumgespielt?«

»Nein, hab ich nicht.« Yashi schaute auf den Joystick in seiner Hand. »Steht alles auf Autopilot.«

Das Bild kehrte wieder zurück. Nun sah man Vincents erstauntes Gesicht in Großaufnahme und von vorne. Er verschwand mit dem Paket in den Wohnwagen und zog hinter sich die Tür zu.

»Hast du diesen Postboten schon mal gesehen?«, fragte Leonie. »Die Uniform sah ja aus, als würde sie gleich aus allen Nähten platzen.«

Yashi schüttelte stumm den Kopf und zoomte das Paket heran. »Merkwürdig. Pakete von der Größe werden normalerweise von Drohnen gebracht.«

»So sieht's aus.« Leonie spulte zurück an die Stelle, wo man den Boten von vorne sah. »Meine ich das nur, oder sieht der Typ auf jedem Bild anders aus? Einmal ziemlich jung und dann wieder steinalt. Seltsam.«

»Liegt wahrscheinlich an der Kamera in der Vogeldrohne. Ist ja ein älteres Modell, ohne Stabilisator. Vielleicht hat sie beim letzten Gewitter was abbekommen. Mein Vater sagt, dass die Kameras in den nächsten Wochen alle ersetzt werden.«

»Das ist es nicht.« Leonie betrachtete die Anzeige auf dem Monitor. »Die Kamera funktioniert tadellos. Keine Fehlermeldung.« Sie sprang aus dem Chefsessel und stellte sich vor eine gläserne Tafel. Kaum hatte sie das Glas angetippt, erschienen die Videoaufnahmen der letzten Minuten. Bild für Bild über einem Zeitstrahl.

Leonie zoomte ein Bild heran. »Siehst du auch, was ich sehe? Sieht aus, als wären es zwei Bilder, die übereinanderliegen.«

»Und das Gesicht geht wirklich nicht schärfer?«

»Nein. Vielleicht haben sich die Kameras nicht richtig synchronisiert.« Leonie tippte ein weiteres Mal auf die Glaswand. »Hier kann man das Gesicht etwas besser erkennen.« Sie vergrößerte den Bildausschnitt. Über das Gesicht des Postboten legte sich ein Gitternetz aus feinen grünen Linien. Es begann zu blinken, dann leuchtete es rot auf. Leonie schüttelte ungläubig den Kopf. »Der Bote wurde weder vom System erkannt, noch hat er den Alarm für unbefugte Besucher ausgelöst. Das kann doch eigentlich gar nicht sein. Er ist ja kein Geist. Das müssten die vom Sicherheitsdienst doch längst mitgekriegt haben.«

»Soll ich mit meinem Vater reden?«, sagte Yashi. »Vielleicht weiß der irgendwas. Ich könnte doch sagen, dass –«

»Auf keinen Fall!«, schnitt ihm Leonie das Wort ab. »Wir sollten kein unnötiges Risiko eingehen. Das werden wir selber herausfinden.« Sie lächelte. »Das ist endlich mal ein richtiger Fall.« Sie zoomte die Zeitangaben unter den Bildern heran und schüttelte ungläubig den Kopf. »Sogar die Zeitanzeige hat es erwischt. 1. Januar 1970. Das ist ja ewig her.«

Kaum hatte sie das gesagt, zerfiel die Großaufnahme des Boten in Tausende und Abertausende Bildschnipsel. Kurz verdunkelte sich die Glaswand, dann hörte man ein rhythmisches Piepsen. Die Anordnung der Filmaufnahmen hatte sich verändert. Überall gab es Lücken. Auf dem Bildschirm über dem Schaltpult blinkte der Hinweis:

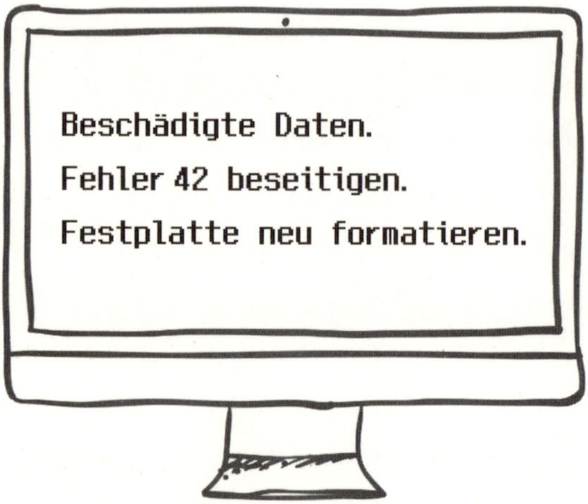

Im selben Augenblick wurde der Filmstreifen auf der Glaswand in einen Strudel gezogen.

Sofort loggte sich Leonie in die Datenbank von Eden Park ein, aber auch dort waren bereits alle Aufnahmen gelöscht. »So ein Mist!« Sie drehte sich zu Yashi. »Gibt es im Wohnwagen Kameras?«

»Noch nicht«, sagte Yashi und ließ sich in den Kommandosessel neben Leonie fallen. Aus den Armlehnen schoben sich zwei silberne Handschuhe. Yashi setzte sich eine wuchtige

Datenbrille auf, schlüpfte in die Handschuhe und redete mit verstellter Stimme weiter. »Werde ein paar Ameisendrohnen losschicken. Dauert aber ein paar Minuten, bis sie den Zielort erreicht haben, Captain.«

Leonie grinste. »Das müssen wir wohl hinnehmen, Mister Spy.« Sie griff nach der Colaflasche neben sich und trank einen großen Schluck. »Wie sollen wir diesen Fall für das Logbuch nennen?«

»Der unscharfe Paketbote?«, schlug Yashi vor.

»Ohne ›unscharf‹ und ›Paket‹«, sagte Leonie. »Das klingt kindisch. Lass ihn uns *Der Bote* nennen. Einverstanden?«

»Eye, eye, Captain.«

Unterdessen betrachtete Vincent im Wohnwagen das längliche Paket. Es war in eine schwarze Plastikfolie eingeschweißt, die sich extrem kalt anfühlte. Über eine der Längsseiten zog sich ein eng beschriebener Aufkleber:

Verpackung unter keinen Umständen beschädigen. Nur alleine und nicht gewaltsam, sondern geduldig öffnen. Messer, Scheren und sonstige spitzen Gegenstände könnten den Inhalt beschädigen und dadurch unbrauchbar machen. Die vorliegende Eilsendung funktioniert nach dem Schlüssel-Schloss-Prinzip und lässt sich nur vom Empfänger (in dem Fall Vincent Parker) öffnen. Kann Spuren von Erdnüssen enthalten.

Darunter klebte ein weiterer Aufkleber mit einem krakeligen Vermerk:

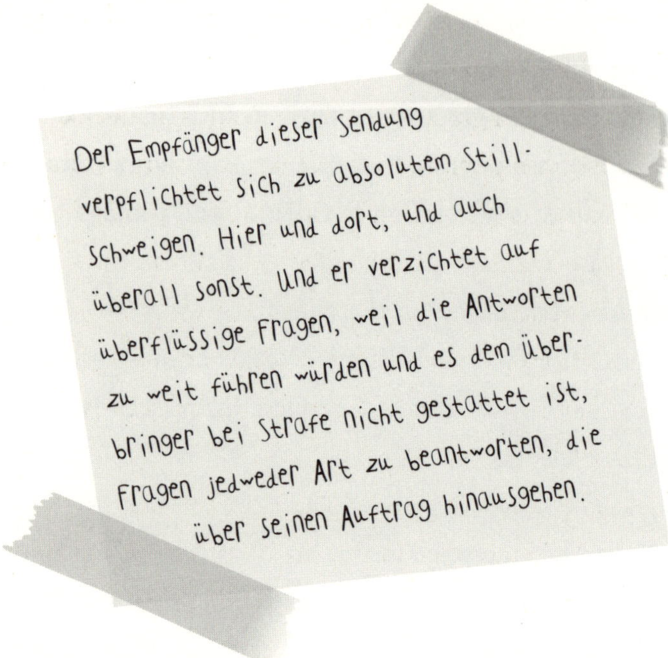

So ein verrücktes Rätsel hatte sich Cornelius noch nie ausgedacht. Wahrscheinlich wollte er ihn nach dem Umzug ablenken. Die Sache mit den Erdnüssen jedenfalls war genau sein Humor. Wenn er gutgelaunt war, dachte sich sein Onkel die wildesten Abenteuergeschichten aus, bei denen Menschen durch Wände gingen und zwischen unterschiedlichen Dimensionen hin und her springen konnten.

»Unsere Köpfe, mein Junge, sind dafür gemacht, Grenzen zu sprengen und neue Wege zu finden.«

Als Kind hatte sich sein Onkel vorgestellt, mit einem Raumschiff in ferne Galaxien zu reisen. »Aber dazu braucht man gar keinen Raumkreuzer. Das geht viel einfacher, wenn man die Regeln der Mathematik nicht zu ernst nimmt, sondern auf sein Bauchgefühl hört und sich damit anfreundet, dass es keine Gewissheit der Zahlen gibt, sondern nur Wahrscheinlichkeiten.«

Das meiste von dem, was sein Onkel von seiner früheren Arbeit als Physiker erzählte, klang verrückt und unvorstellbar. Aber Vincent wäre niemals auf die Idee gekommen, an Cornelius' Worten zu zweifeln.

Jetzt starrte Vincent das längliche Paket an, als wolle er es mit seinen Blicken hypnotisieren. Er stellte es senkrecht vor sich hin und schüttelte es vorsichtig.

Ein Rascheln war zu hören. Wie aus dem Nichts flatterte ein durchsichtiges Stück Papier aus der Verpackung heraus und landete vor ihm auf dem Tisch. Die Botschaft darauf war nicht handgeschrieben wie die anderen, sondern in dicken Großbuchstaben gedruckt:

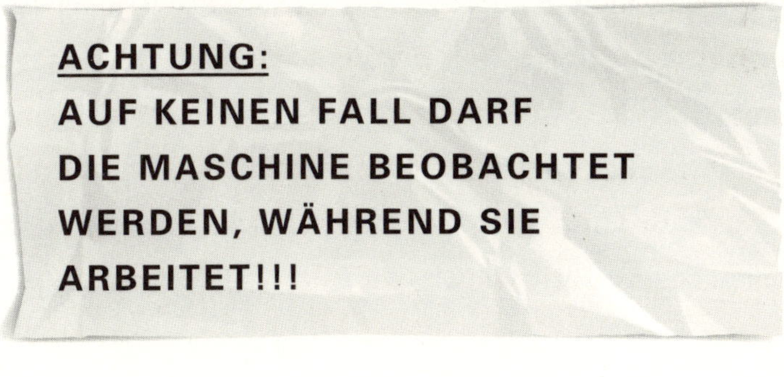

Diesmal legte sich Cornelius richtig ins Zeug, um ihn zu verwirren. Vincent schmunzelte, und er spürte, wie er ungeduldig wurde. Er grübelte. In dem Paket war also eine Maschine … Und diese Maschine musste ziemlich leicht sein. Aber warum sollte man sie bei der Arbeit nicht beobachten dürfen? War das schon das nächste Rätsel? Bevor er darauf eine Antwort wusste, löste sich der Zettel mit der Warnung auf. Von der Mitte zum Rand. Nichts blieb übrig. Nicht das kleinste Stäubchen. Wieder ein Zaubertrick, wie vorhin bei dem Gras, das vor seinen Augen verdorrt war.

Vielleicht sollte Vincent die Folie doch einfach aufreißen, aber er wollte Cornelius nicht enttäuschen. Er wollte ihm beweisen, dass er in den letzten Jahren gelernt hatte, seine Ungeduld im Zaum zu halten, wenn es drauf ankam.

Aber wie sollte er das Paket öffnen, ohne es zu beschädigen? Nirgendwo an der Plastikfolie gab es die kleinste Schweißnaht.

Vincent las die Anweisung wieder und wieder, in der Hoffnung, etwas übersehen zu haben. Denn auch das gehörte ja zu Cornelius' Spezialitäten: doppeldeutige Botschaften zu verstecken. *Kann Spuren von Erdnüssen enthalten.* Das sollte wohl kaum heißen, dass die Folie essbar war. Oder doch?

»Nur wer das Absurde glaubt, kann das Offensichtliche verstehen.« Das hatte Cornelius nicht nur einmal zu ihm gesagt.

Vincent schaute zu Riley. »Was sagst du? Soll ich die Verpackung aufessen?«

Riley schnupperte an der Folie und zuckte erschrocken zurück.

»Ist das dein Ernst? Hast du jetzt wirklich schon Angst vor schwarzer Folie?«

Riley legte den Kopf schief.

Vincent kraulte ihn hinter den Ohren. »Schon gut. So war das nicht gemeint. Du bist trotzdem der Beste.« Er las erneut die Nachrichten auf den Aufklebern. Jedes Wort konnte ein versteckter Hinweis sein.

»Da steht eindeutig, dass ich die Verpackung nicht beschädigen darf. Und wenn ich sie mit den Zähnen öffne, wird sie definitiv beschädigt.«

Vincent hämmerte ungeduldig gegen die Tischkante. Dann stützte er den Kopf in die Hände und starrte auf das Paket. Das Schlüssel-Schloss-Prinzip. Selbst wenn das nicht wörtlich gemeint war, wusste er nicht, wie er den Satz deuten sollte. Er beobachtete drei große Ameisen, die an der Tischkante entlangmarschierten. Sie mussten durch das Fenster gekommen sein. Jetzt drehten sie die Köpfe zu ihm, bevor sie schnurstracks auf das Paket zusteuerten. Zeitgleich erhitzte sich die Suchdrohne in seiner Hosentasche. Kaum hatte Vincent den Quader auf den Tisch gelegt, verwandelte er sich wieder in die summende Tigermücke. Die Flügel bewegten sich, aber aus irgendeinem Grund konnte sie nicht abheben. Vielleicht musste man sie regelmäßig aufladen oder in die Sonne legen.

»Wieso öffnet er das Paket denn nicht?«, fragte Leonie ungeduldig. »Hat er auch eine Allergie gegen Plastik?«

»Die Suchdrohne hab ich lahmgelegt«, sagte Yashi. »Die

kommt uns nicht in die Quere.« Mit vorsichtigen Handbewegungen steuerte er die Roboterameisen zu den Aufklebern. Einzelne Worte kamen ins Bild und der Satz: *Kann Spuren von Erdnüssen enthalten.*

»Was zu essen?«, fragte Leonie. »Echt? Und dafür machen die so einen Aufwand und schicken einen Postboten? Das muss ein Fehler sein. Das sollten wir uns mal genauer anschauen.« »Können die Ameisen irgendwie in das Paket reinschauen?«, fragte Yashi. »Stand im Handbuch irgendwas von Röntgenblick oder so? Können die das schon?«

»Ich dachte, du hättest es gelesen.«

»Wann denn? Ich hab für meinen Vater den Rasen gemäht und für meine Mutter die Wäsche aufgehängt.«

»Und in den Pausen bist du mit Vincent Skateboard gefahren. Warum erfindest du immer Ausreden? Das schadet deinem Ranking. Ich kann da nicht ständig nachbessern. Irgendwann fällt es auf.« Leonie drehte sich zu ihm. »Wenn wir das hier richtig machen wollen«, sagte sie mit übertrieben ernster Miene, »dann müssen wir Prioritäten setzen.«

»Komm mal wieder runter! Wir haben vereinbart, dass es hier keinen Boss gibt. Das war die Abmachung.«

Leonie rollte die Augen. »Das heißt aber nicht, dass *du* dich auf die faule Haut legst, während ich unsere Einsätze vorbereite. Die Gebrauchsanweisung für die Ameisen wolltest du übernehmen. Wir wissen ja noch nicht mal, wie lange der Akku hält.«

»Mach ich später.« Yashi lugte unter der Brille hervor. »Kann man jetzt reinsehen in das Paket oder nicht?«

»Nein.« Leonie beobachtete die Anzeige auf dem Hauptmonitor und runzelte die Stirn. »Die Hülle ist aus einem …« Sie stockte.

»Was ist?«

»Mmh. Das ist merkwürdig.« Auf dem Monitor erschienen komplizierte chemische Formeln. »Wahrscheinlich ein Fehler.« Leonie stoppte das Programm. »Vielleicht brauchen die Sachen alle mal wieder ein Update. Sind ja uralt.«

»Was bedeuten die Zahlen denn?«

»Hättest du für Chemie gelernt und dich nicht wie üblich auf mich verlassen, würdest du es wissen.«

»Und ohne mich würdest du dich zu Tode langweilen.«

»Tja, das ist also eine klassische Pattsituation.«

»Gib nicht immer so an mit deinen Fremdwörtern. Sag mir lieber, was die Formeln bedeuten!«

Leonie machte eine Kunstpause. »Also. Diese Formeln sagen, dass es sie gar nicht gibt, die schwarze Folie. Sie ist nicht vorhanden.«

»Aber wir sehen sie doch.«

»Sie besteht nur aus Energie, die Licht einsaugt. Zumindest melden das die Fühler *deiner* Ameisen.«

»Die Folie ist eindeutig schwarz, und angefasst hat sie Vincent eben auch.«

Leonie reagierte nicht. Auf ihrem Gesicht breitete sich ein Grinsen aus.

Yashi schob die Brille auf die Stirn und schaute sie fragend an. »Warum grinst du so? Hast du mich reingelegt?«

Leonie deutete mit dem Kopf zum Monitor. Dort erschien eine Nachricht:

Bis auf einen orangefarbenen Punkt, etwa in der Körpermitte, schimmerten die Ameisen schwarz. Sie blieben dicht hintereinander und krabbelten vorsichtig über das Paket. Vincent hatte den Eindruck, dass sie hin und wieder unsichtbar wurden. Ja, es sah tatsächlich so aus, als würden sie von der Folie geschluckt werden. Dazu passte die plötzliche Schwerfälligkeit ihrer Bewegungen. Es schien sie immense Kraft zu kosten, über das Paket zu krabbeln.

Riley knurrte die Ameisen an, machte aber keine Anstalten, sie mit der Zunge aufzulecken.

Nachdem das Trio das andere Ende des Pakets erreicht hatte, kletterte es wieder herunter. Bei der vorderen Ameise begannen zwei winzige rote Lichter an den Fühlern zu blinken. Sie blieb stehen. Ihre beiden Begleiter schleiften sie mit ihren Mundwerkzeugen weiter über den Tisch Richtung Fenster.

Vincent kratzte sich an der Stirn. Waren das Drohnen? Aber wer wollte ihn beobachten?

ACHTES KAPITEL

Spurensuche

Kaum waren die Ameisen durch das angelehnte Fenster des Wohnwagens verschwunden, stieg Vincents kleine Tigermücke in die Luft und schwirrte nach draußen. Wer hatte ihr den Befehl dazu gegeben? In der Anleitung stand doch, dass die Insektendrohnen an eine Person gebunden waren. An die Person, die ihr den ersten Befehl gab. Hatte er das heute Morgen vor der Schule nicht getan? Oder war das der Mann vom Sicherheitsdienst gewesen? Vincent konnte sich nicht mehr erinnern. Vielleicht musste man die Drohne auch online registrieren.

Die ausgedruckten Seiten mit den Verhaltensregeln und den vielen anderen Regeln, die in Eden Park galten, hatte er erst zur Hälfte gelesen. Personalisierte Drohnen wurden bisher mit keinem Wort erwähnt. Bestimmt gab es gleich die nächste Standpauke von einem der Sicherheitsleute, weil sich seine Drohne selbständig gemacht hatte.

Vincent folgte der surrenden Tigermücke nach draußen. Er versuchte gar nicht erst, sie einzufangen. Wenn sie kaputtging, könnte er das Taschengeld für die nächsten Monate in den Wind schreiben.

Riley tippelte hinter ihm her. Seit sie in Eden Park waren, wich ihm sein Freund nicht mehr von der Seite. Die Putzroboter und Paketdrohnen, aber vor allem der getrimmte Rasen in den

Parkanlagen schienen ihn zu beunruhigen. Jeden Tag wechselten die schmalen Rasenstücke, auf denen er sein Geschäft machen durfte. Wenn Riley, was er einmal getan hatte, an der falschen Stelle oder einem echten Baum das Bein hob, bekam er einen Eintrag in der Verhaltensakte, und die Hundehalter wurden ermahnt. Pinkeln durften die Hunde nur an Baumattrappen aus Plastik, was Riley überhaupt nicht gefiel, weil sofort kleine Putzroboter mit Desinfektionsmitteln um sich sprühten, sobald er markiert hatte. Das erschwerte die Kontaktaufnahme zu anderen Artgenossen.

Die Robotermücke hatte den Garten durchquert und surrte nun die Straße hinunter Richtung Shoppingmall. Vincent und Riley hatten Mühe, an ihr dranzubleiben, weil sie immer wieder beschleunigte, hoch in die Luft stieg und abrupt die Richtung wechselte, als würde sie einer unsichtbaren Spur folgen. Hinter dem Freibad bog sie nach links ab und blieb surrend unter einem Schild mit der Aufschrift ZUTRITT NUR FÜR MITARBEITER stehen. Ein breites Tor, das von Kameras bewacht wurde, versperrte den Blick.

Vincent schüttelte verwundert den Kopf. »Super. Eine Sackgasse.« Er suchte nach einem Hinweis, warum seine Suchdrohne sie ausgerechnet hierhergeführt hatte. Seitlich neben dem Tor war ein Augenscanner angebracht. »Los, Riley, wir drehen wieder um. Die Mücke hat sich geirrt.«

Riley kläffte einmal laut auf, als wollte er Vincent widersprechen. Dann senkte er die Schnauze auf den Boden und schnüffelte aufgeregt unter dem Torspalt.

Die Tigermücke setzte sich auf seinen Kopf und flatterte drohend mit den Flügeln. Sie schien nicht damit einverstanden, dass Riley die Führung übernahm. Doch der Hund ließ sich davon nicht beeindrucken. Vincent bereute, dass er sein Handy nicht mitgenommen hatte. Man konnte es mit dem Maschineninsekt koppeln und Nachrichten von ihm empfangen. So konnte er nur raten, warum die Mücke sich so komisch verhielt.

Riley legte sich hin und begann, mit der Pfote über den Boden zu scharren. Eine der Überwachungskameras drehte sich daraufhin in ihre Richtung.

»Tut mir leid«, sagte Vincent zur Kamera gerichtet und lächelte verlegen. »Wir haben uns wohl verlaufen.«

Er zerrte Riley am Halsband weg vom Tor. »Los, komm. Noch einen weiteren Eintrag kann ich mir nicht leisten.«

Ein Klacken ließ Vincent zusammenfahren. Das rote Warnlicht auf dem Stahltor begann zu blinken, und das Tor glitt schwerfällig zur Seite. Zwanzig Zentimeter, dann passierte nichts mehr. Die Tigermücke verschwand nach drinnen.

»Super«, jammerte Vincent. »Ganz toll. Jetzt kriegen wir bestimmt gleich wieder Ärger.«

Riley riss sich los und zwängte sich durch den Spalt. Vincent folgte ihm. Hinter dem Tor öffnete sich ein verwilderter Garten. An einer großen Wäschespinne trockneten Bettlaken in der Sonne. Riley eilte mit gesenkter Schnauze über einen gepflasterten Weg, der zu einem Bungalow führte. Die Vorderseite war mit Efeu überwuchert. An einem knorrigen Apfelbaum war eine Schaukel befestigt.

»Komm sofort zurück!«, rief Vincent und blieb unentschlossen auf dem Weg stehen.

Zu spät! Die Haustür öffnete sich.

Da standen Leonie und Yashi!

Riley bellte die beiden an, bevor er sich knurrend auf den Boden legte.

Yashi kniete sich neben ihn. »Bitte spuck die Ameisen wieder aus«, flehte er den Pudel an. »Bitte, bitte! Sonst krieg ich megagroßen Ärger.«

»Ja, bitte!« Auch Leonie klang verzweifelt. »Du kriegst nachher auch ein Leckerli.«

»Ihr seid das also gewesen«, sagte Vincent, als er bei ihnen war. »Warum spioniert ihr mir nach?«

»Weil du seltsam bist«, sagte Leonie. »Was ist zum Beispiel in dem Paket?«

»In dem Paket?« Vincent zögerte. »Das … das geht euch gar nichts an.« Hatten sie etwa alles mitgehört? »Wohnst du hier?«, fragte er an Yashi gerichtet.

Yashi nickte zerknirscht. »Du darfst hier eigentlich gar nicht rein. Das mögen die von der Stadtverwaltung gar nicht. Zum Glück haben die dich nicht gesehen.«

»Und die Kamera?«

»Gehört zu uns«, sagte Yashi.

»Ist doch jetzt egal«, sagte Leonie barsch. »Was jedoch nicht egal ist, ist die Tatsache, dass dieses *ominöse* Paket, das du bekommen hast, nicht vorher bei der Postzentrale angemeldet wurde. Das wiederum bedeutet nämlich, dass es nicht nach Eden Park eingeführt werden darf. Kannst du gerne nachlesen! Wir könnten dich also bei der *Zentralstelle für ungewöhnliche Verhaltensweisen und außergewöhnliche Beobachtungen* melden, wenn dir das lieber ist.«

Vincent lächelte ironisch. »Und in Paragraph 7, Absatz 5 der Stadtverordnung steht, dass es bei Strafe verboten ist, Drohnen außerhalb des eigenen Grundstücks einzusetzen, um damit Bild- und Tonaufnahmen zu machen.«

Leonie zögerte kurz. »Aber –«

»Leonie, lass gut sein«, schnitt ihr Yashi das Wort ab. »Vincent hat uns erwischt. Seine Drohne und der Hund haben uns gefunden.« Er wandte sich an Vincent. »Du hast recht: Wir hätten das nicht tun dürfen. Es tut uns leid.«

Riley knurrte Leonie an, als sie sich ihm mit der Hand näherte.

»Nicht von der Seite«, sagte Yashi, ging wieder vor Riley in die Hocke und streichelte ihm den Kopf. »Sag bitte nicht, dass du die Ameisen verschluckt hast. Mein Vater bringt mich um.«

Als hätte Riley Yashis Worte verstanden, hob er die linke Pfote an und gab die Ameisen frei. Mit den letzten Batteriereserven torkelte das Spionagetrio in Yashis Hände.

»Danke«, sagte Yashi. »Danke, danke, danke! Morgen bekommst du als Belohnung eine Riesenportion Pasta mit Erdnusssoße.«

Riley schleckte sich die Schnauze. Leonie rümpfte die Nase.

»Was ist mit seinem Fell passiert?«, fragte Yashi. »Ist das jetzt angesagt?«

Vincent lächelte schief. »War unser defekter Roboterrasenmäher.«

Sie lachten kurz auf.

Vincent spähte an Leonie vorbei in die Diele. »Wie steuert ihr denn die Ameisen?«

Yashi tauschte Blicke mit Leonie. Sie nickte ihm zu. »Komm, wir zeigen es dir.«

Sie führten Vincent in den Keller. Die Treppenstufen waren abgenutzt und die Tapete an den Wänden etwas vergilbt. Schnappschüsse von Yashis Familie in knallbunten Rahmen säumten den langen Korridor. Sie gingen durch eine Waschküche mit riesigen Wäschetrommeln, in der es angenehm nach frischer Wäsche duftete. Dann öffnete Yashi eine Stahltür und blieb stehen. »Was du jetzt siehst, darfst du keinem verraten.«

»Können wir uns darauf verlassen?«, fragte Leonie misstrauisch.

Vincent nickte.

Sie betraten einen großen, abgedunkelten Raum. Die Stirnseite wurde von einer Wand aus Monitoren eingenommen. Ein riesiges Mosaik. Davor standen zwei Sessel mit Joysticks in den Armlehnen. Auf dem mächtigen Schaltpult lagen Videobrillen der neuesten Generation und silberne Datenhandschuhe.

»Woher habt ihr das alles?«, fragte Vincent verblüfft.

»Wurde nach dem letzten großen Upgrade ausgemustert«, antwortete Yashi. »Mein Vater ist eigentlich Techniker, er wollte die Computer ausschlachten, hat mir dann aber dabei geholfen, das System wieder zum Laufen zu bringen.«

Was mit Sicherheit verboten war, dachte Vincent. »Könnt ihr von hier aus sämtliche Leute beobachten?«

»Theoretisch schon«, sagte Leonie. »Aber bei den meisten ist ja nicht viel los. Die machen eigentlich immer dasselbe. Tagein, tagaus, wie Maschinen. Nur wenn jemand neu in die Stadt kommt, gibt es manchmal Überraschungen. Wie bei dir. Verrätst du uns, was in dem Paket ist?«

»Nein.«

»Das ist nicht nett.«

»Ist es von deinem Onkel?«, fragte Yashi. »Dem Wissenschaftler? Hat er sich als Postbote verkleidet?«

»Wieso sollte er das tun?«, wunderte sich Vincent.

»Weil er hier nicht rein darf«, sagte Leonie. »Deshalb. Steht im Sicherheitsverzeichnis. Er hat keinen Zutritt mehr zu Eden Park. Sobald sein Gesicht von den Scannern entdeckt wird, setzen sie ihn vor die Tür.«

»Das hast du gerade erfunden.«

»Hab ich nicht. Dein Onkel hat früher hier auf dem Gelände von Eden Park geforscht. Der Teilchenbeschleuniger wurde vor gut zehn Jahren nach den Plänen seiner Frau gebaut. Aber dann gab es ja den Unfall.«

Vincent nickte. Er versuchte, sich seine Ahnungslosigkeit nicht anmerken zu lassen. Deshalb hatte Cornelius so komische Andeutungen gemacht, als sie das Haus gewonnen hatten.

»Wäre nett von dir, wenn du keinem davon erzählst, dass wir dich *überwacht* haben«, sagte Leonie. »Wir kriegen sonst mächtig Ärger.«

Yashi presste die Lippen aufeinander. »Im schlimmsten Fall verliert mein Vater seinen Job.«

»Ich hab nicht vor, euch zu verraten.«

Yashi und Leonie tauschten kurz einen Blick, dann nickten sie. In der nächsten halben Stunde musste Vincent Yashi mehrmals versichern, die Sache für sich zu behalten. Im Gegenzug zeigte er ihm, wie man Überwachungskameras an- und ausschaltete und eine Ameisendrohne steuerte. Auch wenn es nur wenige Minuten waren, in denen er mit Joystick und Videobrille aus der Perspektive einer Ameise durch die Lüftungsschächte von Eden Park spazieren durfte, war es ein tolles Gefühl. Ein echtes Abenteuer.

»Du kriegst jetzt aber nicht gleich einen Anfall?«, fragte Leonie besorgt, nachdem Vincent die Brille wieder abgesetzt hatte.

Er lächelte, obwohl er leichte Kopfschmerzen hatte. »Hab heute noch mindestens zehn Minuten«, behauptete er und hoffte, sich nicht zu täuschen.

»Gut.«

»Verrätst du uns irgendwann, was dir dein Onkel geschickt hat?«, fragte Yashi, als sie vor dem Eingang standen. »Wir sind total neugierig. Pakete in der Größe werden nämlich normalerweise von Drohnen gebracht. Wenn es sich nicht um eine Sondersendung handelt.«

»Warum glaubt ihr, dass das Paket von meinem Onkel geschickt wurde?«

»Wegen der Folie«, sagte Leonie. »Sie ist aus einem Material, das es weder in Eden Park noch irgendwo anders gibt. Die Zusammensetzung ist einzigartig. So was kann nicht jeder erfinden. Dazu braucht es ordentlich Grips.«

Vincent ließ die Suchdrohne auf seiner Hand landen, wo sie sich zusammenfaltete. »Ich dachte auch erst, dass mein Onkel hinter dem Paket steckt. Aber jetzt bin ich mir nicht mehr sicher.«

NEUNTES KAPITEL

Der Würfel

Nach seiner Rückkehr vergewisserte sich Vincent, dass es im Wohnwagen nicht doch noch irgendwo Überwachungskameras gab. Sein Onkel durfte den Park also nicht mehr betreten. Warum hatte er ihm das nicht gesagt? Wussten seine Eltern davon?

Vincent strich über die schwarze Folie und spürte ein kaum wahrnehmbares Kitzeln auf der Haut. Er ging mit dem Ohr an das Paket heran, und da hörte er es: ein leises, aber dennoch scharfes Klicken. In der Mitte des Pakets war das Geräusch am stärksten.

Vincent schaltete das Licht aus und wiederholte die Prozedur. In der Dunkelheit sah man kleine blaue Funken, die zwischen der Folie und seiner Haut hin und her zuckten. Winzige Blitze bohrten sich in Spiralen durch seine Fingernägel und brachten sie zum Leuchten. So etwas hatte er noch nie gesehen. Es tat nicht weh, sondern fühlte sich eher an, als würde ein Magnet an seiner Hand saugen. Er spreizte die Finger, hielt die Hand einen halben Zentimeter über das Paket und spürte, wie die Anziehungskraft stärker wurde. Plötzlich leuchtete der Finger mit der Blase auf. Ein greller Schmerz schoss durch die Fingerspitze, dann in den Arm und bis in seinen Kopf hinauf. Vincent krümmte sich, zuckte zusammen, sah erst Sternchen und dann einen Feuerball, der vor seinen Augen explodierte. Es folgte ein

Zischen. Das Licht schaltete sich von selbst wieder an, und die Plastikfolie … war verschwunden.

Vor ihm lag ein schwarzer Kasten.

Der Kasten begann zu brummen, die Seitenwände wurden durchsichtig. War das tatsächlich ein 3D-Drucker? Aber wozu sollte ihm Cornelius einen Drucker schenken? Oder war das ein richtiger Preisgewinn? In der letzten Woche hatte sie ja ein Rätsel nach dem anderen gelöst.

Ein mehrmaliges Klacken ertönte. Dann setzte sich der Druckknopf in Bewegung, obwohl Vincent das Gerät weder an die Steckdose noch an einen Computer angeschlossen hatte. Vincent schloss die Augen. Auch wenn er es merkwürdig fand, wollte er sich an die Anweisung halten und den Apparat nicht bei der Arbeit beobachten.

Der Tisch vibrierte.

Riley fing an zu knurren.

Ein Summen erklang.

Dann piepste es mehrmals.

Vincent wartete noch ein paar Sekunden, dann öffnete er vorsichtig die Augen. Riley hatte den Kopf auf die Tischplatte vor den Drucker gelegt und begann freudig, mit dem Schwanz zu wedeln. Ungläubig blickte Vincent auf den Gegenstand, der über ein Transportband nach draußen befördert wurde und den Hund zu einem freudigen Kläffen veranlasste: ein kleiner schwarzer Würfel.

Der Würfel fühlte sich eiskalt an. Vincent betrachtete ihn mit der Lupe seines Schweizer Messers. Die Oberfläche schimmerte leicht gräulich. Die Ecken waren abgerundet. Ein erneutes Klacken ließ Vincent zusammenzucken.

Der Drucker hatte noch einen Würfel hergestellt. Er sah identisch aus. Ein beißender Geruch wie von geschmolzenem Plastik kratzte in Vincents Nase. Deshalb nahm er einen der Würfel und ging ins Freie. Aber kaum hatte er die Tür hinter sich geschlossen, zerrte eine unsichtbare Kraft an dem eiskalten Klotz, riss ihn aus seiner Hand, und der Würfel durchschlug das geschlossene Wohnwagenfenster. Doch obwohl das Loch in der Scheibe faustgroß war und – *eckig*, hatte es kaum ein Geräusch gegeben.

»Vincent«, kam die Stimme seiner Mutter von der Terrasse. »Kommst du bitte zum Abendbrot? Die Lieferdrohne bringt in einer Minute Proteinpizza und Salat. Und wasch dir bitte vorher die Hände.«

»Komme gleich.«

Das war knapp. Er ging zurück in den Wohnwagen und bekam den Mund nicht mehr zu. Der Drucker war verschwunden. Aber auf dem Tisch lagen weitere Würfel. Neun Würfel, um genau zu sein. Acht davon angeordnet zu einem Kreis mit schimmernden Verbindungslinien, und der neunte Würfel thronte in der Mitte.

ZEHNTES KAPITEL

Ein Garten im Paradies

Am nächsten Tag begutachteten Vincents Mitschüler die beiden Bücherstapel auf seinem Tisch und den verbeulten Rollkoffer, in dem er sie hergebracht hatte. Die Würfel hatte er in seinen Rucksack gepackt. Der Bote, der *Schauspieler*, hatte ja gesagt, dass er sie immer bei sich tragen solle. Und selbst wenn das alles nur ein Spiel war, wollte Vincent sich daran halten. Cornelius hatte sich mit seinem Rätsel viel Mühe gegeben. Er wäre sicher enttäuscht, wenn Vincent nicht mitmachte.

Als Leonie und Yashi sich nach dem Paket erkundigten, behauptete er, es noch nicht aufbekommen zu haben. Natürlich brannte es ihm unter den Nägeln, jemandem davon zu erzählen, aber er wollte erst mal abwarten, wie sich die beiden nach der gestrigen Aktion verhielten. Vielleicht waren sie gar nicht an ihm interessiert, sondern fanden es nur spannend, dass sein Onkel Wissenschaftler war und ihm verrückte Rätsel schickte.

Leonie überraschte ihn. Sie machte genau dort weiter, wo sie gestern aufgehört hatte, redete in den höchsten Tönen über Papier und Bücher und verteilte Stifte, damit jeder selbst mal ausprobieren konnte, wie sich *richtiges Schreiben* oder *Old School Kritzeln*, wie es Yashi nannte, anfühlte. Kurz vor dem zweiten Klingeln war das Deckblatt von Vincents Notizblock übersät mit krakeligen Schriftproben. Aber das war ihm egal, denn keiner kam auf die Idee, sich über seine Allergie lustig zu machen. Das lief deutlich besser als an seiner alten Schule.

Frau Silberfuchs, die Lehrerin für Erdkunde, Allgemeinbildung und Biologie, gab Vincent das Biobuch, das er nicht in der Bibliothek gefunden hatte und bot ihm Nachhilfeunterricht an, sollte er Probleme mit dem Schulstoff haben. »Das Medienboard benutze ich nur in Ausnahmefällen«, sagte sie. »Wenn es dennoch zu viel wird, gib einfach Bescheid, und wir finden eine andere Lösung.«

Im Gegensatz zu den anderen Lehrern trug sie kein gelbes Poloshirt mit dem Logo von Eden Park, sondern eine weite Bluse mit knallbuntem Blumenaufdruck, Jeans und leuchtend grüne Gummistiefel, an denen getrocknete Erde klebte. Unter ihrem sommersprossigen Arm klemmte ein dickes Buch ohne Umschlag. »So, nun schaltet eure Computer aus, Augen, Nase, Ohren und Verstand ein und folgt mir nach draußen.«

»Weißt du wenigstens, ob das Paket von deinem Onkel ist?«, fragte Yashi. »Hast du ihn gefragt?«

»Noch nicht«, sagte Vincent knapp.

»Lebt er immer noch im Wald?«, fragte Leonie.

Vincent nickte.

»Können wir die Stunde nachher aus der Mediathek abrufen?«, fragte ein Schüler auf dem Weg durch die Verbindungsröhren.

»Nein, Maximilian. Das könnt ihr nicht. Und lass deine Libellendrohne, wo sie ist. Bitte. Was du wissen musst, kannst du dir merken. Der Rest ist nicht wichtig.«

»Aber meine Mutter –«

»Deine Mutter weiß Bescheid, dass ich so arbeite, und ist damit einverstanden.« Frau Silberfuchs wurde kurz ernst, dann lächelte sie wieder und zählte stumm die Schüler, die an ihr vorbeigingen. »Diese Stunde gibt es später nur noch in euren Köpfen. In wunderbar verschiedenen einundzwanzig Versionen.«

»Sie wollten uns doch heute den Test von letzter Woche zurückgeben«, meldete sich Leonie.

»Alles zu seiner Zeit.«

»Wie ist er denn ausgefallen? Das steht gar nicht online.«

»Gut. Ihr gehört alle zu den Besten eures Fachs.« Frau Silberfuchs grinste lausbübisch, machte ihr Handy aus und ließ es in ihrer Stofftasche verschwinden. »Jetzt werden wir unsere Spürnasen wieder in die unglaubliche Welt der Pflanzen stecken. Eine Welt voller Wunder. Eine Welt, die auch ohne den Menschen bestens funktioniert.«

»Sie ist die Coolste«, raunte Yashi Vincent zu, als sie über das Schulgelände gingen. Die Schüler, die ihre Freistunden draußen verbrachten, hockten an Plexiglastischen, büffelten, zeigten sich Videos oder saßen in einem der durchsichtigen Medienwürfel und ließen sich von den neuesten Wissensserien berieseln. Manche der Serien waren aufgebaut wie Actionfilme. Und auch wenn Vincent es liebte, Gitarre zu spielen und mit Riley durch den Wald zu streunen, gab es Tage, an denen er sich wünschte, normal und einfach *wie alle* zu sein. Heute war so ein Tag. Heute wäre er am liebsten auch ein paar Stunden durch das Internet gesurft, um dem Rätsel der schwarzen Würfel auf die Spur zu kommen. Jetzt musste er anderswo nach Hinweisen suchen – oder Yashi und Leonie einweihen. Vielleicht war das Cornelius' Plan. Dass er auf diese Weise Freunde fand. Auch wenn er jetzt alleine im Wald lebte, als Wissenschaftler hatte er immer mit seiner Tante und anderen Forschern zusammengearbeitet. Das war ihm wichtig.

»Nach jeder Folge, die man sich angesehen hat, muss man Fragen beantworten«, erklärte Leonie. »Dafür gibt es aber nicht besonders viele Punkte. Ist ja auch mehr zum Entspannen. Die Besten bekommen Gastrollen, dürfen sich eigene Folgen ausdenken und kriegen später Anstellungen bei der Alpha-Gruppe, wenn sie besonders erfolgreich sind.«

»Einige haben sogar einen eigenen YouTube-Kanal und werden dafür bezahlt, den ganzen Tag zu zocken und andere dabei zuschauen zu lassen«, sagte Yashi. »Das ist verdammt cool. Spaß haben und reich werden.«

»Wird aber schnell langweilig, wenn man eine Staffel durchhat«, sagte Leonie, als hätte sie in Vincents Gedanken gelesen.

Eine Gruppe Jungen und Mädchen warf in der schwülwarmen Hitze Basketbälle. Es war merkwürdig, weil der Spezialboden alle Geräusche schluckte, das Prellen des Balls und jeden Schritt. Sogar die Stimmen und Jubelschreie wurden auf unsichtbare Weise geschluckt.

»Danke übrigens, dass du uns nicht verpfiffen hast«, sagte Leonie. Und als sie zum hundertsten Mal auf das Paket zu sprechen kam, beschloss er, den beiden einfach zu vertrauen.

»Irgendwann gestern Abend hat sich die Verpackung in Luft

aufgelöst«, sagte er leise. »Ich weiß auch nicht genau, wie ich das hingekriegt habe.« Er zuckte mit den Achseln.

»Cool!«, jubelte Leonie. Dann schaute sie Vincent tief in die Augen. »Du willst aber nicht sagen, was drin ist? Hab ich recht?«

Vincent lächelte leicht. »Noch nicht.«

Der Rucksack mit den Würfeln schien von Minute zu Minute schwerer zu werden. Als wollten sie sagen: *Hey, wir sind ein Problem, das viel zu groß ist für einen allein.* Aber vielleicht bildete er sich das auch nur ein. Vielleicht wollte er nur jemanden an der Seite haben, mit dem er das Rätsel lösen konnte. Doch umgeben von all den Überwachungskameras und Drohnen schien es ihm ratsam, auf eine bessere Gelegenheit zu warten.

»Wann musst du eigentlich das nächste Mal in die Bibliothek?«, wollte Leonie wissen, während sie am Eingang zur Schulverwaltung vorbeikamen, vor dem gerade eine Versammlung des Sicherheitspersonals stattfand.

»Kommt auf die Hausaufgaben an«, sagte Vincent nach kurzem Zögern. Er glaubte gesehen zu haben, wie einer der Männer mit dem Kopf in seine Richtung gedeutet hatte. »Wenn … wenn du willst, kann ich dir den Schlüssel auch ausleihen.«

»Geht nicht«, sagte Yashi. »Das Schloss reagiert gewissermaßen auf deine Anwesenheit. Ist doch nicht so altmodisch wie gedacht.«

Vincent schaute zu Leonie. »Ich dachte, du kannst alles knacken?«

»Fast alles. Der Chip und das System in der Bibliothek haben aber leider keine Verbindung zum Zentralcomputer. Wahrscheinlich wegen deines Onkels.«

»Was hat er damit zu tun?«

Yashi blickte ihn verdutzt an. »Sag bloß, du weißt nicht, dass er unter dem Dach der Bibliothek sein Arbeitszimmer hatte?«

»Da steht auch ein Klavier drin«, ergänzte Leonie. »Ein schwarzer Flügel. Das stand in einem Interview.«

»Ein Klavier.« Das musste seiner Tante gehört haben, dachte Vincent. Cornelius war nicht besonders musikalisch. »Ich dachte, sein Labor war unter der Erde«, fügte er stockend hinzu.

Yashi nickte. »Senkrecht unter der Bibliothek, von da unten aus hat er zusammen mit deiner Tante und ihrem Team die Experimente gesteuert.«

»Ist schon krass, dein Onkel«, sagte Leonie. »Hätte es den Unfall damals nicht gegeben, dann wäre er heute vielleicht so berühmt wie Einstein oder Heisenberg.«

Sie durchquerten die Mensa und folgten Frau Silberfuchs durch die Schulküche, wo eine Handvoll Roboter das fade, aber sicher sehr gesunde Mittagessen zubereiteten. Durch eine Tür auf der Rückseite gelangten sie in einen rechteckigen Innenhof, der von hohen Brombeersträuchern begrenzt wurde. Sie gingen immer weiter durch einen Torbogen aus Sandstein und folgten dann einem künstlichen Bachlauf hinein in einen großen Garten. Dort gab es jede Menge Hügelbeete und einen Teich, der von meterhohem Schilf umgeben war. Vincent wunderte sich. Auf dem Lageplan des Schulgeländes hatte er den Garten gar nicht gesehen.

Mit dem Duft änderte sich auch die Geräuschkulisse. Das Summen von unzähligen Bienen und Hummeln erfüllte die Luft. Am Teichufer surrten Libellen, *echte* Libellen, die ihre Flügel in der Sonne aufwärmten. Vincent hatte den Eindruck, dass sein Herz, umgeben von all den Pflanzen, langsamer schlug. Auch das Atmen fiel ihm leichter.

»Schnappt euch Handschuhe und Harken und macht dem Unkraut den Garaus, wie ich es euch letzte Woche gezeigt habe.« Frau Silberfuchs legte ihr dickes Buch auf den Holztisch vor dem Schuppen. »Wer auf eine Pflanze, ein Lebewesen oder sonst etwas stößt, was er nicht zuordnen kann, der kann sich hier drin schlaumachen. Handys oder andere elektronische Hilfsmittel sind für die nächsten anderthalb Stunden tabu.« Sie warf Vincent ein Lächeln zu.

Leonie fing Vincents verunsicherten Blick auf. »Ist nicht wegen dir. Sie hasst Computer und kriegt regelmäßig Probleme mit der Schulleitung, weil *Maximilian* sie verpfeift. Er ist der Sohn von Frau von und zu Sittgenstein und lügt, was das Zeug hält. Deshalb müssen wir ab und zu eingreifen.«

Vincent nickte. Obwohl er den letzten Satz nicht ganz verstand. Er nahm sich eine Harke und folgte Yashi und Leonie zu ihrem Hügelbeet. Die beiden hatten Tomaten, Frühlingszwiebeln, Salat und Radieschen gepflanzt. Im hinteren Teil des Beets wuchsen alle möglichen Kräuter.

»Das sieht gut aus«, sagte Frau Silberfuchs, als sie bei ihnen angekommen war, und ließ sich von Vincent die verschiedenen Kräuter erklären. Weil Cornelius und er am Waldrand selbst einen Garten angelegt hatten, konnte er die Blätter und Düfte problemlos zuordnen.

»Da scheint jemand Erfahrung mit Mutter Natur und ihren Früchten zu haben. Das ist schön.«

Mit Daumen und Zeigefinger zog Leonie ein Radieschen aus dem Boden und schüttelte die Erde ab. »Im Dreck zu wühlen wird aber trotzdem nie zu meinen Lieblingsbeschäftigungen gehören.«

»Wieso hast du eigentlich einen Wohnwagen?«, fragte Yashi. »Wegen der Strahlung?«

Bevor Vincent antworten konnte, klatschte Frau Silberfuchs in die Hände. Sie stand neben einem großen runden Beet in der Mitte des Gartens. »Wie ihr euch sicher erinnern könnt, habe ich vor drei Wochen an dieser Stelle die Samen einer speziellen Tomatensorte gepflanzt, wie sie bei den meisten von euch im Salat landet, wenn ihr im Supermarkt einkauft.« Während sie sich auf ein Stück Pappe kniete, berührte Maximilian ziemlich auffällig den Bügel seiner rahmenlosen Brille.

Leonie verdrehte die Augen. »Der kann es einfach nicht lassen.«

»Die Aufnahmen löschen wir nachher gleich«, sagte Yashi. »Sonst bekommt Frau Silberfuchs wieder Ärger.«

»Yashi«, kam es von Frau Silberfuchs. »Würdest du mir bitte auch deine Aufmerksamkeit schenken? Ich mache das hier nicht zu meinem persönlichen Vergnügen. Es könnte auch für dich interessant sein.«

»Ja, natürlich. ’tschuldigung.«

»Kommt mal etwas näher, damit ihr besser sehen könnt.« Frau Silberfuchs wischte sich den Schweiß von der Stirn. »Warum haben die Samen nicht gekeimt, obwohl die Feuchtigkeit und die Temperatur perfekt für die Aufzucht waren?«

»Weil sie nicht dafür gemacht sind«, nuschelte Yashi.

»Genau. Sie wurden nicht dafür gezüchtet, dass man sie nach der Ernte wieder als Saatgut ausbringt.« Sie reckte den Kopf zum Himmel. »Wie mir das auf die Nerven geht. Ständig wird man gestört.«

»Pass auf, was gleich passiert«, wisperte Leonie. »Das kann sie gar nicht leiden.«

Frau Silberfuchs griff nach dem Gartenschlauch und bat Yashi, den Wasserhahn bis zum Anschlag aufzudrehen. Die krächzende Melodie eines Vogels war zu hören.

»Da oben.« Leonie zeigte auf einen unscheinbaren Fleck am Himmel, der sich in Spiralen nach unten bewegte. Ein Greifvogel, dachte Vincent. Vielleicht ein Mäusebussard. Über den Feldern neben Hochtal hatten die Raubvögel immer ihre Kreise gezogen und waren dann irgendwann wie ein Pfeil Richtung Erde geschossen, um sich auf ihre Beute zu stürzen. Doch dieser Vogel flog immer engere Kreise und wurde langsamer. Das Schlagen seiner Flügel war nicht geschmeidig, sondern unregelmäßig. Vielleicht hatte er sich verletzt.

»Diese Mistviecher gehen mir wirklich auf die Nerven«, sagte Frau Silberfuchs, richtete den Schlauch auf den Vogel und drückte auf den Abzug der Spritzdüse. Ein dünner Strahl schoss zischend durch die Luft und erwischte einen Flügel.

Vincent verschlug es den Atem. Der Vogel stieß einen gellenden Schrei aus, geriet ins Trudeln und schlug aufgeregt mit dem unverletzten Flügel.

Wütend schaute Vincent zu seiner Lehrerin und wollte gerade losstürzen, um das Schlimmste zu verhindern, da hielt ihn Leonie am Arm fest. »Das ist kein richtiger Vogel. Die künstlichen Vogelstimmen verjagen alle echten Vögel aus Eden Park.«

Kaum hatte sie das gesagt, zerschellte der Vogel auf den Steinplatten vor dem Geräteschuppen. Die Elektronik quoll aus seinem aufgerissenen Bauch.

»Das ist verboten«, meldete sich Maximilian. »Drohnen dürfen nur im Notfall abgeschossen werden.«

»Das, lieber Maximilian, war ein Notfall.« Frau Silberfuchs nickte Yashi zu, damit er den Wasserhahn zudrehte. »Schließlich musste ich verhindern, dass euch die defekte Drohne gefährdet. Das ist meine oberste Pflicht.« Sie legte den Schlauch aus der Hand, wischte sich den Schweiß von der Stirn und fuhr fort: »Die Samen dieser Tomaten sind gewissermaßen die Einwegflaschen der modernen Züchtung und kein zweites Mal für die Landwirtschaft zu gebrauchen.« Von draußen hörte man den Schulgong. »Warum das so ist, bitte ich euch bis zur nächsten Stunde herauszubekommen. Fragt ruhig auch eure Eltern und die Holo-Verkäufer im Supermarkt.«

ELFTES KAPITEL

Besuch bei Cornelius

Vincent holte sein Rad aus der Garage und schlich sich davon. Der nächste selbstfahrende Minibus Richtung Hochtal kam erst in einer Stunde. So lange wollte er nicht warten. Mit dem Rad waren es nur etwas mehr als sechs Kilometer. Der schnellste Weg führte über das Gelände der ehemaligen Autofabrik, wo seine Eltern bis vor wenigen Jahren gearbeitet hatten. Hinter dem kaputten Zaun an der Südseite fand er einen schmalen Schotterweg, der am Fluss entlang in den Wald hineinführte. Vincent trat keuchend in die Pedale. Normalerweise machten ihm Steigungen nichts aus, aber heute fühlten sich seine Beine an, als seien sie aus Blei. Die Würfel hätte er gerne mitgenommen, aber er hatte schon Mühe gehabt, sie nach der Schule wieder in den Wohnwagen zu schaffen. Sie waren noch schwerer geworden. Als er einen davon auf die Küchenwaage gelegt hatte, hatte die Anzeige verrückt gespielt. Wie hatte Cornelius das bloß hingekriegt.

Außer Atem stellte er das Rad neben der Feuerstelle ab und ging ins Haus. Er dachte immer noch an die Würfel. Würde sein Onkel enttäuscht sein, wenn er das Rätsel nicht lösen konnte? War das vielleicht ein Test? Wollte er sehen, ob Vincent inzwischen mehr Geduld hatte als früher?

»Komme gleich«, rief Cornelius aus dem Keller. »Wenn du Durst hast, in der Küche steht frischer Holundersirup.«

Vincent legte die beiden Schokoladentafeln der Sorte Vollnuss-Traube, die er für Cornelius gekauft hatte, auf den Tisch und ging in die Küche. Während er sich Sirup und Wasser einschenkte, ließ er seinen Blick schweifen. Hätte sein Onkel einen Gast erwartet, würde jetzt sein weltberühmter Eintopf auf dem Herd köcheln. So aber trockneten da nur die Spaghetti vom Vortag. Cornelius machte immer seinen leckeren Eintopf, wenn jemand zu Besuch war.

Als Vincent ins Wohnzimmer zurückkehrte, saß dort bereits sein Onkel und fuhr den Laptop hoch.

»Die Blase ist komplett verheilt«, sagte Vincent.

»Ich will nur auf Nummer Sicher gehen.« Cornelius verband die elektronische Lupe mit dem Computer und startete die Software. »Nun schauen wir mal, wie sich deine Allergie mit Eden Park verträgt.« Violettes Licht strömte aus der Lupe. »Deine Augen sehen schon mal gut aus.« Cornelius betrachtete den sichelförmigen Schatten an Vincents Zeigefinger und runzelte die Stirn. »Hält sich ziemlich lange, die Narbe. Aber sie nässt nicht, das ist ein gutes Zeichen.«

Über den Monitor liefen mehrere Wellen, die sich an manchen Stellen kreuzten, zu größeren Wellen wurden oder sich gegenseitig auslöschten. Cornelius markierte einige Stellen und sog geräuschvoll Luft ein.

»Stimmt was nicht?«, fragte Vincent.

»Nicht auf den Monitor schauen! Bitte.«

Vincent drehte sich weg. »Ist die Allergie schlimmer geworden?«

Cornelius antwortete nicht. Aus dem Augenwinkel sah Vincent, wie die Wellen hin und her sprangen und sich an mehreren Stellen zu größeren Wellen verbanden, bevor sie sich rot einfärbten und einfach auflösten. Das war ungewöhnlich, so viel kapierte er.

Cornelius klappte wütend den Laptop zu. »Sie müssen die Bohrungen stoppen, verdammt!« So wütend hatte Vincent seinen Onkel selten erlebt.

»Muss ich wieder ins Krankenhaus? Fängt es wieder an?«

»Nein, nein, mach dir keine Sorgen. Wäre vielleicht nur besser, den Anzug zu tragen, wenigstens ein paar Stunden am Tag. Wenigstens wenn du alleine bist. Das könnte helfen.«

»Ich überleg's mir.« Vincent sah in den Augen seines Onkels, dass er beunruhigt war. »Stimmt es, dass du uns in Eden Park nicht besuchen darfst?«

»Wer … wer hat das gesagt? Die Frau von der Verwaltung, diese von Sittgenstein?«

»Ein Mädchen aus meiner Klasse. Leonie. Sie bewundert dich. Sie sagt, dass du ein Genie bist.«

Cornelius überhörte das Kompliment und packte die Lupe wieder in die Holzschatulle. »Wenn ich will, kann ich diesem *Vergnügungspark* jederzeit einen Besuch abstatten, sag das deiner Freundin.«

»Der Unfall damals, der, bei dem Tante Angelika gestorben ist. Ist das in Eden Park passiert? Ich meine, habt ihr dort eure Forschungen gemacht?«

Sein Onkel blickte ihn überrascht an. Dann stand er abrupt

auf. »Das ist eine längere Geschichte, und jetzt ist nicht der richtige Zeitpunkt, sie zu erzählen.« Ohne ein weiteres Wort verschwand er in den Keller, wo er wohl nach einem neuen Kreuzworträtsel suchte.

Vielleicht hätte Vincent besser den Mund halten sollen. Jetzt würde Cornelius wieder tagelang grübeln. Sein Vater glaubte, dass sich sein Onkel wegen damals Vorwürfe machte.

Vincent beschloss, nichts von dem Postboten zu erzählen. Wenn sein Onkel etwas damit zu tun hatte, wenn *er* sich das Ganze ausgedacht hatte, war es vielleicht Vincents Chance, ihm zu beweisen, dass er ihm vertrauen konnte. Und vielleicht würde Cornelius dann endlich sein Versprechen einlösen und mit ihm über seine Forschungen reden und es nicht immer nur bei Andeutungen belassen.

Sie machten sich an das Kreuzworträtsel. Die meisten Fragen waren schon mal aufgetaucht, und es dauerte keine halbe Stunde, bis sich die Kästchen mit dem Lösungswort gefüllt hatten. Während Vincent die Postkarte adressierte, entschuldigte sich Cornelius dafür, vorhin so schroff reagiert zu haben.

»Du kannst nichts dafür, mein Junge. Wenn du willst, erklär ich dir nächstes Mal, was Angelika und ich bei unseren Forschungen herausgefunden haben und wie es zu dem Unfall gekommen ist. Das hätte ich schon viel früher tun sollen.«

Vincent lächelte.

Mit dem Lösungswort auf der Postkarte machten sie sich auf den Weg zum Briefkasten am Waldrand. Sein Onkel kam nur ungern näher an die Stadt heran. Nur wenn ihm die Vorräte ausgingen oder er etwas Dringendes erledigen musste. Sie liefen an einer Hochspannungsleitung vorbei, die sich in langen Bögen nach Hochtal hinunterschwang. Durch die Schneise, die man in den Wald geschlagen hatte, hatte man freie Sicht auf den südlichen Zipfel der Stadt.

»Kann man mit den Bohrungen wirklich so viel Wärme gewinnen?«, fragte Vincent. »Dr. Rothfuß, mein neuer Klassenlehrer, sagt, dass es unter der Erde mehr Energie gibt, als die Menschen jemals verbrauchen können.«

Cornelius nickte. »Ja. Diese Verrückten wollen auf Teufel komm raus billigen Strom erzeugen. Die Folgen sind ihnen egal. Alles gerät aus dem Gleichgewicht. Alles.«

Sie erreichten einen Felsvorsprung. Von dort aus konnte man den östlichen Teil von Hochtal überblicken. Vor dem Elektrizitätswerk ragten zwei neue Bohrtürme in den Himmel. Um die Innenstadt hatte man hohe Zäune gezogen. Schwarze, glänzende Planen verhinderten, dass man sehen konnte, was auf der anderen Seite passierte.

Cornelius blieb stehen und kniete sich auf den Boden. »Seltsam.« Auf einem morschen Holzstumpf hatten sich einige Waldschaben versammelt. Alle paar Sekunden drehten sie sich in die eine und dann wieder in die andere Richtung.

»Was haben sie?«, fragte Vincent.

»Sieht aus, als hätten sie die Orientierung verloren, obwohl hier genügend Licht ist. Das ist kein gutes Zeichen.« Cornelius schüttelte den Kopf. »Das Magnetfeld. Es verändert sich.« Er kramte seinen Kompass aus dem Brustbeutel. Die Kompassnadel richtete sich zuerst nach Norden aus, dann fing sie an zu vibrieren und zuckte hin und her.

»Diese Idioten. Sie müssen aufhören, bevor es zu spät ist.« Er schob den Kompass wieder in die Tasche. »Vincent, ich will dir keine Angst machen, aber du musst mir versprechen, mich sofort anzurufen, wenn sich deine Haut verändert. Das ist wichtig. Bevor du deinen Eltern etwas sagst, musst du mich benachrichtigen.«

ZWÖLFTES KAPITEL

Neue Freunde

Vincent stellte sein Rad in der Garage ab. Seit er den Eingang zu Eden Park passiert hatte, war ihm eine Überwachungsdrohne gefolgt. Jetzt stieg sie in die Höhe und drehte nach Westen ab, wo die Sonne gerade hinter dem Horizont verschwand.

Seine Mutter öffnete die Tür. »Hatten wir nicht ausgemacht, dass du den Bus nimmst?«

Vincent setzte den Helm ab. »Aber da gibt es überall Monitore.«

»Die lassen sich ausschalten. Das weißt du.«

»Mit dem Rad geht es viel schneller, und die Haltestelle in Hochtal gibt es auch nicht mehr.«

»Das nächste Mal sagst du mir Bescheid, wenn du das Rad nimmst. Haben wir uns verstanden? Ohne das Armband hätten wir uns Sorgen gemacht.« Sie hielt Vincent ihr Handy hin. Darauf war eine Übersichtskarte zu sehen. Ein grüner blinkender Punkt, das Symbol eines Fahrrads, die zurückgelegte Strecke und sein Name.

Marlene und sein Vater saßen im Wohnzimmer. Als Vincent den Raum betrat, schaltete sein Vater den Fernseher aus.

»Ach, Mann. Ich dachte, mit der neuen Brille kann Vincent eine halbe Stunde zusätzlich fernsehen«, beklagte sich Marlene. »Cornelius hat doch versprochen, dass er das hinkriegt.«

»Wie du siehst, trägt er die Brille aber nicht.«

»Nur im Klassenzimmer«, sagte Vincent. »Die lässt alles gelblich aussehen und ist *ziemlich* groß geworden.«

»Hast du vielleicht trotzdem noch eine Minute, kleiner Bruder? Ich will dir was zeigen. Das wird dich umhauen.«

»Hat das nicht Zeit bis nach dem Essen?«, fragte Martha und zeigte zum gedeckten Tisch. Schüsseln mit Salat, Käse, Brot und eine überladene Gemüseplatte.

»Seit wann essen wir alle zusammen?«, wunderte sich Vincent.

»Unsere Nachbarn, die Wiesenbergs, haben gestern gepostet, wie sie zusammen am Tisch sitzen. Das sieht so gemütlich aus. Ich dachte, wir könnten das auch mal ausprobieren.«

Wolfgang stöhnte.

»Aber davor zeig ich Vincent noch einen kurzen Film«, sagte Marlene.

»Zwei Minuten, mehr nicht.«

»Ja, ja.« Marlene schaltete wieder den Fernseher an. »Du wirst Augen machen, kleiner Bruder.« Sie klickte sich mit Handgesten und Sprachbefehlen durch das Menü, bis Vincents Name neben einer Timeline erschien. »Hier gibt es eine App, mit der kann man sich eine Zusammenfassung anschauen, von dem, was man die letzten Tage, Stunden und Minuten so gemacht hat. Sogar aus mehreren Perspektiven, wenn Kameras von Freunden oder Drohnen in der Nähe sind. Daraus wird dann automatisch ein richtiger Trailer zusammengeschnitten, wie bei einem Kinofilm. Mit Musik und allem Drum und Dran.«

Vincent rutschte das Herz in die Hose. Was, wenn der Postbote und die Würfel darauf zu sehen waren? Oder sein Besuch bei Yashi im Keller? Wie sollte er das erklären, ohne sich zu verraten?

»Wer … wer kann sich das denn alles ansehen?«, fragte Vincent.

Seine Schwester hielt den Film an. »Hast du wieder mit Cornelius ein Lager gebaut oder alberne Kreuzworträtsel gelöst?« Sie grinste. »Das wäre mir auch peinlich.«

»Wer kann es sehen?«, zischte Vincent.

»Niemand, kleiner Bruder.« Marlene grinste. »Erst wenn du den Trailer freigibst, landet er in der öffentlichen Timeline. Wenn man genügend Likes und Klicks bekommt, läuft der Trailer in der Shoppingmall. Musst keine Panik haben. Wie ich das einschätze, taugt der Trailer nicht mal fürs Archiv.« Marlene drehte die Lautstärke auf. Vincent starrte gebannt auf den Fernseher und wagte nicht, sich zu rühren. Den Trailer anzuhalten würde seine Schwester erst recht neugierig machen.

Zuerst sah man ihn, wie er im Unterricht bei Dr. Rothfuß saß und mit Yashi gelangweilte Blicke tauschte. Dann beim Skateboardfahren und auf dem Weg in den Garten von Frau Silberfuchs. Eine Szene blendete in die nächste über. Der Timecode am unteren Bildrand hüpfte durch die Stunden. Okay, gleich würde es spannend werden. Wenn es nicht anders ging, würde er einen Anfall vortäuschen.

Aber die Begegnung mit dem Boten fehlte. Vincent atmete erleichtert durch. Vielleicht hatte Leonie die Szenen gelöscht. Sie hatte ja gesagt, dass so was kein Problem für sie sei. Auch die Fahrt über das verlassene Fabrikgelände, und der Würfel, wie er durch das Wohnwagenfenster gekracht war, tauchten nicht auf.

»Ziemlich lahme Vorstellung, kleiner Bruder«, sagte Marlene, als Leonie und Yashi ins Bild kamen. »Da ist noch jede Menge Luft nach oben.«

»Sind das deine neuen Freunde?«, fragte sein Vater lächelnd.

»Vielleicht«, sagte Vincent.

»Vielleicht.« Seine Schwester verdrehte die Augen. »Bist du mit ihnen vernetzt?«

»Ja«, log Vincent.

»Dann sind es schon mal Freunde zweiten Grades. Das ist ein Anfang, kleiner Bruder.« Marlene spulte vor zu einem schwarzen Balken mit einem blinkenden Ausrufezeichen. »Bei dir gibt es zwei größere Lücken in der Timeline. Was habt ihr denn im Biounterricht gemacht, dass es davon keine Aufnahmen gibt? Und um kurz nach drei ist noch eine größere Lücke …«

»Wir … wir waren im Schulgarten«, sagte Vincent. »Danach war ich im Wohnwagen und hab Hausaufgaben gemacht.«

»War wohl alles zu öde für den Trailer.« Sie schaltete den Film ab. Der Bildschirmschoner mit den bunten Fischen war wieder zu sehen. Vincent fiel ein Stein vom Herzen.

DREIZEHNTES KAPITEL

Der Beweis

Nach dem Abendessen saß Vincent wieder im Wohnwagen, erledigte die ausgedruckten Hausaufgaben, die ihm eine Kurierdrohne gebracht hatte und starrte alle paar Sekunden auf die Würfel. Auch in dem dicken Wälzer *Die ungelösten Geheimnisse der Physik*, den ihm sein Onkel zum Geburtstag geschenkt hatte, stand nichts über *neun* schwarze Würfel, die sich von selbst wieder zu einem Kreis zusammenfügten, wenn man sie auseinanderzog. Wenn man den neunten Würfel, den in der Mitte, drehte, drehten sich auch die Würfel auf der Kreislinie, als sei das Ganze eine Felge mit unsichtbaren Speichen und Reifen. Vielleicht fiel das in die Kategorie Zauberei. Obwohl sein Onkel als Physiker eigentlich nur das glaubte, was er mit seinen Formeln beweisen konnte.

Jedenfalls mussten die Würfel auf eine spezielle Weise magnetisch sein. Denn sobald man ihre Position veränderte, kehrten sie wieder an die ursprüngliche Stelle zurück, ohne sich gegenseitig zur berühren. Und anstatt metallische Gegenstände *anzuziehen*, wie es bei gewöhnlichen Magneten der Fall war, schoss Vincents Taschenmesser quer durch den Wohnwagen davon, als er es neben den Kreis legte. Haarscharf an Rileys Kopf vorbei. Cornelius gab sich wirklich alle Mühe, Vincent zu beeindrucken. Noch immer steckte die Klinge in der Seitenwand, schwang wie der

Zeiger eines Metronoms hin und her und ließ sich nicht mehr herausziehen.

Langsam dämmerte Vincent, dass er Hilfe brauchte, um dieses besonders schwere Rätsel zu lösen. Genau das war der Plan seines Onkels gewesen, da war er sich mittlerweile sicher. Auch wenn es Cornelius nicht offen sagte, machte er sich Sorgen, dass Vincent wegen der Allergie keine neuen Freunde fand, oder noch schlimmer, gemobbt werden würde. Aber Yashi und Leonie könnten echte Freunde werden. Das wünschte sich Vincent jedenfalls.

Nach der Schule war er noch einmal in der Bibliothek gewesen. Diesmal mit den beiden. Leonie hatte aus *Huckleberry Finn* vorgelesen und von ihrem Plan erzählt, eine geheime Bande zu gründen, die nirgendwo im System zu finden war und sich für eine neue Bibliothek einsetzte. Sie wusste alles über Computer und hatte sogar eine eigene App mit dem Namen *Trouvandooo* programmiert, mit der vergessliche oder verpeilte Leute, wie Yashi sagte, über Bilder aus der eigenen Timeline, Fragen und Bewegungsprotokolle, Sachen wiederfinden konnten, die sie verlegt oder verloren hatten. Yashi verriet ihm hinter vorgehaltener Hand, dass Leonie dafür richtig Geld bekommen hatte. Vincent wunderte sich, dass sie trotz allem lieber gedruckte Bücher las.

> Einige Experten haben festgestellt, dass Spiele, Apps und Internet-Shopping-Seiten mehr verkaufen, wenn ihr Name auf o endet. Deshalb enden mittlerweile fünfzig Prozent aller Webseiten auf diesen Vokal.

Auf dem Rückweg hatten sie, diesmal ganz offiziell, bei Yashis Familie vorbeigeschaut. Seine Eltern und seine beiden jüngeren Brüder waren unglaublich nett. Zum Abschluss hatte Riley die versprochene Belohnung von Yashi erhalten: Spaghetti mit Erdnusssoße. Und alle anderen hatten es sich auch schmecken lassen.

Vielleicht waren Yashi und Leonie also tatsächlich Anwärter auf eine echte Freundschaft. Aber bestimmt würde es sie bald nerven, dass er weder in die Shoppingmall gehen noch allzu lange vor dem Computer sitzen konnte. Wäre nicht das erste Mal, dass er enttäuscht wurde.

Aber zukünftigen Freunden durfte Vincent die Würfel zeigen, hatte der Bote gesagt. Und die beiden einzuweihen, schien ihm momentan die einzige Möglichkeit, das Rätsel seines Onkels zu lösen.

Er nahm sein Handy aus der Metallschachtel, die er zum Schutz vor Elektrosmog verwenden musste, als jemand gegen die Wohnwagentür hämmerte. Die Wände wackelten. Riley schreckte aus dem Schlaf hoch und begann zu kläffen. Vincent hatte eine leise Vorahnung, was beziehungsweise *wer* ihn draußen erwartete. Dennoch staunte er nicht schlecht, als der Postbote, diesmal mit hochrotem Kopf und völlig außer Atem, vor ihm stand und ihn ohne Vorwarnung anschnauzte.

»Vielleicht hab ich mich beim letzten Mal etwas undeutlich ausgedrückt, mein Lieber, aber der Inhalt des Pakets muss möglichst schnell zusammengebaut werden. Möglichst schnell.«

Vincent hatte den Eindruck, dass der Bote größer war als bei seinem letzten Besuch, was auch daran liegen konnte, dass er sich bei jedem zweiten Wort auf die Zehen stellte.

»Was bringt eine Eilsendung, wenn der Empfänger sich Zeit lässt bis zum Sankt-Nimmerleins-Tag?« Das Gesicht des Boten zuckte wie verrückt. »Und komm mir nicht wieder damit, dass du nur ein Kind bist. Das ist die billigste aller Ausreden. Wärst du nur ein gewöhnliches Kind, dann hätte man dir das Paket nicht geschickt. So viel kann ich mit Sicherheit sagen. Trotzdem habe ich keine Lust, völlig *unsuper* und *unentspannt* zwischen den Wahrscheinlichkeiten festzuhängen, nur weil *dieses* Kind es nicht schafft, den Anweisungen Folge zu leisten und damit die letzte Chance auf ein Happy End vergeigt. Der Countdown hat längst begonnen, verstehst du nicht? In zwei Tagen ist nichts mehr, wie es war, wenn du nicht in die Pötte kommst.«

»Ist das ein Witz?«, fragte Vincent vorsichtig. »Ich meine, gehört das zu Ihrer Show? Steht das im Drehbuch, dass Sie so übertreiben sollen?«

»Drehbuch?« Äsch schloss kurz die Augen und atmete tief durch. »Das hier, mein Junge, ist *bitterste* Realität.« Er musterte Vincent von oben bis unten. »Hätte nicht gedacht, dass du so früh aufgibst. Dachte, deine Verbindung sei stärker und dein Mut größer. Aber so kann man sich irren.«

Vincent musste unbedingt mit seinem Onkel sprechen. Cornelius' Schauspielerfreund nahm die Rolle viel zu ernst. »Können wir nicht morgen weiterspielen?« Er deutete zu den Schulbüchern, die hinter ihm auf dem Tisch lagen. Er war noch mindestens zwei Stunden mit Hausaufgaben beschäftigt. Und er musste noch jede Menge Programmier-Codes auswendig lernen, um den Test am Freitag zu bestehen. Ohne Computer war das langweiliger als Mathe.

»Spielen!«, sagte der Bote mit schneidender Stimme, gefolgt von einer Pause, in der sich seine Wangen aufplusterten wie Ballons, die gleich explodieren würden. Doch bevor das passierte, stieß er geräuschvoll Luft aus und ließ dabei ganz ungeniert seine Lippen flattern. »Ich fasse es nicht! Spielen nennst du das? Du spielst also nicht nur mit deinem eigenen Leben, sondern auch mit dem deiner Familie und deiner Freunde und denen, die es werden können. Hab ich das richtig verstanden? Ist das korrekt?«

»Meiner Familie geht es gut!«

»*Noch* geht es ihr gut. Aber das kann sich ganz schnell ändern. Ganz schnell. Mit jedem Zeigerschlag nähert sich das Unheil der Veränderung.« Äsch zog wieder den kleinen Block aus der Weste, holte einen Stift hinter seinem Ohr hervor, machte sich Notizen und brabbelte dabei vor sich hin: »Empfänger hat kein Interesse, sich und die uneinsichtige Spezies Mensch zu retten.« Er hielt ihm den Block unter die Nase. »Hier bitte unterschreiben. Diesmal eine Fünf.«

»Hey, das ist nicht witzig!«, sagte Vincent und drückte den Block von sich weg. »Ich bin ein Kind! Kindern mit dem Tod zu drohen, ist nicht okay. Das ist echt nicht okay. Wenn mein Onkel das erfährt, wird er Ihnen was erzählen.«

»Jetzt hör mal zu, du *Kind*«, schnaubte der Bote. »Was auch immer du glaubst, was sich hinter diesen vier Buchstaben K-i-n-d verbirgt – Verantwortungslosigkeit, Mutlosigkeit, nach Mama und Papa oder dem Onkel schreien, wenn's schwierig wird und so weiter und so fort. Ich sag dir nur die Wahrheit. Die Wahrheit mit aller mir zustehenden Wahrscheinlichkeit. Und dass ich das tue, kann mich in Teufels Küche bringen.« Äsch weitete die Augen und stellte sich auf die Zehenspitzen. »O-kayyyyyyy?«

»Ist ja gut.«

»Ich ertrage es nicht, wie leichtfertig du diese Chance verspielst. Das hier ist *mein* letzter Auftrag. Nach unzähligen Enttäuschungen wünsche ich mir für diese Geschichte und deinen Planeten einen guten Ausgang. Ist das denn wirklich zu viel verlangt?«

Vincent hob die Brauen. »Das hier ist also eine *Geschichte*?«

»Jetzt komm mir nicht mit solchen Spitzfindigkeiten. Das hab ich nur gesagt, um die historische Bedeutung unserer Begegnung zu unterstreichen.«

Äsch schnippte mit dem Finger. Plötzlich war es um sie herum dunkel und eiskalt, als hätte jemand die Sonne ausgeknipst. Gänsehaut bildete sich auf Vincents Armen, während ein blaues Flimmern matt das Gesicht des Postboten erhellte. Atemwolken dampften aus seinem Mund. Über ihnen erschien die Projektion eines Sternenhimmels.

Dieser Trick war wirklich beeindruckend. Noch besser als die Sache mit dem glühenden Gras. Eine Holo-Projektion mit Abschirmeffekt. Wahnsinn! Das Neueste vom Neuesten. Hoffentlich war die Strahlung nicht zu stark. Aber das würde Cornelius nicht zulassen.

»Das hier ist ein Universum«, sagte Äsch. »Euer Universum, um genau zu sein, eines von Tausenden.« Mit einer Handbewegung vergrößerte er den Ausschnitt. »Und dieser winzige blaue, und um ehrlich zu sein, recht *unbedeutende* Planet: Das ist deine Erde. Dein Zuhause.« Er hob die Brauen. »Kannst du mir bis dahin folgen?«

Vincent nickte. Er bekam den Mund nicht mehr zu. Je länger er hinschaute, desto mehr Sterne konnte er entdecken.

»Da, eine Sternschnuppe!«, rief er begeistert.

»Ja«, seufzte der Bote, »und ganz weit draußen …«, er zoomte die Himmelsansicht noch stärker heran, »… stirbt gerade ein Stern. Das ist der Lauf der Zeit. Geboren werden, leben, sterben.« Die Projektion löste sich auf, und die wärmenden Strahlen der tiefstehenden Sonne kitzelten die Gänsehaut von Vincents Armen.

»Was ich damit sagen will: In den Untiefen des Weltalls gibt es jede Menge bewohnte Planeten wie die Erde. Alle zwei- bis dreitausend Jahre passiert es, dass die Bewohner alles kaputtmachen, weil sie sich für die Größten halten. Macht, Gier, Langeweile, Dummheit. Die Gründe sind so banal, dass es schon weh tut. Und wenn so ein sterbender Planet dummerweise auch noch *unser,* beziehungsweise, *mein* Zuhause ist, müssen wir umziehen. Von da nach dort, von hier nach da. Von außen nach innen und wieder zurück. Keine Heimat, keine Freunde. Und das, wo ihr hier oben so schöne Bibliotheken und Bücher habt, mit so schönen Geschichten über Liebe, Freundschaft und Hoffnung. Und wir da unten … Ach!« Seine Stimme schraubte sich in die Höhe, während er die schmalen Schultern sacken ließ. »Enttäuschend, wirklich enttäuschend. Ein verwöhntes Kind, das nicht bereit ist, die Zähne zusammenzubeißen, wenn es drauf ankommt, sondern nur jammert.«

»Ich jammere nicht.«

»Doch das tust du. Und Jammern begünstigt immer die schlechteste aller Wahrscheinlichkeiten. Lass dir das gesagt sein.«

»Du wohnst also *in* unserem Planeten?«, hörte sich Vincent sagen und schüttelte dabei innerlich den Kopf. »Das hab ich schon richtig verstanden?«

»Ja, und das nicht erst seit heute.«

»Aha.« Vincent nickte. Der Mann hatte offensichtlich den Verstand verloren. Vielleicht sollte er Cornelius Bescheid geben, dass bei seinem Freund eine Sicherung durchgebrannt war.

»Und du, Vincent, du hast eine Verbindung in beide Welten«, redete der Mann ungewohnt ernst weiter. »In deine und meine. Das ist der Grund für meinen Besuch. Du siehst, was andere nicht sehen können, und spürst die herannahende Gefahr.«

»Das versteh ich nicht.«

»Noch deutlicher kann ich beim besten Willen nicht werden. Das übersteigt meine Befugnisse.« Erschöpft zog der Bote einen kleinen Beutel aus seiner Weste und fasste hinein. Vincent stieg ein bekannter Geruch in die Nase. Erdnussflips der Marke *Besonders würzig*. Genauso hatte die angekokelte Seite seines Skizzenbuchs in der Erdbebennacht gerochen.

»Meine Güte«, sagte der Bote und schob sich eine Handvoll

fett glänzender Flips in den Mund. »Du machst es einem wirklich nicht leicht, dich zu mögen.«

Vincent hatte noch nie so ein lautes Schmatzen gehört. Äsch blickte auf seine klobige Uhr, wo die beiden Zeiger sich in einer irren Geschwindigkeit bewegten – und zwar in entgegengesetzte Richtungen!

»Die Zeit, sie läuft und läuft und läuft. Dort und hier und überall.« Er sank mit dem Kopf gegen den Türrahmen des Wohnwagens und flüsterte: »Du musst die Würfel benutzen. Die Zeit wird nicht warten. Sie ist unbestechlich.«

»Okay«, sagte Vincent. Vielleicht hatte der Mann etwas Schlimmes erlebt und war deshalb so seltsam geworden. Wäre ja nicht das erste Mal, dass sich sein Onkel um jemanden kümmerte, dem es schlecht ging. »Könnten Sie mir nicht dabei helfen?«

»Ich?« Der Bote schüttelte den Kopf. »Das ist nicht nur verboten, sondern auch unmöglich. Ich würde mich ja selbst in Gefahr bringen. In Lebensgefahr!«

»Aber alleine schaff ich das nicht. Und wir könnten doch Freunde sein.«

»Freunde?« Der Bote kräuselte die Stirn, dass man vor lauter Runzeln seine Augen kaum noch sehen konnte. Dann lächelte er verlegen. »Na ja«, sagte Äsch ungewohnt sanft, er schaute sich verstohlen um und sagte zögerlich: »Ich gebe dir einen Hinweis: Diese Würfel können gewissermaßen Strahlung reparieren.«

Vincent zog die Schultern hoch. »Und? Was heißt das jetzt?«

»Gut«, seufzte der Bote. »Versuchen wir es anders. Was macht dich denn glücklich oder reißt dich gar vom Hocker?«

»Basketballspielen und Radfahren.«

»Sport?« Der Bote verzog das Gesicht. »Gibt's noch was mit mehr Tiefgang vielleicht?«

»Ich lese gerne Comics und spiele ein bisschen Gitarre.«

Äsch strahlte. »Musik. Der Klang aller Welten. Damit können wir was anfangen. Jimi Hendrix ist mein Held. Für immer und jetzt.«

»Wer?«

»Vergiss es. Dafür bist du zu jung.« Äsch lächelte. »Töne sind Wellen, und Wellen sind Teilchen, und Teilchen sind Energie. Energie ist Glück und Leben und der Anfang und das Ende. Alles hängt gewissermaßen an einem seidenen Faden. Alles ist in Schwingung.« Er tänzelte kurz auf der Stelle und sang mehrstimmig und derart falsch, dass es dafür keine Worte gibt, *Friends will be friends*, dabei machte er Schlangenbewegungen mit den Armen und stieß kieksende Laute aus. Seine Beine schienen sich vorwärts zu bewegen, obwohl er rückwärtslief.

Mehrstimmig singen können fast alle Bewohner von Betwedew, weil sie sehr oft einsam sind.

Ein Song von Queen und eine universelle Weisheit,
die selbst in schrecklichster Finsternis ihre Gültigkeit behält:
Freunde werden Freunde sein.

»Was war das?«, fragte Vincent, der das Gefühl hatte, ihn könne inzwischen nichts mehr schockieren.

»Ein Medley. Und zum Abschluss der Moonwalk. Der Tanz aller Tänze.« Äsch wischte sich den Schweiß von der Stirn. Von seinem Kinn lösten sich dicke, glitzernde Tropfen. »Sternenstaub. Immer dieser Sternenstaub.« Er bohrte sich den Finger ins Ohr. Glitzer rieselte heraus. »Aber allemal besser als Weltenschmerz. Weltenschmerz ist wirklich das Letzte.«

Ein netter Zaubertrick für kleine Kinder, dachte Vincent unbeeindruckt. »Können Sie Cornelius nicht einfach ausrichten, dass ich aufgegeben habe? Neben dem ganzen Schulstress kriege ich es einfach nicht hin, sein Rätsel zu lösen.«

»Kann es sein, dass wir uns im Kreis drehen? Nach meinem Wissen hat dein Onkel nichts mit dem Paket zu tun. Zum Mitschreiben: n-i-c-h-t-s.«

Vincent verdrehte die Augen. »Können Sie das beweisen?«

»Beweisen? Du willst Beweise sehen? Wofür?«

»Dafür dass … dass Sie nicht verrückt sind.«

Superboten wie Äsch leiden vor allem unter einer Berufskrankheit: dem Weltenschmerz. Je älter sie werden, je mehr Aufträge sie erfolglos abgeschlossen haben, desto stärker wird dieser Schmerz. Einige Boten nehmen sich deshalb vor, nach ihrer Karriere ein Buch zu schreiben oder Kunst (Musik, Malen, Sterne nach Zahlen und Klängen verbinden) zu machen, um auf diese Weise doch noch glücklich zu werden.

VIERZEHNTES KAPITEL

Äsch Flux Underwood

»Verrückt«, sagte Äsch erbost, nachdem er für exakt siebenundvierzig Sekunden geschwiegen hatte. »Du denkst also, ich sei verrückt?« Sein Gesicht war puterrot, seine Augen geweitet. »Meinst du, so verrückt wie du oder die Leute, die gerade dabei sind, deinen Planeten in Schweizer Käse zu verwandeln? Nein, so verrückt bin ich gewiss nicht. So verrückt ist kaum ein Lebewesen im Sonnensystem.«

»So habe ich das nicht gemeint«, beschwichtigte Vincent. Waren das wirklich Dampfwolken, die sich aus Äschs Ohren kräuselten?

»Was hättest du denn gern als Beweis?«, fragte Äsch mit gerümpfter Nase. »Was soll *der Verrückte* denn tun? Einen Quantensprung machen? Einen Verschränkungstanz mit ungewissem Ausgang? Einen gemeinsamen Ausflug nach Betwedew zu den schrecklichen Oligaten? Was schwebt dir so vor, wenn du von einem *Beweis* sprichst?«

»Etwas, das normalerweise nicht möglich ist.«

Um die Oligaten (natürlich verwandt mit den Oligolyphen) zu beschreiben, genügen drei Wörter: ekelhaft, unkultiviert und großspurig.

»Dass ich mich bei unserem letzten Treffen in die Unwahrscheinlichkeit getanzt und dir eben gewissermaßen die Sterne vom Himmel geholt hab, genügt also nicht?«

»Das waren Tricks.«

»Tricks!« Äsch kniff die Augen zusammen. »Gut. Dann gib mir deine Hand.«

Vincent zögerte.

»Worauf wartest du? Du willst doch einen Beweis.«

»Ich weiß ja gar nicht, wer Sie sind.«

»Wer ich bin?« Der Bote zog die Brauen zusammen und sagte mit ernster Miene: »Ich bin Äsch Flux Underwood, der Superbote, der da ist, bevor man ihn gerufen hat. Nicht zu vergessen: ersten Ranges! Und somit mit Respekt zu behandeln.« Eine Pause. Ein tiefes Räuspern. Das widerlich laute Knacken sämtlicher Rückenwirbel. Äsch streckte Vincent die Hand entgegen. Vincent schlug ein. Die Haut des Boten fühlte sich weich an. Und plötzlich zuckten kleine blaue Blitze in Spiralen um ihre Hände. Dann wurde Vincent schwarz vor Augen, und er ließ los.

Die Erscheinung war vorbei. Er sah wieder klar, und die Blitze waren weg.

»Ä-ä-äsch«, kam es stotternd aus Vincents Mund.

»Ein Ä reicht«, sagte der Bote zufrieden lächelnd. »Genügt das als Beweis?«

»Das kann auch ein Trick gewesen sein.«

»Okay, Mr Neunmalklug. Keine Ahnung, warum ich mir diese Mühe mache. Es könnte mir ja eigentlich egal sein.« Äsch holte tief Luft. »Siehst du die Mauer da drüben?«

»Ja. Was ist damit?«

»Ich werde jetzt bis drei zählen, dann nähern wir uns ihr im absoluten Unwahrscheinlichkeitswinkel. Du bleibst dicht hinter mir und machst exakt, was ich mache, ohne zu zögern, ohne zu bremsen, ohne zu reden, sonst könnte es ziemlich schmerzhaft werden. Wenn ich *jetzt* sage, streckst du deine Arme nach vorne wie bei einem Kopfsprung und stößt dich vom Boden ab. Verstanden?«

Vincent verdrehte die Augen. Cornelius hatte bestimmt keine Ahnung, wie durchgeknallt sein Freund war.

»Muss das sein?«

»*Du* wolltest den Beweis, jetzt kriegst du den Beweis. Wir legen den Übergang diagonal, dann ist der Anlauf am größten. Tandem-Quantentänze sind eine hohe Kunst und außerhalb von Betwedew eigentlich streng verboten.«

Vincent stellte sich hinter Äsch. Er würde im letzten Moment abbremsen. Mal sehen, was dann passierte. Dieser Äsch würde wohl kaum gegen die dicke Steinmauer springen.

»Eins, zwei und …«, (unnötige Pause), »… drei.«

Zu Vincents Überraschung rannte Äsch nicht los. Stattdessen machte er drei große Schritte nach vorne, zwei kleinere zurück und federte bei jeder Bewegung in den Knien. Vincent machte Cornelius zuliebe mit und hoffte, dass sie nicht beobachtet wurden, denn das sah garantiert total bescheuert aus.

»Im Takt bleiben«, ermahnte ihn Äsch. »Das ist ganz wichtig. Fünf, sechs, sie-ben, acht.« Der Bote tanzte gewissermaßen im Viereck. Die Choreographie änderte sich nach jedem Takt.

Vorwärts, hüpfen, rechts, drehen, zurück, links, hüpfen, kurz stehen.

»Nicht zögern!«, sagte Äsch. »Und auf keinen Fall anhalten!«

Vincent kam ins Schwitzen. Mit jeder Wiederholung wurden sie schneller. Er musste höllisch aufpassen, nicht gegen Äsch zu prallen oder über die eigenen Füße zu stolpern. Die Welt um ihn herum wurde unscharf. Er hatte das Gefühl, durch einen Tunnel zu blicken. Plötzlich hörte er aufgeregtes Bellen. Riley!

Der Pudel sprang kläffend aus dem Wohnwagen. Das geschah wie in Zeitlupe.

Vincent und Äsch waren noch etwa drei Meter von der Mauer entfernt. Die Schrittfolge war mittlerweile atemberaubend schnell. Vincents Beine arbeiteten wie von selbst. Aus dem Augenwinkel sah er Riley vorbeisprinten und nach Äschs Hosenbein schnappen.

»Lass los, du Mistköter!«, schrie Äsch, während Riley ein Stück Stoff aus der Hose des Boten riss. Der kam ins Straucheln, stolperte und überschlug sich. Riley stürzte sich auf ihn. Vincent wollte abbremsen, aber es war unmöglich. Ein enormes unsichtbares Gewicht drückte gegen seinen Rücken, und um nicht in Äsch und Riley zu krachen, stieß er sich vom Boden ab. Dabei riss die unsichtbare Kraft seine Beine nach hinten und schien an seinen Füßen zu ziehen, so dass er die Knie ganz fest durchstreckte. Vincent blieb nur eine Möglichkeit, wenn er sich nicht weh tun wollte: Er musste in einer Flugrolle auf dem Rasen landen. Er zog die Arme nach vorne, was enorm viel Kraft kostete und eine halbe Ewigkeit zu dauern schien.

»Niiiiiicht springgggggggggen!«, hörte er Äsch rufen. Seine Stimme dehnte sich wie die Zeit, wenn man Langeweile hat. »Niiiiiiicht!«

Zu spät! Eine unsichtbare Hand schob sich unter Vincents Körper, kaum dass er waagerecht in der Luft lag, und beschleunigte ihn wie einen Pfeil. Er segelte über Äsch und Riley hinweg auf die Mauer zu und ruderte mit den Armen, ohne damit etwas auszurichten. Vincent schloss die Augen und erwartete den Aufprall. Alle Knochen würde er sich brechen, alle, dachte er, als, angefangen bei den Fingerspitzen, ein heißer Strom durch seinen Körper jagte und es einen ohrenbetäubenden Knall gab.

Kein Schmerz. Das war kein Schmerz. Vincent riss die Augen auf und konnte nicht glauben, was passiert war: Er befand sich auf der anderen Seite der Mauer und krachte gerade in einen Pool.

FÜNFZEHNTES KAPITEL

Freunde?

Unter Wasser war es für einen Moment, als würde die Zeit stehenbleiben.

Stille.

Eine Sekunde, zwei Sekunden, drei Sekunden. Vincents Fingerspitzen schimmerten bläulich. Er war fasziniert von dem Anblick und dem Gefühl der Schwerelosigkeit. Über ihm glitzerte die Sonne. Lichtstreifen, so dick und leuchtend hell, als wären es Seile, an denen man sich hochziehen konnte. Er dachte an das Atmen. Dass es von selbst ging, ohne dass man daran denken musste. Einfach so. Und während er das dachte, spürte er, wie sich das Wasser an seinen Zehenspitzen festsaugte. Er wäre gerne noch länger auf dem Grund des Beckens geblieben, aber sein Körper stieg nach oben. Seine Hände durchschlugen die Wasseroberfläche, ohne dass er den Befehl dazu gegeben hatte. Sauerstoff flutete seine Lungen, und die Stimme eines Mädchens zerriss die wunderbare Stille.

Sie gehörte zu Leonie. »Vincent!«, rief sie aufgeregt. »Vincent? Bist du das wirklich?« Sie stand auf der Terrasse, neben ihr Yashi. Die beiden starrten ihn verblüfft an, als sei er ein Geist. Vincent wollte sich aus dem Wasser stemmen, er stützte sich am Beckenrand ab und wurde dann regelrecht nach draußen geschleudert. In der Luft machte er unfreiwillig eine Art Salto, ruderte dabei mit den Armen und landete mit dem Hintern auf einem Liegestuhl, der unter der Wucht des Aufpralls zusammenkrachte, als wäre er aus Streichhölzern. Es tat nicht mal weh.

»Das … das repariere ich wieder«, sagte Vincent, lächelte schief und hatte das Gefühl, gleich laut loslachen zu müssen. Die Situation war so verrückt, so unwirklich, und die Gesichter von Yashi und Leonie waren so voller Erstaunen, dass es ihm vorkam, als würden sie jetzt für immer so bleiben.

Vincent rappelte sich auf und schaute an sich herab: Keinen Kratzer hatte er bei dem Sprung durch die Mauer abbekommen. Nicht die kleinste Schramme. Das war unglaublich. Für einen Moment fühlte er sich so stark, als könnte er mit bloßen Händen Bäume ausreißen. Aber das war nicht alles: Die Welt erschien ihm jetzt heller und klarer, als hätte er bisher nur durch eine staubige Scheibe geblickt.

Als er über den Rasen hinüber zur Terrasse ging, machten seine Schuhe ein schmatzendes Geräusch.

»Wie … wie hast du das gemacht?«, fragte Leonie, nachdem sie ihre Stimme wiedergefunden hatte. Sie war kreidebleich.

»Krass. Echt krass.« Yashi musterte Vincent von oben bis unten. »Du bist durch die Mauer geflogen, einfach so. Mitten durch! Das ist so ziemlich das Abgefahrenste, was ich je gesehen habe.« Vorsichtig tippte er Vincents Arm an. »Das ist also dein Geheimnis. Du kannst durch Wände gehen.«

Yashi musste sich erst mal hinsetzten. Er hockte sich auf die Treppe, die von der Terrasse zum Garten führte.

»Was? Nein. Ich …«, stammelte Vincent, »das war ich nicht.«

»Keine Panik. Bei uns ist dein Geheimnis in den besten Händen.« Leonie blickte an ihm vorbei Richtung Mauer. »Benutzt du dafür irgendeinen Apparat? Ist es deinem Onkel damals doch gelungen, Materie aufzulösen und wieder zusammenzufügen? Hat er also doch eine Lösung für die Gleichung gefunden?« Sie schüttelte ungläubig den Kopf. »Das wäre eine Sensation. Das würde die komplette Physik auf den Kopf stellen.«

»Cornelius hat damit nichts zu tun«, sagte Vincent und versuchte, seine Gedanken zu sortieren. Das Glücksgefühl in seinem Bauch verschwand so schnell, wie es gekommen war.

War er gerade wirklich durch eine Mauer geflogen? Wie Kitty Pryde, die Mutantin aus X-Men? Die triefend nassen Klamotten und der ängstliche Blick von Yashi ließen keinen anderen Schluss zu.

Wo war dieser Äsch abgeblieben? Vincent musste wissen, wie der Bote das angestellt hatte.

Leonie verschränkte eingeschnappt die Arme vor der Brust. »Verkauf uns ruhig weiter für dumm, wenn du glaubst, dass du dir damit einen Gefallen tust.«

Yashi zeigte zu einer Vogeldrohne, die gerade von der Dachrinne abhob und über sie hinwegflatterte.

»Wie auch immer du das gerade gemacht hast, wenn die Drohne es aufgenommen hat, ist hier gleich die Hölle los. Du solltest dir schnell etwas einfallen lassen, bevor der Sicherheitsdienst auftaucht. Wunder, fremde Menschen und Tiere sind in Eden Park unerwünscht.«

»Kannst du das nicht verhindern?«, fragte Vincent Leonie. »Ich will keinen Ärger. Und du hast doch gesagt, dass du dich überall reinhacken kannst.«

Leonie zögerte. »Unter einer Bedingung: Du hörst endlich damit auf, uns Märchen zu erzählen, und wir dürfen deinen berühmten Onkel kennenlernen.«

Vincent hatte keine andere Wahl. »Okay. Aber bitte beeil dich, bevor es zu spät ist.«

Leonie tippte rasend schnell auf ihr Handy ein. »Puh, nach den Einbrüchen in die Mall letzte Woche haben sie die Sicherheitsstufe für die Stadt noch weiter hochgesetzt.«

»Ist das schlecht?«, fragte Vincent.

»Nein, das ist gut«, antwortet Yashi. »Dann behalten die Drohnen vor allem die Außengrenze des Parks im Blick und haben keine Zeit, woanders rumzufliegen. Das erhöht deine Chancen, unentdeckt zu bleiben. Wobei du mit der Nummer bestimmt eine Million Klicks bekommen würdest.«

Vincent ignorierte den letzten Satz und sagte zu Leonie: »Kannst du schon sehen, ob die Kameras was aufgenommen haben?«

»Gleich.« Sie lächelte. »Wusste ich's doch. Irgendwo gibt es immer eine Lücke.« Sie loggte sich in das Sicherheitssystem ein. »Wenn ich das richtig überblicke, gab es nur einen kurzen Strahlungsanstieg in der Straße, der aber nicht genau lokalisiert werden konnte. Aufnahmen gibt es keine, soweit ich das sehen kann.« Sie schaute von ihrem Handy auf und sagte übertrieben ernst: »Das bedeutet, dass *wir*, Yashi und ich, im Augenblick die einzigen Zeugen deines *Kunststücks* sind, oder was auch immer das war.«

»Danke«, sagte Vincent. Ihm wurde kalt. »Ich … ich geh dann mal wieder rüber. Morgen erzähle ich euch alles, was ich weiß. Versprochen.«

Leonie hielt ihn an der Schulter zurück. »Hey, so haben wir nicht gewettet. Hat das alles was mit dem Paket zu tun? War da ein Teleporter drin?«

»Nein.« Er nahm Leonies Hand weg. »Da drin war nur … nur ein Drucker.«

»Du lügst schon wieder! Das ist so was von unfair!«

»Sie hat recht«, sagte Yashi. »Du hast es versprochen.«

Vincent nickte, dann wurde ihm schwindelig. Der Garten begann zu schwanken.

»Alles okay?«, fragte Yashi. »Sollen wir eine Medizindrohne rufen?«

»Nein. Ich muss jetzt nur wirklich rüber zu Riley. Er hört sonst nicht mit dem Bellen auf. Ich sag euch morgen, was ich weiß. Wirklich.«

»Nein«, sagte Leonie entschieden. »So leicht kommst du uns nicht davon. Wir treffen uns heute Abend um acht vor der Bibliothek. Und denk erst gar nicht daran, uns reinzulegen! Da verstehen wir keinen Spaß. Wir wollen endlich die Wahrheit hören. Die ganze Wahrheit!«

SECHSZEHNTES KAPITEL

Das Volkslied der Gargonauten

Die Wahrheit, dachte Vincent, nachdem er sich trockene Sachen angezogen hatte. Er setzte sich an seinen Schreibtisch und blickte nach draußen. Was war denn die Wahrheit? Dass er durch Wände gehen konnte? Dass er wie in einem Märchen neun schwarze Würfel mit sich herumtrug, die ihm ein unberechenbarer magischer Bote überbracht hatte?

»Bitte Klimaanlage auf Stufe acht schalten«, sagte er. Die interaktive Sprachsteuerung mit dem altmodischen Namen Waltraud antwortete mit einem übertrieben euphorischen »Wird sofort erledigt« und wies darauf hin, dass bei dieser Stufe die Gefahr einer Erkältung um 78 Prozent stieg. Vincent stand von seinem Schreibtisch auf und schubste das Teleskop an – den einzigen persönlichen Gegenstand hier in seinem Zimmer im Haus, alles andere, was wichtig war, bewahrte Vincent draußen im Wohnwagen auf.

Seine Schwester hatte recht: Die Wahrscheinlichkeit, bei den uralten Kreuzworträtseln etwas zu gewinnen, ging gegen null. Und das war nicht erst seit heute so. Es musste also eine andere Erklärung für das Auftauchen des Boten, das Paket und den Flug durch die Mauer geben.

Was wusste sein Onkel? Er durfte den Park nicht betreten, hatte Leonie gesagt. Das wiederum würde erklären, warum er ihm seinen Schauspielerfreund als Überbringer des Pakets geschickt hatte. Aber da war dann immer noch der Sprung durch die Mauer … Den hatte sich Vincent nicht eingebildet. Dafür gab es ja Zeugen. Leonie und Yashi.

Dass Leonie direkt neben ihm wohnte, hatte er nicht gewusst. Ihr Pool war mindestens dreimal so groß, und das Haus sah irgendwie teurer aus. Ihre Eltern mussten ziemlich viel Geld haben.

Hatte Cornelius tatsächlich einen Apparat erfunden, mit dem es möglich war, Steine, *Materie*, aufzuweichen wie in Science-Fiction-Filmen? Das erschien Vincent doch reichlich unrealistisch. Sein Onkel beschäftigte sich vor allem mit ellenlangen Gleichungen und hatte schon Probleme damit, seine neue Kaffeemaschine am Laufen zu halten. Egal wie es Vincent drehte, am Ende tauchten nur noch mehr Fragezeichen auf.

Er hinterließ eine Nachricht auf der Mailbox seines Onkels. Er übertrieb ein bisschen und behauptete, seine Allergie sei stärker geworden, damit Cornelius ihn schnell zurückrief. Ob er später den Vertrag mit dem Boten brechen und wirklich von dem Sprung durch die Mauer berichten würde, wusste Vincent noch nicht. Vielleicht war das immer noch ein Test. Vielleicht wollte sein Onkel herausfinden, ob er ein Geheimnis für sich behalten konnte. Schließlich war er mit ihm verwandt und somit eigentlich ausgeschlossen. Was sollte Vincent bloß tun?

Er strich Riley über das Fell. »Glaubst du, dass Cornelius hinter dem Ganzen steckt?«

Riley legte den Kopf schief.

»Du weißt es also auch nicht.« Vincent lächelte nachsichtig. Dann nahm er die Taschenlampe aus der Schublade und untersuchte seine Arme. Nicht der kleinste Kratzer. Er betrachtete sich in der Spiegelung des Fensters und spannte seine Muskeln an. Angenommen, er konnte einfach so durch Wände und Mauern gehen, dann wäre er eine Art Superheld, oder wie sein Onkel weniger protzig sagen würde: *ein Mensch mit besonderen Fähigkeiten*. Und das wäre auch irgendwie ein Ausgleich für seine Allergie – etwas zu können, was kein anderer konnte.

Mit dem wärmenden Gefühl, etwas Besonderes zu sein, stellte sich Vincent vor die Zimmertür und horchte nach draußen. Von unten hörte man Gelächter. Seine Eltern schauten eine Comedy-Serie. Seine Schwester war in ihrem Zimmer, hörte Musik und machte ihr polterndes Fitnessprogramm.

Bevor er Leonie und Yashi später in der Bibliothek traf, musste er ausprobieren, ob er das auch alleine konnte, durch Wände gehen. Er straffte den Rücken, nahm drei Schritte Anlauf – und krachte mit dem Kopf so hart gegen die Tür, dass er Sternchen sah. Benommen sank er in die Hocke und fing an zu lachen. Für einen Moment hatte er tatsächlich geglaubt, er könnte durch Wände gehen …

Es musste also der Bote gewesen, der ihn, wie auch immer, durch die Mauer hatte fliegen lassen. Das war zwar auch verrückt, aber immerhin musste er sich dann nicht länger den Kopf darüber zerbrechen, ob etwas mit ihm nicht stimmte.

Vincent holte den Rucksack mit den Würfeln und schüttete sie auf den Schreibtisch. Es dauerte keine fünf Sekunden, dann formten acht der Würfel wieder die Außenpunkte des schimmernden Kreises. Doch dieses Mal geschah noch etwas anderes: Der Würfel in der Mitte begann zu glühen. Vincent hatte das Gefühl, dass sich gleichzeitig ein unsichtbares Tuch über seine Haut legte. Im ersten Moment juckte dieses Tuch wie der alte Wollpulli seines Onkels, den er ihm geschenkt hatte. Doch dann wich dieses stachelige Gefühl einer angenehmen Wärme. Einer Wärme, die bis tief hinein in seinen Körper kroch. Der Würfel im Zentrum begann zu *pulsieren* … Vincent hielt den Atem an. Der Würfel leuchtete jetzt grellweiß. Als Vincent wieder ausatmen musste, verblasste das Licht, bis nur noch ein Glimmen übrig blieb. Vincent atmete schneller. Der Würfel wurde im selben Rhythmus heller und dunkler. Synchron zu seinem Atem. Das war gespenstisch.

»Ich will das nicht!« Mit einer wütenden Armebewegung wischte Vincent die Würfel vom Tisch und erschrak. Anstatt gegen das Fenster zu knallen und auf den Boden zu fallen, fügten sie sich im Flug zu einem großen Würfel zusammen. Jeweils ein Würfel an den acht Eckpunkten, die durchsichtigen Seitenflächen schimmerten, und der pulsierende Würfel schwebte in der Mitte, als würden die anderen ihn abschirmen.

Vincent stand auf und näherte sich dem Objekt. Er streckte seine Hand nach dem glühenden Würfel in der Mitte aus, fasste durch die Seitenfläche und spürte ein stärker werdendes Kribbeln in den Fingerspitzen. Sie wurden – *unsichtbar*.

Langsam kroch die Auslöschung über Vincents Handrücken weiter nach oben. Er erschrak und versuchte, seinen Arm wieder aus dem Würfel herauszuziehen, aber es ging nicht. Eine unsichtbare Kraft hielt ihn fest. Panisch riss er den Arm mit einem gewaltigen Ruck zurück. Ein Stromstoß schleuderte ihn quer durch das Zimmer gegen das Bücherregal, und die Würfel fielen mit einem lauten Poltern auf den Boden.

Vincent rappelte sich wieder auf. Seine Hand schimmerte. Sie tat nicht weh, aber sie war durchsichtig wie Glas, und auf diesem Glas spiegelte sich nicht sein ängstliches Gesicht, sondern die grüne Landschaft aus seinem Skizzenbuch. Diesmal war nicht nur der Himmel ausradiert, nein, es hatte auch Häuser und Straßen erwischt. Von einem Berg mit einer runden Kuppe im Hintergrund waren nur noch die Umrisse zu erkennen.

»Warum ausgerechnet ich?« Vincent war zum Heulen zumute. Er wollte nicht wieder ins Krankenhaus, weil mit ihm etwas nicht stimmte. Er wollte nicht, dass man ihn wie ein Alien behandelte. Wie eine Kreatur von einem fremden Stern, mit der man herumexperimentieren konnte.

Er zog die Beine heran und umschlang sie mit seinen Armen. Er wollte nicht weinen, aber er konnte es nicht verhindern. Tränen rannen über seine Wangen. Warum ausgerechnet er? Gerade jetzt, wo alles so gut lief. Er mochte Yashi und sogar Leonie.

Riley setzte sich neben ihn und leckte ihm übers Gesicht.

»Können wir nicht einfach abhauen?«, fragte Vincent mit tränenerstickter Stimme. »Wir könnten uns doch einfach im Wald verstecken. Uns eine Hütte bauen, wie Cornelius.«

In dem Moment klopfte es am Fenster. Da stand Äsch! Der Postbote. Er stand auf Vincents Balkon – im zweiten Stock!

»Lass mich rein«, formte der Bote ungeduldig mit den Lippen. Das dicke Fensterglas ließ nur dumpfes Nuscheln durch.

Riley kroch hinter das Sofa. Vincent wischte sich die Tränen aus den Augen und stellte erleichtert fest, dass seine Hand wieder normal aussah. Er öffnete die Balkontür.

Draußen stürmte es, und staubige Luft wehte herein. Das hektische Surren von Lieferdrohnen, die gegen die starken Windböen ankämpften, hallte von den Häuserwänden wider, und auf seinem Armband wurde eine Unwetterwarnung angezeigt.

Äsch trat wortlos ein. Seine Haare waren zerzaust. »Hier drin ist es ja kälter als in einem Eisschrank.« Er blickte sich suchend um, klapperte mit den Zähnen und rieb sich die Arme. »Wo ist der dämliche Köter? Mit dem hab ich noch ein Hühnchen zu rupfen.«

»Riley ist kein dämlicher Köter, sondern mein bester Freund!«

»Wie auch immer! Das hätte ganz übel ausgehen können. Ganz übel.« Äsch schaute sich suchend im Zimmer um.

Rileys Schwanz guckte hinter dem Sofa hervor.

Der Bote schnappte sich Vincents Bettdecke und schlang sie sich um die Schultern. »Wegen deinem hirnlosen Freund hatte ich heute beinahe meinen ersten Arbeitsunfall.« Er hielt inne und runzelte die Stirn. »Hast du geweint? Sind das *Tränen* auf deiner Wange? *Salzige* Tränen?«

»Ja, das sind Tränen!«

»Schon gut, schon gut. Weinen ist okay. Das befreit Körper, Geist und Seele. Und bei dem Wahnsinn, der hier oben abgeht, ist das durchaus verständlich. Mir schlägt das auch aufs Gemüt, wenn ich dabei zusehen muss, wie wegen ein paar machtbesessenen Idioten immer alles den Bach runtergeht.« Er reichte Vincent ein geblümtes Stofftaschentuch.

Der Stoff fühlte sich warm und weich an und duftete nach Wiesenblumen. An der Kante war ein Monogramm eingenäht. Ä.F.U.

»Gehört zur Standardausrüstung für leidgeplagte Superboten.« Äsch setzte sich in den Drehstuhl, zog eine Tüte Erdnussflips aus seiner Weste und riss sie mit einem gewaltigen Ratsch auf. »*Big Crunch* sind die besten. Werden nur von Jahr zu Jahr teurer, je weiter sich das Universum ausdehnt.«

»Wie haben Sie das heute Mittag gemacht?«, fragte Vincent.

»Könntest du bitte mit dem Sie aufhören? Das gibt mir das Gefühl, uralt zu sein. In deinen Jahreszahlen gemessen bin ich der Jüngere von uns beiden.« Er hielt Vincent die Erdnussflips hin. »Sind die besten. Gibt's erst seit kurzem mit Zwetschgen-Zwerghamster-Nachgeschmack.«

Vincent hob ablehnend die Hand. »Danke.« Der Gestank war widerlich. Noch schlimmer als der von Rileys neuem supergesunden Hundefutter. Es dauerte allerdings nicht lange, da robbte sein vierbeiniger Freund hinter dem Sofa hervor und setzte sich bettelnd vor Äsch.

»Dann wollen wir mal nicht so sein«, schmatzte Äsch und gab Riley von den Erdnussflips. »Vergeben und vergessen.«

»Sind wir heute Mittag wirklich durch die Mauer gesprungen«, fragte Vincent.

»Nicht *wir*. Das warst du ganz alleine – ganz alleine.« Äsch nickte anerkennend. »Ich hab noch nie einen Menschen getroffen, der tunneln kann. Das ist ein Zeichen, sage ich dir. Ein Zeichen, dass es nach all den Enttäuschungen doch noch ein gutes Ende für unsere beiden Planeten und meine Dimension nehmen könnte und ich nicht schon wieder umziehen muss.«

»Planeten und Dimensionen«, wiederholte Vincent, er kniff die Augen zusammen. Wieso sah er den Boten schon wieder doppelt? »Ich kann nicht alleine durch Wände gehen«, sagte Vincent entschieden. »Ich hab es ausprobiert. Wo ist der Apparat, mit dem Sie das gemacht haben?«

»Es gibt keinen Apparat. Das hier ist nicht Star Wars, sondern die Wirklichkeit.«

Vincent verschränkte die Arme. »Ich – kann – nicht – durch – Wände – gehen!«

»Hast du die Schritte getanzt? In der richtigen Reihenfolge? Sonst musst du dich nicht wundern. Ganz so simpel ist es dann doch nicht, sich selbst und die Materie, die man durchdringen will, durchlässig zu machen. Schließlich müssen alle Teilchen in der richtigen Frequenz schwingen, damit sie aneinander vorbeipassen. Schritt- und Schwingungsfehler können ziemlich weh tun.«

Vincent überlegte, seine Eltern zu rufen, um dem Spuk ein Ende zu bereiten. Hinter seiner Stirn sammelten sich immer mehr Fragzeichen und stechende Kopfschmerzen.

»Fühlt es sich denn nicht gut an, etwas Besonderes zu sein?« Äsch schien sich aufrichtig zu wundern. »Nachdem, was ich über die Bewohner deines Planeten weiß, geht es doch vor allem darum, in irgendwas *der Beste* zu sein und dafür bewundert zu werden.«

Das Deckenlicht brannte in Vincents Augen. Er setzte sich Äsch gegenüber auf das Bett. »Warum ich? Warum ausgerechnet ich?«

»Die Schicksalsfrage der Auserwählten und Gequälten.« Äsch deutete zum Teleskop. »Weil du eine außergewöhnlich starke Verbindung in die innere Welt hast. Eine Verbindung, wie ich sie in all den Jahren als Superbote noch nie erlebt habe. Und das macht mir Hoffnung.«

»Bin ich ein Alien?«

»Wenn *Alien* für dich bedeutet, sich in der Welt, die dich umgibt, die dein Zuhause ist, manchmal fremd zu fühlen, dann geht es in die richtige Richtung. Ist ein bisschen wie bei mir, nur mit dem Unterschied, dass du in deiner Welt Freunde und eine Familie hast und nicht alle paar Jahre flüchten musst, wenn dir gewissermaßen die eigene Galaxie auf den Kopf fällt oder sich Zeit und Dimension krümmen.«

Vincent nickte, obwohl er keinen Plan hatte, was der Bote damit meinte. Äsch nahm die Gitarre, zupfte ein paar Töne, summte dabei mehrstimmig und falsch und blickte sehnsuchtsvoll durch das Fenster in die Dunkelheit. *»Das Volkslied der Gargonauten«*, seufzte er und stellte die Gitarre wieder zu-

Das Volkslied der Gargonauten gehört zu den intergalaktischen Trauerliedern und wird seit jeher im Chor gesungen beziehungsweise katastrophal schief gesummt, wenn das Licht eines Sterns endgültig erlischt oder bei einem Fest die Sternenbrause ausgeht.

rück. Der Wind trieb dicke Regentropfen waagerecht über die Scheibe.

»Aber ich lebe doch schon immer hier oben, nur hier oben«, sagte Vincent über das Zischeln der Windböen hinweg. Seine Stimme zitterte. Er wusste nicht mehr, was er glauben und denken sollte. »Oder etwa nicht?« Bei dem Gedanken, so etwas wie ein Alien oder ein Mutant zu sein, lief es ihm eiskalt über den Rücken.

Äsch legte die Gitarre aus der Hand. »Soweit ich das sagen kann, bist du, was deinen Hauptwohnsitz angeht, ein astreiner Erdling. Aber du scheinst ein Mensch mit extrem sensiblen Antennen, Wechselverbindungen und vielleicht sogar leichten Verschränkungen zu sein.« Er räusperte sich und straffte die Schultern. »Deshalb wurdest du kontaktiert, bevor wir mit dem Ausstieg beginnen müssen. Natürlich unter höchster Geheimhaltungsstufe. *Deshalb* der ganze Papierkram.«

»Ausstieg?«, fragte Vincent. »Was für einen Ausstieg denn?«

Äsch ging hinüber zum Teleskop, richtete es senkrecht nach unten und blickte angestrengt durch das Okular, als würde er etwas sehen. »Durch die Ausbeutung von Mensch, Tier und Natur wurden hier oben unzählige negative Wellenstürme entfacht, von denen die sensibleren Menschen in deiner Welt krank, traurig und wütend werden und es in unserer Welt zu Auslöschungen kommt. Nicht erst, seit ihr riesige Löcher in die Erdkruste und unsere Schutzschicht bohrt, um an billige Energie zu kommen.« Äsch gab dem Teleskop einen Schubs. Es drehte sich im Kreis und hörte erst auf, als er mit dem Finger schnippte. Dann setzte er sich an den Schreibtisch, schlug Vincents Skizzenbuch auf und hielt es in die Luft. »Was du hier gezeichnet hast, ist nicht nur Phantasie. Das ist die bittere Wirklichkeit. So sieht es in vielen Teilen meiner Welt aus. Sie löst sich auf. Sie kann eurer negativen Strahlung nicht standhalten.«

»Aber was hab ich damit zu tun?«, fragte Vincent. »Warum habe ich das alles gezeichnet?«

»Weil du diese Verbindung hast und deshalb vielleicht auch die Möglichkeit, die ganz große Katastrophe zu verhindern und nicht wie deine Vorgänger nur ein paar wenige Menschen zu retten, die sich zur richtigen Zeit in deiner Nähe befinden.«

Vincent hob einen Würfel vom Boden auf.

Äsch wich zurück.

»Und was haben die Würfel mit alldem zu tun?«

Äsch drückte Vincents Hand von sich weg. »Nicht so nah bitte. Das bringt meinen Biorhythmus durcheinander.«

Während Vincent die Würfel zurück in den Rucksack räumte und ihn hinter das Bett stellte, redete Äsch weiter: »Ich hab dir ein Paket mit einem Universaldrucker übergeben, wie es mein Auftrag war. Ob dieser Drucker etwas herstellt und was es ist, hängt vom jeweiligen Benutzer und seinen wahrscheinlichen Fähigkeiten ab. Würfel jedoch, schwarze Würfel wie diese hier, sind laut dem Handbuch aller Superboten *Pi minus 1* die stärkste

Das Handbuch *Pi minus 1* umfasst in der neuesten Auflage cirka eine Million Seiten und wiegt dennoch kaum mehr als hundert Gramm.

Waffe gegen Wellenlöcher, Verschränkungswahnsinn und Dimensionsstürme. Sie können Überlagerungen reparieren und paradoxe Verwirbelungen verhindern.«

Vincent nickte, obwohl er nur Bahnhof verstand. »Ich bin also nicht der Erste, dem du ein Paket gebracht hast?«

»Du bist der Erste, der es schaffen könnte, den Ausstieg zu stoppen, wenn du nur endlich akzeptierst, dass du anders bist.« Äsch blickte auf seine Uhr. »Dazu bleiben dir noch etwas mehr als sechs Stunden irdischer Zeit.«

Vincent schaute hinüber zum Teleskop. »Wenn ihr in unserem Planeten lebt, warum haben unsere Wissenschaftler euch nicht entdeckt?«

»Weil eure Forschung, abgesehen von der hervorragenden Zwei-Welten-Theorie *deines* Onkels, ziemlich rückständig ist. Bisher war es kein Problem für uns, unentdeckt zu bleiben.« Der Bote legte die Tüte mit den Erdnussflips aus der Hand. »Sollten wir tatsächlich per *drag and drop* umziehen müssen, wie es der Notfallplan *Z7 minus 3* vorsieht, wird bei euch die Erdanziehungskraft für exakt fünfzehn Sekunden aufgehoben. Aus Erfahrung weiß ich, dass das vor allem für die zweibeinigen Bewohner deines Planeten übel ausgehen wird.« Äsch wischte sich ein paar Flipskrümel vom Mund. Sie fielen allerdings nicht auf

Der Satz, den man darin (etwa vierzigtausendmal) am häufigsten zu lesen bekommt, lautet: *Im Ernstfall selber denken.*

den Boden, sondern wurden vom Luftstrom der Klimaanlage erfasst und raschelnd durch die Lüftungsschlitze in der Decke gezogen.

»Und das kann ich mit den Würfeln verhindern?«, fragte Vincent.

»Ja, wenn du die richtigen Krater ausfindig machst und sie dort ganz simpel hineinwirfst. Einen nach dem anderen.«

»Und warum macht ihr das nicht selbst, wenn es so einfach ist?«

»Weil die dabei entstehenden Schockwellen mich und jeden anderen Bewohner der inneren Welt und meiner Dimension töten würden. Es könnte zu schlimmen, verheerenden Explosionen kommen. Bisher konnten wir eure Seite vor Verlusten bewahren, weil wir die Hoffnung hatten, ihr könntet doch noch zur Vernunft kommen und die vergessene Harmonie in eure Welt zurückbringen. Aber je mehr Energie ihr aus unserer Schutzschicht abzieht, desto schwieriger wird es, euren Planeten im Gleichgewicht zu halten.«

»Es ist euch also egal, wenn bei uns Menschen sterben?«

»Am Ende müssen auch wir abwägen, was der geringste Schaden ist.« Er streichelte Riley unter der Schnauze. »Du scheinst genügend Abwehrkräfte zu haben, um selbst starke Wellen neutralisieren zu können. Theoretisch müsstest du nach einer kurzen Anpassungsphase also auch in unserer Welt überleben können.«

»Ich bin hier geboren. Und meine Familie und meine Freunde? Ich will hier nicht weg!«

Äsch nickte mitfühlend. »Wer will das schon, seine Heimat verlassen, um Botschaften zu überbringen, die in den meisten Fällen falsch oder gar nicht gedeutet werden.«

Sie schwiegen kurz. Etwas sagte Vincent, dass es ernst war. Dass dieser Mann ihm die Wahrheit sagte. »Dann zeig mir die Orte, wo ich die Würfel hinbringen muss!«

»Sie ausfindig zu machen, würde ich nicht überleben. Wellenstrudel zerstören meinen Geist und bringen mir den Wahnsinn. Ich wäre tot und doch am Leben«, fügte er theatralisch hinzu, als stünde er auf einer Bühne.

Vincent zog Riley von Äsch weg. »Und wenn wir, du, Riley und ich, wenn wir drei Freunde wären, würdest du dich dann auch so einfach aus dem Staub machen und schauen, was passiert? Wäre es dir dann auch egal, ob wir morgen noch am Leben sind?«

»Freunde? Wir drei?« Jetzt legte der Bote die Stirn in Falten.

Vincent schien einen wunden Punkt getroffen zu haben.

»Boten … Boten haben keine Freunde. Das hab ich dir doch schon gesagt. So sind die Regeln. Dagegen kann ich nichts machen. Ich hab diese Regeln nicht aufgestellt, aber ich muss sie befolgen.«

»Verstanden«, sagte Vincent schroff.

»Gut, denn du musst wissen, dass ich in dieser …« Äsch schlug sich mit der flachen Hand auf die Brusttasche seiner Jacke. Der Stoff, wenn es denn welcher war, leuchtete einmal auf und zitterte wie Götterspeise. »… dass ich in dieser Universaljeder-sieht-was-er-sehen-will-Uniform dazu verpflichtet bin, den Anweisungen von ganz oben, ähm, ganz unten Folge zu leisten. Mehr kann und will ich dazu nicht sagen!« Äsch straffte die Schultern und öffnete die Balkontür. »Leb wohl. Viel Glück. Das war's. Mehr kann ich leider nicht tun. Danke für die Kooperation.«

»Aber es gibt doch viel mehr als neun Krater rund um Eden Park! Woher soll ich wissen, welche die richtigen sind?«

»Du musst die Risse finden, in denen die Wellenstürme die größte Kraft entwickeln. Verlass dich auf dein Bauchgefühl. Und ...« Äsch machte eine Pause. Der gequälte Ausdruck auf seinem Gesicht sah aus, als würde er mit sich ringen. »Freunde«, sagte er leise, fast flüsternd, »wenn du welche hast, welche, die es werden könnten, würde ich dir empfehlen, sie um Hilfe zu bitten.«

»Auch meinen Onkel? Darf ich ihm jetzt doch davon erzählen, obwohl ich mit ihm verwandt bin?«

»Das ist deine Entscheidung.«

Superboten und andere Bewohner der Zwischenwelt Betwedew tragen eigentlich immer dieselbe langweilige Kleidung und denselben langweiligen Haarschnitt (nur die Nasen- und Ohrenhaare bilden eine Ausnahme). Da Menschen aber meist schon eine ungefähre Vorstellung haben, wie so ein Postbote oder Bankangestellter oder Rockmusiker auszusehen hat, beugen sich Superboten allen Klischees und sehen so aus, wie es von ihnen in der jeweiligen Situation erwartet wird. Menschen sind dann einfach viel unkomplizierter.

»Was soll das jetzt wieder heißen?«

»Dass am Ende jeder selbst entscheiden muss, wie er handelt. Das nennt man Freiheit. Die gilt für Kinder und Erwachsene gleichermaßen.«

Vincent hätte noch viele Fragen gehabt, aber der Bote verschwand über den Balkon in die Dunkelheit, die von den Lichtkegeln tieffliegender Drohnen zerrissen wurde. In der Ferne hörte man Donnergrollen. Blitze zuckten über den Horizont, und dann setzte der Regen ein. Aus dem Zimmer von Marlene war plötzlich ein lauter Schrei zu hören. Keine zwei Sekunden später wurde Vincents Zimmertür aufgerissen.

Vor ihm stand seine Schwester, ihr Gesicht übersät mit roten Pusteln, die Augen weit aufgerissen. Sie japste nach Luft.

»Hast … hast du etwa … Erdnüsse gegessen?« Sie riss keuchend die Bettdecke vom Stuhl.

Zum Glück hatte er die Würfel in den Rucksack getan.

»Wo sind die verdammten Erdnüsse?«

»Es gibt keine.«

»Und ob.« Sie zeigte auf ihr Armband, das rot blinkte. »Schau mich doch an.«

Vincents Vater kam die Treppe hochgestürmt. »Was ist mir dir, mein Liebes? Was hast du?«

Marlene brachte kein Wort heraus. War sie wirklich blau angelaufen? Durch die geöffnete Balkontür schoss eine Drohne herein, die wie eine Libelle aussah, steuerte auf Marlene zu und pikste sie in den Arm.

»Autsch!« Marlene rieb sich über die Einstichstelle. Augenblicklich konnte sie wieder freier atmen. Der Monitor neben dem Treppenaufgang blinkte und zeigte folgende Nachricht:

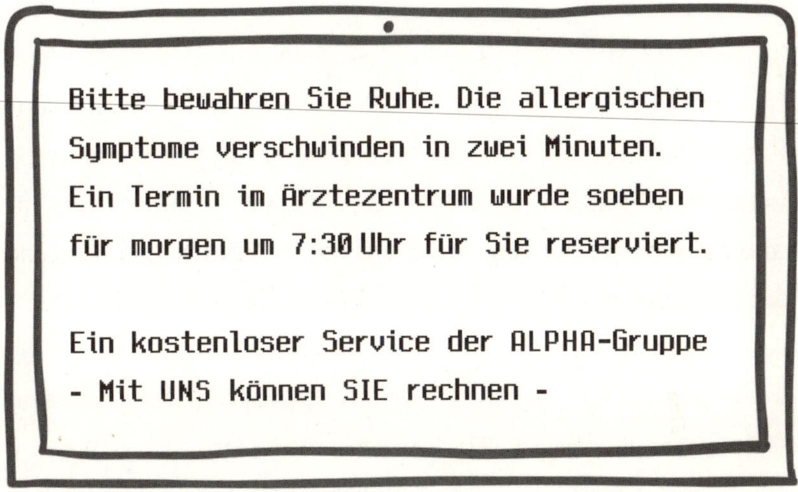

SIEBZEHNTES KAPITEL

Nichts als die Wahrheit

Nachdem ein Blitz in den zentralen Stromverteiler von Eden Park eingeschlagen hatte, war es dunkel und still geworden. Doch schon zwei Minuten später schaltete sich überall in den Häusern die Notstromversorgung ein. Auch auf dem kleinen Monitor in der Küche der Parkers lief eine Ankündigung der bevorstehenden *Vernetzt-und-glücklich*-Herbstparade, die in zwei Tagen stattfinden sollte. Die Laufschrift am unteren Bildrand entschuldigte sich für die vorübergehende Störung der Internetverbindung.

Vincent musste sich beeilen. In zehn Minuten sollte er in der Bibliothek sein. Yashi würde ihn nicht verraten. Bei Leonie war er sich da nicht so sicher.

Unbemerkt schlich er durch die Garage nach draußen. Kaum hatte sich hinter ihm das Gartentor geschlossen, begann sein Armband zu vibrieren. Der Empfang war gestört. Wenn er die Anleitung richtig gelesen hatte, hieß das, dass man ihn momentan nicht orten konnte. Jetzt war es nur wichtig, dass er nicht von den Sicherheitsleuten erwischt wurde. Ab acht Uhr eskortierten sie Kinder nach Hause zurück, wenn sie ohne einen Vermerk im Bewegungsprotokoll und Erlaubnis der Eltern in Eden Park unterwegs waren.

Straßen, Wege und Plätze waren wie ausgestorben. Die künstlichen Vogelstimmen waren verstummt. Die Werbehologramme verschwunden und die Beleuchtung auf ein Minimum gedimmt. Dunstschwaden zogen über den nassen Asphalt. Die Stadt sah aus, als hätte es Plastikspielzeug und Pakete geregnet. Die meisten Trümmer gehörten zu zerstörten Lieferdrohnen, die mit ihrer Ladung eine Bruchlandung hingelegt hatten. Kaputte Elektrogeräte, aufgeplatzte Essenslieferungen und Medikamentenpackungen, schäumende Waschmittelbehälter und vollgesogene Klopapierrollen hatten Eden Park in eine riesige Müllkippe verwandelt. Die Putzroboter würden alle Hände voll zu tun haben, sobald ihre Programme wieder funktionierten. Jetzt irrten sie ziellos umher, kletterten auf Bäume und spielten Verstecken wie kleine Kinder.

Mit einer Viertelstunde Verspätung erreichte Vincent den Vorraum zur Bibliothek. Yashi und Leonie erwarteten ihn bereits.

»Wir dachten schon, du willst kneifen«, begrüßte ihn Leonie mit einem misstrauischen Lächeln.

»Krasses Unwetter«, sagte Yashi. »In der Mall drückt es das Wasser aus den Klos.« An seinen Schuhen klebten Grashalme und Schlamm, seine Hosenbeine starrten vor Dreck. »Und bei uns im Garten hat es den Rasen aufgeschwemmt. Sieht jetzt aus wie ein Acker.«

Vincent stellte den Rucksack auf den Boden. Die Würfel waren noch schwerer geworden.

Leonie beobachtete ihn. »Du hast dich also entschlossen, uns die Wahrheit zu sagen – die *ganze* Wahrheit. Das ist sehr vernünftig.« Sie drehte den Schlüssel im Schloss. Ein leises Summen ertönte, und die elektronische Sperre löste sich. Es genügte tatsächlich, dass Vincent danebenstand. Er musste den Schlüssel nicht mal berühren.

»Die Bibliothek hat eine eigene unabhängige Stromversorgung«, erklärte Leonie mit ernster Miene. »*Ein* Spannungsabfall bei einem Experiment, und dein Onkel und seine Frau hätten mit den Messungen noch mal von vorne anfangen müssen. Aber das weißt du ja sicher alles selbst.«

»Nein, tu ich nicht.«

»Dein Onkel und seine Frau waren richtig berühmt«, sagte Yashi bewundernd. »Eine richtig große Nummer. Es gibt jede Menge Videos von den beiden im Netz. Sind sie reich geworden?«

»Nicht, dass ich wüsste.«

Einer der Türflügel schwang nach innen, und sie traten ein. Obwohl es Strom gab, war auch in der Bibliothek die Beleuchtung gedämpft. Die Rampe und der Aufgang in die Kuppel wurden von einer Vielzahl kleiner Lichter erhellt. Die Deckenfluter zwischen den Regalreihen blieben jedoch dunkel.

Leonie, Vincent und Yashi stiegen die vielen Stufen nach unten zu dem Tisch mit den aufgeschlagenen Büchern, wo sich Leonie in einen der Sessel plumpsen ließ. Sie schien beinahe darin zu verschwinden, so zierlich, wie sie war.

»Vincent ist schlauer, als er uns glauben lässt. Sie beobachten ihn auf Schritt und Schritt, und das nicht erst seit heute. In der Datenbank steht, dass er kreativer ist als alle anderen in unserer Klassenstufe und dafür zusätzliche Credits bekommt. Wahrscheinlich ist er sogar ein Physikgenie wie sein Onkel und führt uns alle an der Nase herum.«

»Warum sollte ich das tun?«

»Weil du mit deinem Onkel unter einer Decke steckst. Das ist die einzige logische Erklärung.«

»Stimmt das?«, frage Yashi. »Lügst du uns an? Das wäre nicht besonders fair.«

»Nein. Bis heute Mittag hatte ich keine Ahnung, dass ich durch Wände gehen kann. Und soweit ich weiß, hat mein Onkel damit nichts zu tun.« Wütend öffnete er den Rucksack und holte die Würfel heraus. Bis auf den schimmernden Würfel waren sie eiskalt und für ihre Größe extrem schwer.

»Was soll das jetzt werden?«, fragte Leonie ungeduldig. »Wir wollen nicht mit Bauklötzen spielen, wir wollen die Wahrheit hören.«

»Jetzt lass ihn doch mal!«, sagte Yashi. »Er wird dir schon nicht deinen Spitzenplatz im Ranking streitig machen.«

Das hatte gesessen. Leonie verstummte. Vincent legte die Würfel auf den Tisch, einen nach dem anderen. Sofort begann der Staub zwischen den Würfeln zu leuchten und markierte die dünne Außenlinie eines Kreises. Der glühende Würfel in der Mitte blinkte hektisch und ungleichmäßig. Vincent zwang sich dazu, ruhiger zu atmen, der Würfel passte sich seinem Atem an. Wieder hatte er das Gefühl, dass sich zuerst dieses stachelige Gefühl auf seine Haut legte, bevor es einer angenehm sanften Wärme wich. Seltsam war nur, dass er dieses Mal den Würfel gar nicht berührte.

»In dem Paket war ein 3D-Drucker«, sagte er mit ruhiger Stimme und strich sich über den Arm. Die Wärme machte ihn etwas ruhiger. »Der Drucker hat die Würfel ausgespuckt. Und *das* ist die Wahrheit. Sie gleichen irgendwelche Wellen aus. Mehr weiß ich auch nicht. Ich bin kein Wissenschaftler.«

»Und wenn man diese Würfel bei sich trägt, kann man also durch Wände gehen?«, fragte Yashi. »Das ist wirklich krass.«

»Nein. Damit haben sie nichts zu tun.«

»Warum zeigst du sie uns dann?«, fragte Leonie schroff. Sie streckte die Hand nach dem pulsierenden Würfel aus.

Vincent hielt sie am Arm fest. »Nicht! Das ist gefährlich!«

Aber Leonie wand ihren Arm aus der Umklammerung, fasste schnell nach dem Würfel und wurde im hohen Bogen durch die Luft geschleudert. »Aua! Verdammt!«

Es roch angekokelt, Leonie rieb sich den Hinterkopf.

»Was war das?«

Vincent öffnete den Mund, konnte aber nicht sofort reden. Seine Worte waren wie blockiert. Erst als er den blinkenden Würfel mit seinen Händen fest umschloss, ging es wieder. Es fühlte sich an, als würde ein energiereicher Strom durch seine Adern fließen. »Ich hab doch gesagt, dass du die Würfel nicht anfassen sollst. Sie sind gefährlich.«

»Für dich aber nicht«, sagte Leonie mit versteinerter Miene. »Du … du bist mit einem von ihnen verbunden.«

»Deine Finger!«, rief Yashi erschrocken und kniete sich neben Leonie. »Sie leuchten.«

Leonie wurde leichenblass und hielt die Hand von sich weg.

»Mach … mach, dass das aufhört, Vincent! Ich will nicht sterben.« Tränen stiegen ihr in die Augen. »Ich wollte doch nur wissen, warum sie dich jetzt schon für die Alpha-Uni vorgesehen haben, obwohl du nicht mal besonders gute Noten hast.«

Ein lautes Räuspern unterbrach ihr Schluchzen. Zwischen den Regalen bewegte sich ein Schatten.

Offensichtlich war ihnen jemand gefolgt.

Das laute Klacken von Schuhabsätzen hallte durch die Bibliothek, dann trat der Schatten ins Licht. Es war Äsch! Doch jetzt trug er nicht mehr seine ausgebeulte Uniform, sondern einen gutsitzenden, goldfarbenen Anzug und spitze Lackschuhe.

SIEBZEHNTES KAPITEL

Die Welt retten

»Keine Sorge, das geht gleich wieder weg.« Äsch zog eine silberne Dose aus dem Sakko und kniete sich neben Leonie. »Die Verletzung ist nur oberflächlicher Natur. Nichts, was dein ehrgeiziges Wesen nachhaltig beschädigt.« Er öffnete den Deckel und strich ein durchsichtiges Gel auf Leonies Hand. Das Schimmern verschwand tatsächlich. »Ein wenig Partikelsalbe, und schon ist alles wieder gut.«

»Sind Sie Vincents Onkel?«, fragte Leonie. »Also … also, falls Sie gerade zugehört haben, wovon ich wohl ausgehen muss … Ich habe das nicht so gemeint. Ich finde es nur nicht fair, wenn Vincent uns was vorspielt. Uns kann man nämlich vertrauen. Wir können dichthalten, wenn es um eine Frage der … der nationalen Sicherheit, oder wie man das nennt, geht. Und ich verstehe natürlich, dass Sie ihre Forschungen fortsetzen wollten. Es war ja auch nicht gerecht, dass man Ihnen und Ihrer Frau damals den Nobelpreis aberkannt hat.«

»Ich bin nicht Vincents Onkel«, sagte Äsch ruhig.

»Nein«, sagte Yashi mit gerunzelter Stirn. »Sie sind der Postbote.«

»Auch das ist nicht ganz korrekt«, entgegnete Äsch.

»Der Bote. Du hast recht«, sagte Leonie. »Aber wo ist Ihre Uniform?«

»Die brauche ich nicht mehr.« Äsch lächelte Vincent zu. »Sie hat mir noch nie richtig gepasst.«

Vincent lächelte zurück. Hieß das, dass der Bote ihm helfen würde, die Würfel rechtzeitig zu den Bohrlöchern zu bringen? Obwohl er sich selbst damit in Gefahr brachte. Vincent traute sich nicht zu fragen. Durfte ihnen Äsch, jetzt, wo er nicht mehr im Dienst war, helfen? Oder würde man ihn trotzdem bestrafen? Und wer würde ihn überhaupt bestrafen?

»Wir sind jetzt ein Team«, sagte Äsch in Vincents Richtung, als hätte er seine Gedanken gelesen.

Vincent nickte langsam. Er erinnerte sich daran, dass der Bote gesagt hatte, ihn würden die Wellen in den Wahnsinn treiben. Vielleicht war das aus irgendeinem Grund jetzt nicht mehr so.

Während Vincent der Wärme in seinem Körper nachspürte, die sich auf Höhe seines Magens verstärkt hatte und in ein leichtes Ziehen mündete, erklärte Äsch Leonie und Yashi, was es mit den Würfeln, Vincents Flug durch die Mauer, den beiden Welten und der anderen Dimension auf sich hatte. Er schien den beiden auf Anhieb zu vertrauen. Als er schließlich die Projektion des Sternenhimmels über ihnen erscheinen ließ, und von Wurmlöchern, anderen Galaxien, erdähnlichen Planeten und Auslöschungen erzählte, bekamen die beiden den Mund nicht mehr zu.

»Das ist so ziemlich das Verrückteste, was ich je gehört hab«, sagte Leonie. Trotzdem schien sie an der Geschichte des Boten nicht den geringsten Zweifel zu haben.

»Vincent ist also so eine Art Superheld«, sagte Yashi mit

ungläubigem Staunen. »Hat er noch andere Superkräfte, außer dass er durch Wände gehen kann?«

Vincent wartete auf Äschs Antwort.

Der Bote schüttelte den Kopf und schmunzelte. »Er ist das, was im Handbuch für Superboten *Pi minus 1* als *MmbFuV* bezeichnet wird. Ein Mensch mit besonderen Fähigkeiten und Verbindungen. Kurz gesagt: Ein Phänomen!«

»Auch gut«, sagte Yashi und klopfte Vincent lachend auf die Schulter. »Du Phänomen.«

»Wir können die Katastrophe also verhindern«, hakte Leonie mit ernster Miene ein.

»Ja, das könnt ihr. Sehr wahrscheinlich könnt ihr das. Wenn die Zeit auch gegen uns läuft, können wir dieses Rennen gewinnen.«

Leonie wandte sich an Vincent. »Es gibt da nur ein kleines Problem: Ich glaube, dass die Alpha-Gruppe auch weiß, dass du anders bist. Sie haben sogar Krankenakten von dir gespeichert, die angelegt wurden, als du drei Jahre alt warst. Also musst du diese *besonderen Fähigkeiten* schon länger haben.«

»Hat seine Allergie auch was mit den Wellenstürmen zu tun?«, fragte Yashi.

Äsch zuckte mit den Schultern. »Das weiß ich nicht. Das weiß vermutlich nur Vincents Onkel. Und der könnte uns auch dabei helfen, das größte Bohrloch ausfindig zu machen, bevor der Countdown abläuft.«

ACHTZEHNTES KAPITEL

Unter dem Radar

Yashi führte sie durch einen unterirdischen Gang in das Materiallager von Eden Park. In endlosen Reihen mit Hochregalen stapelten sich ausgemusterte Drohnen, Putz- und Haushaltsroboter, Überwachungskameras und allerhand elektronisches Spielzeug.

»Wir können die Power-and-Race-Hoverboards nehmen.« Yashi zog ein silbernes Brett aus dem Regal. »Sind verdammt schnell die Dinger und ein bisschen schwierig zu bremsen, weshalb die Parkleitung sie wieder aus dem Verkehr gezogen hat.« Es sah aus wie ein Snowboard, nur dass die Unterseite komplett mit glänzendem Metallplättchen ausgekleidet war. »Damit kommen wir am schnellsten zu deinem Onkel.« Er reichte jedem von ihnen ein Board. »Es merkt keiner, wenn die Dinger für ein paar Stunden fehlen. Wir sollten sie nur nicht zu Schrott fahren. Sind sauteuer.«

»Und was ist mit der Strahlung?«, fragte Vincent.

Leonie betrachtete eine Plakette, die an der Vorderseite des Boards angebracht war, und überflog die Zahlenkolonne. »Entwarnung. Die Dinger sind harmloser als 'ne Ultraschall-Zahnbürste.«

»Gut«, sagte Yashi, legte das Board auf den Boden und stellte sich drauf. »Nach vorne lehnen heißt beschleunigen, nach hinten, abbremsen. Sanft in die Kurven legen, sonst wird es unangenehm. Ist wie Skateboardfahren, nur viel einfacher – und deutlich schneller!«

»Mmh.« Leonie strich unentschlossen über das Board. »Herr Flux Underwood …«, setzte sie an.

Äsch lächelte. »Für Freunde oder solche, die es werden könnten, einfach nur Äsch.«

»Okay, Äsch. Können Sie uns nicht … können Sie uns nicht einfach zu Vincents Onkel beamen, oder so? Ich bin nicht feige, falls Sie das denken. Ich will mir nur nicht unbedingt den Hals brechen.«

»Das geht leider nicht«, sagte Äsch. »Bei den Wellenstürmen hier oben sitzen die Beine später auf dem Rücken und die Hände an den Füßen, und man muss Jahrzehnte auf den nächsten bekloppten Teilchenkorrektor warten, der das wieder in Ordnung bringt.«

Leonie grinste schief. »Aaah. Wenn das so ist, dann nehmen wir doch lieber die Boards. Wäre nur nett, wenn ihr mich nachher nicht abhängt.«

»Geht klar«, sagte Yashi.

Teilchenkorrektoren sind dafür zuständig, Personen, Tiere und Gegenstände nach einer missglückten Teleportation wieder richtig zusammenzufügen. Dummerweise sind die Korrektoren extrem langsam, total deprimiert, wollen einem ständig von ihren spektakulärsten Fällen erzählen und berechnen einen exorbitanten Stundenlohn.

»Gibt es wenigstens einen Helm?«

»Nein.«

»Na, super.«

Yashi drehte das Brett um. »Vorne rechts, der kleine rote Knopf, dort wird das Board aktiviert. Aber erst anschalten, wenn wir aus dem Park raus sind, sonst können sie unsere Spur später über GPS und Bewegungssensoren zurückverfolgen.«

Leonie rief sich einen Übersichtsplan von Eden Park und der Umgebung auf ihr Handy.

»Geht das Internet wieder?«, wunderte sich Vincent.

»Nein. Das ist nur das interne Sicherheitsnetz. Das funktioniert auch bei Notstromversorgung.« Sie runzelte die Stirn. »Mist! Der Hauptstromverteiler und das WLAN werden in zwanzig Minuten wieder hochgefahren. Bis dahin müssen wir Eden Park verlassen haben, sonst finden die uns im Handumdrehen.«

»Was ist mit dem Handynetz?«, fragte Vincent. »Ich hab meinem Onkel eine Nachricht hinterlassen. Er versucht bestimmt schon, mich zu erreichen.«

»Das kann noch Stunden dauern.«

»Solange können wir nicht warten.« Äsch warf sich den Rucksack mit den Würfeln über die Schulter und nahm Leonie das schwere Hoverboard aus den Händen. Sein Blick war ernst. In seinen Augen spiegelte sich tiefe Entschlossenheit. »Dann muss es wohl so sein«, murmelte er vor sich hin und verzog kurz das Gesicht, als hätte er Schmerzen.

Vincent tat der Anblick weh, aber er spürte, dass er jetzt besser keine Fragen stellen sollte.

Äschs Bewegungen waren entschlossen. Den mittleren Würfel gab er Vincent mit sorgenvollem Blick. »Du bist mit ihm verbunden. Es scheint, als würde er mit aller Kraft versuchen, deine Schwingungen ausgleichen.«

Vincent blickte ihn fragend an.

»Mit allem verbunden zu sein, alles zu spüren, kann kein Mensch, kein Wesen, allzu lange aushalten. Aber hab keine Angst. Der Würfel wird dich so lange schützen, bis ich weiß, wie man dich heilen kann.«

Ein kalter Schauer lief Vincent über den Rücken. Obwohl er die Worte nicht ganz verstand, wusste er, dass sein Leben auf dem Spiel stand, und er wusste, dass er nicht sterben wollte. Leonie und Yashi gaben ihm mit ihren Blicken zu verstehen, dass sie seine Freunde waren und alles tun würden, was in ihrer Macht stand, um ihn zu retten.

Äsch nickte ihnen allen zu. Ein trauriges Lächeln kräuselte sich in seinen Mundwinkeln.

Vincent ließ den Würfel in seine Jackentasche gleiten, und sie eilten wortlos weiter, bis zu einem Aufzug, der sie hinter der Shoppingmall zurück an die Oberfläche brachte. Leonie versicherte ihnen, dass die Überwachungskameras keine Bilder übertrugen, obwohl sie rot blinkten.

Sofort legte sich extrem feiner Nieselregen wie ein feuchter Film über ihre Haut. Das fahle orangefarbene Licht der Notbeleuchtung kam kaum gegen die Dunkelheit an, die sich über den Park gelegt hatte. Leonie versuchte, die kleinen Mücken zu verscheuchen, die vom Lichtschein ihres Handys angezogen wurden.

Sie schlichen an einem Transformatorhaus vorbei. Stimmen wurden durch die angelehnte Glastür nach draußen getragen. Lichtkegel von Taschenlampen spiegelten sich in den schmalen Fenstern.

»Das haben sie von ihrem Geiz, diese Gierhälse«, sagte eine kratzige Männerstimme. »Stecken alles in die Bohrungen und kürzen beim Personal.« Ein Piepsen war zu hören. »So ein Mist! Hat sämtliche Systeme erwischt. Und wir müssen das jetzt wieder flicken, bis zum nächsten Ausfall.«

Eine Frauenstimme meldete sich zu Wort. »Bei der miesen Bezahlung sollten wir uns weigern, mitten in der Nacht durch diese elende Stadt zu stapfen.«

Leonie gab ihnen ein Zeichen, geduckt weiterzugehen. Als sie auf der Rückseite des Gebäudes angekommen waren, hielt sie an. »Hoffen wir mal, dass die Sittgenstein und ihre Truppe noch keine Wärmebild-Scanner einsetzen, um uns zu finden. Wenn es nicht anders geht, müssen wir zu härteren Maßnahmen greifen.« Ihre Augen flackerten zwischen ihrem Handy und der Umgebung hin und her, bevor sie weiterging. Sie kamen an einer kaputten Drohne vorbei, die rot blinkend in einem Baum festhing. Die Rotoren liefen noch. Plötzlich blieb Leonie stehen. Ein mampfender Putzroboter, der mit aufgerissenen Pizzakartons beladen war, kreuzte ihren Weg.

»Hat er uns gesehen?«, fragte Vincent so leise wie möglich.

»Momentan sind wir unsichtbar. Das heißt aber auch, dass die Dinger nicht bremsen, wenn wir ihnen in die Quere kommen. Also, Augen auf.«

»Vorsicht!« Yashi riss Vincent zur Seite. Eine Vogeldrohne kam aus der Dunkelheit geschossen und krachte neben ihm auf den Asphalt. Leonie trat mit dem Fuß auf die Vogeldrohne, bis das Gehäuse aufbrach. Dann riss sie eine kleine Metallbox heraus und reichte sie Yashi mit den Worten. »Bitte in den Teich werfen.«

Yashi lächelte kurz auf und schleuderte das Kästchen in den See.

»Das war kein Zufall«, sagte Leonie und ging weiter. »Wahrscheinlich haben sie Vincent schon vor dem Stromausfall als dauerhaftes Überwachungsziel markiert.« Deshalb konnte die Drohne ihm folgen, obwohl sie die Verbindung zur Zentrale verloren hatte, erklärte Leonie weiter, bevor sie in eine Nische zwischen zwei Stahlcontainern bog. Dahinter lagen riesige Kabelrollen und Berge aus Verpackungsmüll.

»Ist das wirklich der schnellste Weg?«, wunderte sich Äsch.

»Nein. Aber wir müssen die Alpha-Leute unbedingt auf eine falsche Fährte locken!«, flüsterte Leonie, während sie hinter Yashi über einen schmalen Weg schlichen, der an der Außenmauer von Eden Park entlangführte und abrupt vor einem rostigen Stahltor endete. Der Scanner neben der Tür blinkte rot.

»Mist! Ich muss den Scanner hacken. Das kann ein bisschen dauern.« Mit Yashis Hilfe löste sie ein Datenkabel an der Unterseite des Kastens. »Wenn ich das falsche Kabel erwische, schlägt der Scanner Alarm.«

Äsch setzte den Rucksack auf den Boden. »Uns läuft die Zeit davon. Die Würfel werden mit jeder Minute schwerer, weil sie versuchen, Unregelmäßigkeiten zwischen unseren Welten auszugleichen, damit es nicht zu Verschränkungen kommt.«

»Was soll das sein?«, fragte Leonie, den Blick unentschlossen auf die feinen Kabel gerichtet.

»Kurz gesagt: eine Katastrophe«, antwortete Äsch. »Aus zwei wird eins.«

Leonie blickte auf. »Wir verschmelzen?«

»Nicht im eigentlichen Sinne«, sagte Äsch ungeduldig. »Aber ihr werdet paarweise miteinander verbunden sein. Manchmal sind es nur die Körper. Manchmal ist er aber auch der Geist, der sich verbindet. Dann ist der Wahnsinn nicht mehr weit.«

»Okay«, sagte Leonie. »So genau wollte ich das gar nicht wissen.«

»Und auch das können die Würfel verhindern«, meldete sich Vincent zu Wort.

»Ja«, sagte Äsch. »Sie dürfen sich nur nicht an der falschen Stelle entladen, sonst …« Er redete nicht weiter. Sein Blick streifte Vincent.

War das Angst, was Vincent da in Äschs Augen sah? Hatte er ihm wirklich alles gesagt, was er über die Würfel wusste?

»Was sollen wir jetzt tun?«, fragte Vincent. Es lag ihm auf der Zunge, nach seinem Würfel zu fragen, warum dieser neunte Würfel jetzt abkühlte.

»Wir müssen tunneln«, sagte Äsch. »Das geht am schnellsten.«

»Im Ernst?«, sagte Leonie. »Das dauert Tage, wenn es überhaupt funktioniert. Die Mauern reichen meterweit unter die Erde und –«

»Das meint er nicht«, unterbrach Vincent sie.

»Danke.« Jetzt redete Äsch weiter: »Vincent, du wirst deine Freundin Huckepack nehmen und ich Yashi. Das müsste klappen.«

Vincent wurde flau im Magen. »Und wenn es schiefgeht? Das heute Mittag kann doch auch Zufall gewesen sein.«

»Kann es nicht«, widersprach Äsch.

»Ähm, hallo!«, mischte sich Leonie ein. »Niemand nimmt mich einfach so Huckepack. Auch wenn ich vielleicht keine Sportskanone bin, kann ich *sehr* gut alleine gehen.«

»Ja, nur nicht durch Stahl und Beton«, entgegnete Äsch. »*Das* meinen wir mit *tunneln*.«

Leonie bekam den Mund nicht mehr zu. »Tunneln? Also … also wenn das tatsächlich geht …« Sie machte eine Pause und sagte mit gerunzelter Stirn und fester Stimme: »Muss die Geschichte der Physik, nein, die Geschichte der gesamten Menschheit neu geschrieben werden.«

Yashi stieß einen tiefen Seufzer aus. »Jetzt krieg dich mal wieder ein, Leo.«

»Okay«, sagte Leonie aufgeregt. »Was müssen wir tun? Wo ist der Teleporter?« Sie schaute sich suchend um.

»Wir müssen tanzen«, sagte Äsch mit unbewegter Miene. »Genauer gesagt, müssen Vincent und ich tanzen, und ihr müsst im richtigen Moment aufspringen, damit wir es gemeinsam durch die Mauer schaffen.«

Leonie verzog ungläubig das Gesicht. »Soll das ein Scherz sein?«

»Nein.«

»Tanzen?« Yashi lachte kurz auf. »Zu welcher Musik denn? Hiphop?« Er machte Beatboxgeräusche mit dem Mund.

Äsch grinste. »Musik ist dazu nicht nötig. Jedes Wesen hat seinen eigenen Klang und einen Rhythmus, der ihn zusammenhält und durch das Leben führt. Dieser Rhythmus muss nur extrem verstärkt werden, damit sich feste Materie durchdringen lässt.«

»Ich versteh nur Bahnhof«, sagte Yashi.

Leonie pflichtete ihm mit einem Nicken bei.

»Was muss ich tun?«, fragte Vincent.

»Dasselbe wie gestern. Dich in Schwingung bringen, beschleunigen und dann schwuppdiwupp energetisch tunneln.«

Äsch blickte auf seine klobige Uhr und sog geräuschvoll Luft durch die Vorderzähne. »Wir müssen uns jetzt wirklich beeilen. Ich denke, es ist das Beste, wenn *du* Leonie mitnimmst. Ihr seid doch Freunde, oder?«

Leonie nickte wieder. »Schon, aber …«

»Gut. Dann gibt es keine störenden Wellen. Ich mache mit Yashi den Anfang.«

Äsch nahm ihnen die Hoverboards ab und warf sie im hohen Bogen über die Mauer. Dann erklärte er Yashi, was er tun sollte.

»Vincent, du und Leonie, ihr kommt nach uns, damit ich euch im Notfall abbremsen kann.«

»Aber –«

»Hast du dir die Schritte nicht gemerkt?«

»Soll ich wirklich mit ihr auf dem Rücken einen Kopfsprung machen?«

»Ähm. Gut, dass du dieses Detail ansprichst.« Äsch verzog peinlich berührt das Gesicht und sagte ernst: »Auf keinen Fall mit dem Kopf voraus! Das würde euch zu sehr beschleunigen. Einfach vom Boden abstoßen, sobald sich die Mauer auflöst.«

»Klingt ja sehr vertrauenserweckend.« Leonie tauschte einen ängstlichen Blick mit Vincent, der zuckte die Schultern.

»Wartet ungefähr eine halbe Minute, nachdem wir durch sind, sonst könnte es zu unangenehmen Verschränkungen kommen.« Äsch ließ seine Rückenwirbel lautstark knacken und begann zu tanzen. Yashi blieb hinter ihm und wartete auf den richtigen Moment, aufzuspringen.

»Bitte wegschauen«, sagte Äsch atemlos zu Vincent und Leonie, während seine Füße wie verrückt auf der Stelle tanzten. »Unter Beobachtung klappt es nicht.«

Kaum hatten sich die beiden weggedreht, hörten sie ein Zischen, dann fegte ein eiskalter Wind über sie hinweg.

»Das … das glaubt mir keiner«, sagte Leonie fassungslos. »Das ist der absolute ultimative Wahnsinn.«

»Ich glaube, wir können uns wieder umdrehen«, sagte Vincent. Er versuchte, zuversichtlich zu klingen. Zuerst ein Schritt nach links, dann zwei nach vorne … Er raufte sich die Haare und gab sich alle Mühe, sich zu erinnern.

Äsch und Yashi hatten es auf die andere Seite geschafft, dabei war die Moosflechte an der Stelle der Mauer verdorrt. Sonst war nichts zu erkennen. Plötzlich piepste Leonies Handy. »Mist! Das System hat einen Fehler entdeckt. Gleich sind die Suchdrohnen hier.«

Vincent begann zu tanzen. Er machte die Schritte, die Äsch ihm gezeigt hatte. Seine Füße schienen den Weg alleine zu finden. Immer schneller und schneller. Es ging wie von selbst. »Ich zähle bis drei«, sagte er atemlos. »Dann musst du aufspringen.«

»Okay«, sagte Leonie. »Wir sollten uns jetzt wirklich beeilen.«

Die Schrittfolge wurde noch schneller. Die Mauer begann, vor seinen Augen zu schimmern. Vincent begann zu zählen. »Drei, zwei, eins. Jetzt!«, rief er. »Spring auf.«

Kaum hatte er das gesagt, spürte er einen Schlag im Rücken. Nur mit Mühe konnte er das Gleichgewicht halten. Leonie verkeilte sich mit ihren Beinen in seinen Hüften, und für einen Moment blieb Vincent die Luft weg. Eine falsche Bewegung, und sie würden gegen die Mauer krachen.

Vincent stieß sich vom Boden ab und spürte, wie sein Körper leichter wurde, als sei Leonie nicht mehr da. Dann drückte wieder diese unsichtbare Kraft gegen seine Wirbelsäule. Er stemmte sich dagegen, um genügend Spannung aufzubauen, und als er dem Gewicht in seinem Rücken schließlich nicht mehr standhalten konnte, ließ er locker.

Entgegen seiner Erwartungen war die Beschleunigung so stark, dass er und Leonie regelrecht auf die Mauer zu schossen. Die Steine begannen zu flirren und wurden flüssig wie Glas über einer Flamme. Vincent zwang sich dazu, die Augen aufzureißen. Dieses Mal wollte er sehen, was passierte. Seine Finger tauchten in die aufgeweichte Mauer ein, in extremer Zeitlupe und ohne das geringste Geräusch zu verursachen. Ein wärmender Strom durchlief in Wellen seinen Körper. Greller Lichtschein wie aus einer 1000-Watt-Glühbirne blendete ihn. Er musste die Augen nun doch schließen und hörte einen summenden Ton, als hätte man mit einer Gabel gegen ein Kristallglas geschlagen. Der Ton wurde lauter, begann zu stottern und wurde zu einem schneller werdenden Rhythmus. Leonie krallte sich an ihm fest. Der Flug schien ewig zu dauern. Viel länger als beim ersten Mal. Vincent spürte Leonies Atem an seinem Ohr. Kaum hatte die Mauer die beiden wieder freigegeben, zerrte die Schwerkraft sie nach unten. Hätte Äsch sie nicht aufgefangen, wären sie mit voller Wucht auf den Kiesweg geknallt. Der Bote kippte mit ihnen in den Armen zwar nach hinten, aber sein Hintern federte den Aufprall ab. Wie ein Flummi schnellten sie gemeinsam wieder nach oben.

»Danke«, sagte Vincent atemlos, als Äsch sie sanft absetzte.

»Der Dank gebührt meinem dicken Hinterteil«, sagte Äsch grinsend und klopfte den Staub aus seiner Anzughose.

»Wir müssen uns verstecken!« Leonie zeigte zum Himmel. Lichtkegel fauchender Suchdrohnen durchbohrten die Dunkelheit. »Sie werden gleich hier sein.«

»Da hinten«, flüsterte Yashi und rannte ihnen vorweg eine steile Böschung hinunter. Unten angekommen, fanden sie Schutz hinter einer Lagerhalle. Die Suchstrahler mehrerer Drohnen kreuzten sich über ihnen und scannten den Boden ab. Keiner sagte ein Wort. Plötzlich spürte Vincent etwas Kaltes und Feuchtes an seiner Hand. Es kitzelte, und er musste sich beherrschen, um nicht loszuschreien. Die Drohnen schwebten direkt über ihnen, dann drehten sie endlich nach Westen ab.

»Walter, Max, Pepe, kommt hier her!«, hörte er die leise Stimme von Yashi neben sich.

»Das war knapp«, sagte Leonie erleichtert und schaltete die Taschenlampe an ihrem Handy an.

Vincent musste sich beherrschen, nicht laut loszulachen, als er sah, wer ihm da diesen Schrecken eingejagt hatte: Vor ihm standen zwei ausgewachsene Doggen und ein Schwein. Ja, ein riesiges rosafarbenes Schwein, das ihn mit seiner Nase anstupste, als wollte es spielen. Vincent lächelte. »Wer bist du denn?«

»Das ist Walter«, sagte Yashi. »Er hat früher in der Shoppingmall auf dem Schaubauernhof gearbeitet, bis er sich mit einem Tierpfleger angelegt hat.«

Die drei waren nicht die einzigen Tiere, um die sich Yashi heimlich kümmerte. In der Nähe gab es einen verlassenen Bauernhof. Dort brachte er Hunde, Katzen, Ponys und sogar Fische unter, die man aus Eden Park verbannt hatte, und versorgte sie mit dem Nötigsten.

»Sobald sie zu groß oder nicht mehr gebraucht werden, landen sie auf der Schwarzen Liste und werden vor die Tür gesetzt. Das wird jedes Jahr schlimmer.«

»Und was sagen deine Eltern dazu, dass du dich um sie kümmerst?«, fragte Vincent erstaunt.

»Sie wissen es nicht. Nur Leonie und Frau Silberfuchs wissen Bescheid und helfen mir, heimlich Futter und Essen abzuzweigen.«

Vincent glaubte, sich verhört zu haben. »Unsere Bio-Lehrerin weiß Bescheid?«

Yashi nickte. »Ohne ihre Hilfe könnten wir einpacken. Sie muss nur aufpassen, dass sie nicht selbst rausgeschmissen wird, weil sie sich nie an den Lehrplan und die Notenvorgaben hält.«

Leonie schmuste mit den beiden Doggen. Sie reichten ihr fast bis zum Kinn. »Max und Pepe sind meine Hunde. Die Parkleitung wollte sie loswerden, weil sie manchmal Paketdrohnen gejagt haben und im Teich geschwommen sind. Meine Mutter hat sich dagegen gewehrt, aber es war zwecklos.«

Yashi fütterte Walter eine Karotte, die er aus seinem Rucksack zog. »Sobald sich jemand über irgendetwas oder irgendwen beschwert, erfinden sie eine neue Regel, um das *Problem* loszuwerden. Deshalb geben die Leute ihre Haustiere ab oder setzen sie einfach aus. Nur weil sie Angst haben, Ärger zu bekommen.«

Leonie tippte etwas in ihr Handy, dann entfernte sie vorsichtig ihr silbernes Armband und reichte es Yashi, der es behutsam an einem von Walters Knöcheln befestigte. »In drei Minuten wird das Netz wieder hochgefahren, bis dahin müssen unsere Bänder wieder unterwegs sein.«

Yashi befestigte sein eigenes Band und das von Vincent an den beiden Doggen.

Ein versonnenes Lächeln kräuselte sich in Äschs Mundwinkeln. »Kinder«, sagte er. »Ich hab es ja immer geahnt.«

»Was meinst du?«, fragte Vincent.

»Nichts Wichtiges. War nur so ein Gedanke.«

Yashi führte Walter und die beiden Hunde hinüber zum ehemaligen Campingplatz, der sich hinter der Westseite von Eden

Park über einen halben Kilometer erstreckte und zu einer Siedlung für Aussteiger aus der ganzen Welt geworden war.

»Dort gibt es ständig Empfangsstörungen«, erklärte Leonie ihren Plan, während sie auf Yashis Rückkehr warteten. »Die Leute da benutzen noch Funkgeräte und allen möglichen ausgemusterten Elektronikkrimskrams, der Störungen verursacht. Damit wird es eine Weile dauern, bis die Suchdrohnen bemerken, wem wir unsere Datenbänder überlassen haben.«

Vincent fing Äschs besorgten Blick auf. »Was ist?«, fragte er. »Wieso bist du so still?«

Äsch deutete auf Vincents Hand, und Vincent erschrak. Sein Finger, der mit der Blase, hatte wieder zu schimmern begonnen. Und dieses Schimmern zog sich über sein ganzes Handgelenk bis in die Armbeuge.

»Kommt das vom Tunneln?«, fragte Leonie.

»Eigentlich nicht.« Äsch griff nach Vincents Hand. »Das … das ist nicht gut. Überhaupt nicht gut.« Er strich über den flirrenden Streifen auf Vincents Arm. Ein kaum wahrnehmbares Knistern war zu hören.

Vincent erstarrte. Er konnte die Berührung nicht spüren.

»Unglaublich«, murmelte Äsch. »Das ist unglaublich.«

»Was hat das zu bedeuten?«, fragte Vincent mit belegter Stimme.

»Das ist eine Auslöschung. Eine Auslöschung, wie ich sie hier oben auf der Erde noch nie gesehen habe. Wie es sie überhaupt nicht geben dürfte.« Äsch drehte Vincents Handfläche und schüttelte dabei langsam den Kopf. »Dafür habe ich keine Erklärung. Dafür gibt es keine Erklärung. Wo ist der Würfel? Ich muss ihn sehen.«

Vincent zog ihn aus seiner Hosentasche. Der Würfel pulsierte immer noch im Rhythmus seines Herzschlags, aber er fühlte sich noch kälter an. Nein, warm, sehr warm, oder beides? Vincent konnte es beim besten Willen nicht sagen. Vincent konzentrierte sich. Jetzt fühlte sich der Quader eindeutig kalt an. Und diese Kälte zog hinauf bis in Vincents Herzgegend.

»Was bedeutet das?«, fragte Yashi.

»Ähm … das … das ist alles sehr ungewöhnlich«, murmelte Äsch und fiel in kurzes Schweigen. Er blickte Vincent besorgt an, sagte aber nichts.

»Wir müssen sofort zu meinem Onkel!« Jetzt hatte Vincent Angst. »Cornelius weiß ganz sicher, was zu tun ist. Er kennt sich mit den Wellen aus.«

»Warte.« Äsch strich den nun durchsichtigen Streifen Haut mit seinem Spezialgel ein. Kurz sah es aus, als würde das Gel wirken, doch dann kehrte das Schimmern mit unverminderter Stärke zurück.

»Warum wirkt diese Partikelsalbe bei Vincent nicht?«, fragte Leonie besorgt.

»Dafür gibt es nur eine Erklärung«, antwortete Äsch mit angsterfülltem Blick. »Das Problem liegt innen. Es sind seine Schwingungen. Sie sind entweder zu schwach, zu gegensätzlich zu eurer Welt oder aus dem Takt geraten.«

»Und das bedeutet was?«, hakte Leonie nach.

»Vincent löst sich auf.«

NEUNZEHNTES KAPITEL

Auf der Flucht

Nach zwanzig Minuten war Yashi wieder zurück. Außer Atem erzählte er, dass man die Zufahrtsstraße zu Eden Park gesperrt hatte. »Die Leute aus dem Wohnwagenpark sagen, dass sich auf dem Parkplatz vor dem Haupteingang ein riesiger Krater gebildet hat.«

Leonie nickte. »War ja auch mächtig viel Regen, der da runtergekommen ist.«

»Das war nicht der Regen«, sagte Äsch. »Die Wellenstürme breiten sich aus und machen den Untergrund mürbe. Kurz vor dem Exit wird es zu Erdbeben kommen. Die Bohrlöcher sind einfach zu tief, und es sind viel zu viele.«

»Haben die Leute dich und die Tiere nicht gesehen?«, wunderte sich Vincent.

»Doch.«

»Und wenn sie uns verraten?«

»Das würden sie niemals tun«, antwortete Leonie. »Die Leute vom Wohnwagenpark halten nicht viel von der Alpha-Gruppe und werden alles versuchen, um die Drohnen in die Irre zu führen.«

»In jedem Fall sollten wir keine Zeit verlieren«, sagte Äsch. »Wir brauchen dringend Vincents Onkel.«

Leonie tippte auf ihr Handy. »Das Telefonnetz müsste auch

gleich wieder funktionieren. Der Empfang baut sich gerade auf. Vielleicht kann uns dein Onkel entgegenkommen. Das würde Zeit sparen.«

Vincent drückte die Wahltaste seines Handys. Seine Finger fühlten sich steif an. Ein Brummen ertönte, dann das Echo seines eigenen Atems und der kratzige Besetzton, gefolgt von einer Maschinenstimme, die sich dafür entschuldigte, dass das Netz überlastet sei.

»Ich komme nicht durch.«

»Mist.«

»Wir sollten nicht länger warten. Wir müssen so schnell wie möglich zu Vincents Onkel«, sagte Yashi ungewohnt ernst und reichte ihnen die Hoverboards. »Zur Sicherheit sollten wie sie erst anschalten, wenn wir am Waldrand sind. Das ist ein knapper Kilometer.«

»Ich zeig euch den Weg«, sagte Vincent.

»Nicht nötig.« Leonie hielt ihm das Handy hin. »Hab mir dein Bewegungsprofil runtergeladen. Sorry, ich dachte, unter den Umständen wäre es okay.«

»Können die unsere Handys denn nicht orten?«, fragte Vincent.

Leonie grinste triumphierend. »Ich hab schon nach deinem Flug durch die Mauer vorsorglich alle Signale extrahiert und umgeleitet. Ich war mir sicher, sie würden uns überwachen. Hongkong, Paris, Moskau. Bei Handys geht das total einfach.«

Sie marschierte mit Äsch vorneweg. Vincent und Yashi folgten ihnen. Schweigend liefen sie nebeneinander her. *Hoffentlich ist Cornelius zu Hause*, dachte Vincent. *Hoffentlich hat er eine Idee, was man gegen die Auslöschungen tun kann.* Wahrscheinlich hatte Cornelius neulich mit der Lupe gesehen, dass seine Allergie nach dem letzten Beben schlimmer geworden war. Das würde auch erklären, weshalb er ihn bei seinem letzten Besuch gebeten hatte, den Schutzanzug zu tragen. Er erinnerte sich an die Wellenlinien, die sich auf dem Bildschirm gekreuzt hatten, als Cornelius die Blase an seinem Finger untersucht hatte. Die Graphik hatte rot aufgeleuchtet, die Wellenlinien hatten geblinkt und sich dann aufgelöst. Vielleicht passierte genau das jetzt mit ihm. Vielleicht löste er sich auf. Aber wenn dieser schimmernde Streifen auf seinem Arm mit seiner Allergie zu tun hatte, warum hatte er dann diesmal keine Kopfschmerzen, warum war ihm nicht schwindelig?

Mittlerweile hatte der fingerbreite, gezackte Strich seinen Oberarm erreicht. Es breitete sich aus wie eine Blutvergiftung. Nur mit dem Unterschied, dass es nichts brachte, den Arm abzubinden, wie es Yashi mit seinem Gürtel versucht hatte. Vincent wollte sich nicht ausmalen, was passierte, wenn der Strich bei seinem Herzen angelangt war oder zu seinem Kopf wanderte.

»Wir müssen jetzt wirklich los«, drängte Äsch, als sie den Waldrand erreicht hatten. »Wir dürfen nicht noch mehr Zeit verlieren.«

Vincent stellte sich auf sein Hoverboard, verlagerte sein Gewicht nach vorne und schoss in die Dunkelheit. Der schwache Lichtschein seiner Handylampe reichte nur ein paar Meter weit. Der Weg war kaum zu erkennen, denn der Mond wurde von dicken Wolken verdeckt. Jetzt begann es auch noch zu regnen, so dass sie nur mit halber Geschwindigkeit fahren konnten.

Yashi und Vincent setzten sich an die Spitze. Äsch blieb bei Leonie, die immer wieder laut fluchte, weil sie Schwierigkeiten hatte, das Hoverboard in der Spur zu halten.

»In die Knie gehen«, rief Yashi ihr aufmunternd zu. »Und nicht in voller Fahrt nach hinten lehnen.«

Die Hoverboards reagierten blitzschnell auf jede Unebenheit. Selbst größere Sprünge über umgefallene Bäume und Wurzelwerk federten sie dank ihres vorausschauenden Radarsystems ab. Trotzdem musste man höllisch aufpassen, nicht von einem tiefhängenden Ast vom Board gefegt zu werden. Sobald man das Gewicht nach vorne verlagerte, beschleunigte das Board, und das Rascheln der Blätter verdichtete sich zu einem unheimlichen Flüstern. Die kleinste Bewegung genügte, und das Board machte eine Kurve, während sich die Fußschlaufen enger zogen.

Yashi blickte nach hinten und schmunzelte. »Dein Alien-Freund ist echt krass.«

»Er ist kein Alien«, sagte Vincent etwas patzig. Er wusste selbst nicht, warum ihn diese Bezeichnung plötzlich störte. Vielleicht weil er sich daran erinnerte, was Äsch über dieses Wort zu ihm gesagt hatte. Dass es in jeder Welt, auf jedem Planeten Wesen gab, die sich selbst dort, wo sie zu Hause waren, wie Aliens fühlten. »Als hätte man sie irgendwo in der Fremde ausgesetzt«, hatte Äsch gesagt und das ausgesprochen, was Vincent oft über sein eigenes Leben dachte, obwohl er, wie sein Onkel sagte, für solche Gedanken eigentlich noch zu jung war. Aber konnte dieses Gefühl, nirgendwo richtig zu Hause zu sein, wirklich so stark werden, dass man davon krank wurde – oder verschwand? Die Wellen kamen doch von außen. So hatte er Äsch zumindest verstanden.

»Äsch ist ein Freund«, sagte Vincent so leise, dass seine Worte fast vom Fahrtwind geschluckt wurden. »Er ist kein Alien.«

Yashi schaute nach hinten und grinste.

Vincent wollte sehen, was ihn so amüsierte, drehte ebenfalls den Kopf und konnte sich ein Lächeln auch nicht verkneifen. *Eine* Version seines Freundes stand mit dem Rücken zur Fahrtrichtung und gab Leonie Anweisungen, während die *andere* Version locker wie ein Profi-Surfer auf einer Welle in den Knien federte und ihm den erhobenen Daumen zeigte.

»Kannst du ihn auch doppelt sehen?«, wunderte sich Vincent.

»Doppelt?« Yashi schüttelte den Kopf. »Nein. Ich sehe nur, dass er rückwärtsfahren kann. VORSICHT!«

Zu spät. Die Spitze eines Asts jagte wie ein Messer über Vincents Wange. Er verlor das Gleichgewicht, das Board unter seinen Füßen kam ins Trudeln. Vincent wirbelte mit den Armen, und Yashi konnte ihn im letzten Moment noch halten. Das Hoverboard bremste ab.

»Mit der Nummer könntet ihr auftreten«, sagte Leonie, als sie bei ihnen angekommen war. Ihr Handy blinkte rot. »Mist. Sie haben die Tiere gefunden und unsere Bänder geortet. Wir müssen einen Zahn zulegen.«

Vincent war erleichtert, als sie die Waldlichtung erreichten. Bei seinem Onkel brannte Licht. Wie immer stand die Haustür offen.

Äsch wirkte fahrig. Er schaute ständig auf seine Uhr, während das Radio leise Rockmusik spielte und auf dem Herd ein Topf mit Kürbissuppe brodelte. Keine Spur von Cornelius. Seinen Laptop und den Koffer mit der Speziallupe hatte er anscheinend mitgenommen. Hatte er Vincents Nachricht abgehört und war Hals über Kopf nach Eden Park aufgebrochen? So, wie es hier aussah, konnten sie ihn nur um Minuten verpasst haben.

»Hast du nicht gesagt, dein Onkel würde in einer *Holzhütte* leben?«, rief Leonie begeistert. »Das ist der Wahnsinn. Der Mega-Wahnsinn.« Sie stellte sich vor das meterhohe Bücherregal im Wohnzimmer und strahlte übers ganze Gesicht. »Die beiden Bücher über seine Experimente mit Antimaterie haben sie aus der Datenbank gelöscht, und bei dem da drüben haben sie wichtige Stellen geschwärzt. Glaubst du, dein Onkel leiht sie mir mal aus?«

»Bestimmt«, sagte Vincent. Er versuchte erneut, Cornelius über sein Handy zu erreichen. Immer noch kein Durchkommen.

»Wo ist dein Onkel?«, fragte Äsch ungeduldig. Er hatte das obere Stockwerk durchsucht. Sein Gesicht sah aus, als sei er in der letzten halben Stunde um Jahre gealtert. »Wir müssen uns wirklich beeilen.«

Die Kellertür stand offen. »Vielleicht ist er unten.« Vincent rief nach Cornelius. Als er keine Antwort bekam, stieg er die steile Treppe nach unten. Leonie folgte ihm. Sie staunte über die vielen ausgemusterten Computer, Wissenschaftszeitschriften, Einmachgläser und Konservendosen, die sich ohne erkennbare Ordnung kreuz und quer in den Regalen stapelten. »Hat er auf eigene Faust weitergeforscht, nachdem sie ihn entlassen haben?«

»Weiß nicht. Er redet nur selten über seine Arbeit.« Vincent ging hinüber zu dem Holzschrank, wo Cornelius die Erinnerungen an seine verstorbene Frau aufbewahrte. Das Vorhängeschloss war geöffnet.

Vorsichtig zog Vincent die Tür auf. Im oberen Fach standen Porträts und Schnappschüsse, die Tante Angelika alleine und zusammen mit seinem Onkel bei der Arbeit zeigten. Die beiden sahen sehr glücklich aus. Auf den meisten Aufnahmen trugen sie weiße Kittel oder Overalls mit dem Logo der Alpha-Universität. Vincents Tante war praktische Physikerin und gehörte auf ihrem Gebiet weltweit zu den Besten. Sie hatte die Theorien seines Onkels mit groß angelegten und hochkomplizierten Experimenten bewiesen. Für die Experimente mit dem Teilchenbeschleuniger hatten die beiden zusammen mit anderen Physikern haushohe Apparaturen gebaut. »Sie hatte ein fotografisches Gedächtnis und konnte sich selbst die kompliziertesten Pläne merken und sie unseren Mitarbeitern vermitteln. Ohne ihre fabelhafte Intelligenz und die Fähigkeit, andere für unsere Ideen zu begeistern, hätten wir es nie soweit gebracht«, hatte Cornelius einmal zu ihm gesagt. »Sie hasste es nur, im Rampenlicht zu stehen. Deshalb taucht ihr Name seltener auf als meiner.«

»Dein Onkel und seine Frau waren das *Traumpaar der Physik*, hab ich irgendwo im Internet gelesen«, sagte Leonie. »Dein Onkel hat sich sogar geweigert, Preise anzunehmen, wenn sie nur an ihn und nicht auch an deine Tante gingen. Und das war nur gerecht, weil sie superschlau war.«

Vincent nickte beiläufig. Sein Arm war inzwischen ganz taub, und das dumpfe Gefühl breitete sich auch in seiner Schulter aus. Er betrachtete die Fotos. Hatte Cornelius den Schrank wirklich nur ihretwegen abgeschlossen?

»Macht dein Onkel sich Vorwürfe, weil seine Frau bei dem Unfall damals gestorben ist?«

»Glaub schon«, nuschelte Vincent, während er die staubigen Umrisse inspizierte, die ein rechteckiger Gegenstand auf einem der Regalbretter hinterlassen hatte. Das Holz war an der Stelle nach unten gewölbt. Der Gegenstand musste schwer gewesen sein.

»Briefpapier und uralte Briefumschläge.« Leonie zog einen Umschlag aus dem mittleren Fach. Er knisterte in ihren Händen. »Seltsam. Dein Onkel hat die Innenseite des Umschlags nachträglich mit Alufolie ausgekleidet. Hatte er Angst, dass man ihn ausspioniert?«

»Kann schon sein.« Vincent blieb bei einem Bild hängen, das ihn als lachendes Kind von vielleicht zwei, drei Jahren zusammen mit seinem Onkel und seiner Tante zeigte, wie sie in einer gigantischen Röhre vor einer Wand aus Magnetspulen und glänzenden Rohrleitungen standen. Die Aufnahme musste im Teilchenbeschleuniger entstanden sein.

»Das ist der Detektor«, sagte Leonie. »Damit haben sie die Teilchen vermessen, nachdem sie sie aufeinander abgeschossen hatten. Der Bau hat Jahre gedauert.«

»Woher weißt du das alles?«

»Aus dem Internet, der Bibliothek und verschiedenen Zeitungsarchiven. O Mann, ich wäre so gern so klug wie er und deine Tante! Manche Artikel und Forschungsberichte sind im Nachhinein verändert oder geschwärzt worden. Wahrscheinlich, weil die Gleichungen nicht das *richtige* Ergebnis geliefert haben. Die Alpha-Gruppe hatte ein viel zu großes Interesse an den Bohrungen. Weil man damit irre viel Geld verdienen kann. Die hat es nicht interessiert, was sie damit anrichten können.«

Bis heute hatte Vincent nicht gewusst, dass er schon mal im Forschungszentrum seines Onkels, im Labor unter der alten Bibliothek in Eden Park, gewesen war. Warum hatte sein Onkel ihm das verschwiegen? Und seine Eltern? Warum wichen sie Vincent immer aus, wenn er etwas über seine Tante wissen wollte? Gab es da etwas, was sie ihm verheimlichten?

Auf der Rückseite des Fotos stand handschriftlich ein Datum. 26. 11. 2010. Das war ein Tag nach seinem dritten Geburtstag und eine Woche vor dem Tod seiner Tante gewesen.

»Meine Mutter hat früher auch Briefe geschrieben«, sagte Leonie nachdenklich. »Zu jedem Geburtstag hat sie sich für mich ein Gedicht ausgedacht. Das war schön. Und wem schreibt dein Onkel noch Briefe?«

»Seinem besten Freund«, murmelte Vincent und legte das Bild wieder zurück.

Leonie drehte den Umschlag und schüttelte den Kopf. »Das glaub ich eher nicht.« Sie hielt Vincent den Umschlag hin. Dort stand in extrem kleiner Schrift: *für Angelika*.

ZWANZIGSTES KAPITEL

Zucker im Tee

Yashi kam die Treppe herunter. »Äsch sagt, dass wir gleich Besuch bekommen. Besuch der unerfreulichen Art. Wenn dein Onkel nicht hier ist, sollten wir uns lieber aus dem Staub machen.«

Kaum hatten sie die Hütte verlassen, fuhren mehrere Geländewagen auf die Lichtung. Türen wurden zugeschlagen, Anweisungen von Sicherheitsleuten ausgegeben und Suchdrohnen in Cornelius' Haus geschickt.

»Hast du die rauchende Frau neben dem Wagen erkannt?«, fragte Leonie flüsternd. Sie hatten sich in Sichtweite hinter einem Erdwall verschanzt. »Das war Frau von und zu Sittgenstein. Ist wohl Chefsache, dich zu suchen.«

»Bist du dir da sicher?«

»Ihr widerliches süßliches Parfum würde ich einen halben Kilometer gegen den Wind riechen.«

»Sie wollen etwas von deinem Onkel und vielleicht auch von dir«, sagte Yashi.

»Wie viel Zeit bleibt uns noch?«, fragte Vincent an Äsch gerichtet. »Wann müssen die Würfel spätestens in den Löchern sein?«

»In zwei Stunden beginnt der Exit. Dann öffnet sich das Wurmloch, durch das die Navigatoren unsere Galaxie auf die

Reise schicken werden. Bei dem Gedanken werde ich jetzt schon strudelkrank.«

»Eine ganze Galaxie?«, fragte Leonie erstaunt. »Ich dachte, Sie reden von einem winzigen Planeten, der in unserer Erdkugel steckt.«

»Der in eine Galaxie mit drei Sonnen eingebettet ist und eine Dimension, *meine* Dimension im Schlepptau hat.«

Leonie hob einen Mundwinkel. »Klar. Und euer Planet ist eine Scheibe.«

»Genau«, sagte Äsch. Sein Blick streifte Vincents Arm. Die Auslöschung hatte fast seinen ganzen linken Arm erfasst.

Auch wenn Vincent den Boten erst seit ein paar Tagen kannte, wusste er, dass der Ausdruck auf seinem Gesicht nichts Gutes verhieß.

»Bevor wie uns um die Würfel kümmern, müssen wir Vincents Onkel finden. Das hat alleroberste Priorität. Wir brauchen ihn, um den richtigen Krater zu finden.«

»Weil … weil ich sonst sterbe?« Vincent hoffte, sich zu irren, während er diese Worte sagte, aber Äschs Nicken zerstörte seine Hoffnung.

Die Strudelkrankheit entsteht bei Reisen durch rechtsdrehende Schwarze Löcher. Nur mit speziellen Kaugummis aus gebürstetem, linksdrehendem Fledermauskot lässt sich die schlimme Übelkeit bekämpfen. Leider steigt der Preis für Fledermauskot vor jedem Exit in schwindelerregende Höhen.

Leonie und Yashi starrten den Boten ungläubig an, als hofften sie, das Nicken falsch gedeutet zu haben.

»Wie … wie lange habe ich noch?«, fragte Vincent in die entstandene Stille.

Äsch zuckte mit den Schultern. »Vielleicht einen Tag, vielleicht auch nur wenige Stunden. Hier oben läuft die Zeit schneller als in der inneren Welt. Bei uns wären es Wochen, und man könnte es mit einer Klangtherapie versuchen und vermutlich auch heilen.«

»Und wo liegt dann das Problem?«, rief Yashi wütend. »Warum nehmen Sie Vincent nicht einfach mit in ihre Welt und bringen ihn wieder zurück, wenn er wieder gesund ist?«

»Weil es dafür zu spät ist. In seinem Zustand wäre die Reise sein sicherer Tod. Seine Atome, das, was alles und jeden zusammenhält, die Verbindungen lassen sich bei ihm nicht mehr spalten und zusammenfügen. Es gibt zu viele Lücken. Vincents Körper würde sich durch den Portationsstress auflösen wie ein Zuckerwürfel in heißem Tee.«

»Zucker in heißem Tee«, wiederholte Leonie mit flackernden Augen. Sie schien verzweifelt nach einem Ausweg zu suchen. »Wir müssen Vincent in ein Krankenhaus bringen. In Eden Park gibt es die besten Ärzte. Die müssen doch wissen, was in so einem Fall zu tun ist. Die haben doch die neueste Technik dort.«

Äsch schüttelte den Kopf. »Die Apparate, mit denen sie Vincent aus Unwissenheit über die wahren Ursachen durchleuchten würden, würden ihn töten.«

»Aber Cornelius … der kann mir helfen?«, fragte Vincent hoffnungsvoll.

»Ja, eventuell kann er das.« Äsch wich seinem Blick aus.

»Aber wie sollen wir Cornelius so schnell finden?«, fragte Leonie.

»Wir lassen die Bienen ausschwärmen«, antwortete Yashi. »Sie sind am schnellsten.«

»Aber die sind doch noch gar nicht zugelassen, hast du gesagt. Wenn das rauskommt, verliert dein Vater seinen Job, und ihr müsst von hier wegziehen.«

»Und wenn wir noch länger warten, wird Vincent sterben.«

EINUNDZWANZIGSTES KAPITEL

Zwei Stunden bis Null

Sie mussten sich aufteilen. Tunneln sei zu gefährlich, sagte Äsch. Er hatte es sehr eilig. Immer wieder schaute er voll schlechtem Gewissen zu Vincent, als würde er ihm etwas Wichtiges verschweigen. Leonie schlug vor, dass der Bote sie einen nach dem anderen auf die andere Seite der Mauer bringen sollte.

»Auch für mich ist das zu gefährlich«, sagte Äsch ungewohnt streng. »Die elektromagnetischen Stürme werden von Minute zu Minute stärker.« Ein heftiger Schluckauf ließ ihn zusammenfahren. »Das ist nicht gut«, sagte er mehr zu sich selbst als zu ihnen und schaltete sein Hoverboard an.

»Was ist?«, fragte Vincent. »Äsch, ist da noch irgendetwas, was wir wissen sollten?«

Äsch zögerte. Erneut wurde er von einem Schluckauf geschüttelt. »Wir … hicks … wir müssen uns beeilen.«

Sie verabredeten sich in einer halben Stunde in der Bibliothek. Vincent sollte dort warten, bis sie seinen Onkel gefunden hatten. »Der Betonmantel schirmt einen Teil der Strahlung ab«, erklärte Äsch, als sie bei einer Weggabelung angekommen waren. »Das müsste das Fortschreiten der Auslöschung verlangsamen.«

Leonie wollte es mit dem Hoverboard alleine über einen ehemaligen Zugangsstollen zu den Bienendrohnen schaffen. Sie waren in einem unterirdischen Lager bei den Paketdrohnen.

»Kannst du die nicht von hier aus aktivieren?«, fragte Yashi.

Leonie schüttelte den Kopf. »Das Lager ist nach außen abgeschirmt.«

Vincent machte sich zusammen mit Yashi auf den Rückweg. Äsch sagte, dass er noch etwas erledigen müsse und versuchen würde, rechtzeitig zum Treffpunkt zu kommen. Dann verschwand er hicksend in die Dunkelheit, den Rucksack mit den Würfeln über der Schulter. Als Vincent ihm seinen Würfel geben wollte, lehnte er ab. »Der ist für dich bestimmt.«

Vielleicht hatte Äsch bei Cornelius etwas entdeckt, was ihn beunruhigte. Yashi fiel die Veränderung in Äschs Verhalten auch auf. Er hatte gesehen, wie der Bote in einem Notizbuch von Vincents Onkels geblättert hatte.

»Glaubst du wirklich, dass er uns alles gesagt hat?«, fragte er und aktivierte sein Hoverboard.

»Ich weiß es nicht«, sagte Vincent und hob sein T-Shirt an, um nach der Auslöschung zu sehen. Mittlerweile hatte sie seine rechte Schulter erreicht.

»Tut es weh?«, fragte Yashi.

»Nein. Ist nur ein komisches Gefühl.« Vincent musste husten. Seine Lunge tat weh.

Yashi blickte ihn ängstlich an. »Wir müssen am Fluss entlangfahren, da haben die Drohnen Probleme, uns zu orten.«

»Okay.« Vincent stellte sich auf sein Board. In seinem Brustkorb stachen bei jedem Atemzug tausend Nadeln, und seine Beine fühlten sich an, als seien sie aus Pudding. Aus extrem schwerem Pudding. Er hatte Mühe, nicht vom Board zu kippen.

Immer wieder drehte es ihn um die eigene Achse. Ohne die Fußschnallen wäre er längst in den Fluss gestürzt. Yashi fuhr ans Ufer und koppelte die Boards aneinander, damit sie schneller vorankamen.

»Dein Onkel weiß bestimmt, was zu tun ist«, sagte er aufmunternd.

Nach zehn Minuten erreichten sie die Außenmauer von Eden Park. Fast zeitgleich wurde das Stromnetz wieder hochgefahren, und sofort zuckten Nachrichten über die tiefhängenden Wolken. Die Parkleitung entschuldigte sich darin für den Strom- und Internetausfall und die damit verbundenen Unannehmlichkeiten und kündigte eine Überraschung an.

Vincent und Yashi versteckten die Hoverboards hinter einem Busch, um beim Betreten von Eden Park nicht geortet zu werden. Sie kamen an die Stelle, wo sie vor zwei Stunden durch die Mauer getunnelt waren. Der Scanner funktionierte wieder, und so konnten sie diesmal einfach durch die Tür spazieren.

»Das hätten wir vorher wissen sollen«, sagte Yashi, nachdem sie auf der anderen Seite waren. »Dann hätte Leonie nicht den Haupteingang nehmen müssen.«

»Kannst du ihr keine SMS schicken?«

Er schüttelte den Kopf. »Das würde unsere Position verraten.«

»Und was ist mit dem Scanner? Der hat dich doch eben registriert?«

Yashi schüttelte den Kopf. »Hat Leonie auch umgeleitet.«

»Und wie sollen wir ohne Handys mitbekommen, ob sie es zu den Bienen geschafft hat oder erwischt wurde?«

»Wenn sie Hilfe braucht, schickt sie Karl. Im Notfall immer Karl.« Yashi grinste. »Sie kann ihn von überall her anfunken. Er trägt ein winzigen Sender um den Hals.«

»Von wem sprichst du?«

»Karl ist ein zahmer Rabe. Er lebt im Schulgarten, der einzige echte Vogel in ganz Eden Park.«

»Du machst Witze, oder?«

»Nein.«

Auf der anderen Seite wurden sie von fröhlicher Musik und einem Meer aus bunten Lichtern empfangen. Es wurde von Drohnen ausgesandt, die im Formationsflug über den Park jagten. Die Straßen und Plätze erstrahlten in einem warmen weißen Licht, als würde am Horizont gleich die Sonne aufgehen, dabei war es eine halbe Stunde nach Mitternacht. Vogelzwitschern mischte sich unter die Musik.

»Ist das ein Programmfehler?«, fragte Vincent. Der Lärm und das Licht machten ihm zu schaffen.

Yashi schüttelte den Kopf. »Da entlang.«

Er öffnete eine unscheinbare Tür, die zur Fassade einer Bäckerei gehörte. Das Gebäude war allerdings nur Kulisse. Eine Art Computerspiel, in dem man herumlaufen konnte. Hinter der Verkaufstheke führte eine weitere Tür wieder ins Freie. Mit einer Datenbrille konnte man die *Altstadt*, wie das Viertel offiziell hieß, erkunden und hier auch virtuell einkaufen. Die Einkäufe wurden dann von Paketdrohnen oder Robotern aus dem Zentrallager geholt und nach Hause gebracht. Wenn man dort ankam, warteten sie schon auf einen.

Wegen seiner Allergie war Vincent noch nie hier gewesen. Seine Schwester hatte davon geschwärmt, wie freundlich die Holo-Verkäufer waren. »Die wissen genau, worauf man steht und was gerade angesagt ist. Und man kriegt jede Menge Shopping-Punkte.«

Das Licht, das vom simulierten Sonnenaufgang kam, wurde plötzlich wieder gedämpft. Vincent und Yashi schauten sich fragend an und gingen weiter, als ein tiefer Gongschlag ertönte. Vincent spürte den Ton am ganzen Körper, als würden ihn tausend unsichtbare Finger berühren.

»Schau mal nach oben«, sagte Yashi.

Die Drohnen – es mussten Hunderte sein – standen surrend in der Luft, als würden sie auf einen Befehl warten. Und tatsächlich schwoll das Geräusch der Rotoren an, und sie stiegen in der dreidimensionalen Formation einer Pyramide nach oben. Begleitet von einem anschwellenden Trommelwirbel, der in einen Paukenschlag mündete. Aus den Drohnen jagten Blitze und Lichtstrahlen, die sich zu einem atemberaubenden Feuerwerk verbanden. Prasselnder Glitzerregen, grelle Farbexplosionen, nur ohne Böllerschüsse und dem schrillen Pfeifen aufsteigender Raketen, gingen über ihnen nieder. Klassische Musik begleitete die pompöse Lichter-Choreographie. Streicher, Pauken und Trompeten setzten ein.

»Warum tun sie das?«, fragte Vincent und beschirmte seine Augen.

»Wegen der Angst«, antwortete Yashi und führte ihn durch einen Personalgang in den Seepark, wo sich immer mehr Menschen sammelten, die vor Begeisterung klatschten und im Wechsel »Ahs« und »Ohs« ausstießen. Die Spuren des Gewitters und den Müll hatte man größtenteils beseitigt. Sogar die Pfützen waren verschwunden.

»Sobald etwas Unvorhergesehenes passiert, fürchten sich die Leute« erklärte Yashi weiter, während sie sich durch die Menge schlängelten. »Sie bleiben dann lieber zu Hause und kaufen weniger ein. Deshalb startet die Alpha-Gruppe in solchen Fällen das *Zurück-ins-Glück*-Programm. Das machen sie nach jedem größeren Unwetter oder wenn es sonst einen Zwischenfall gibt, der die Leute beunruhigt. Mein Vater muss dann unbezahlte Sonderschichten schieben.«

Kaum war das Feuerwerk vorüber, kehrte das sanfte Licht zurück, und eine Frauenstimme kündigte eine noch »größere« Überraschung an.

»Kommen Sie noch heute Nacht zum Rabatt-Late-Night-Shopping in die Mall, und gewinnen Sie einen von zehn brandneuen Home-and-Service-Robotern«, dröhnte es im Sekundentakt in mehreren Sprachen aus den Lausprechern.

Yashi und Vincent hatten es wieder zurück zum Aufzug bei der Shoppingmall geschafft. Von dort aus war es nicht mehr weit zur Bibliothek. Vincent spürte, wie ihn langsam die Kraft verließ. Plötzlich versperrte ihnen eine Holo-Projektion in Gestalt eines Anzug tragenden Verkäufers den Weg. Das war deshalb merkwürdig, weil diese Projektionen eigentlich nur innerhalb der Mall, in Geschäften oder Restaurants, aktiviert werden durften. So stand es zumindest im Handbuch von Eden Park.

»Wir wollen nichts kaufen!«, sagte Yashi schroff und schritt entschlossen durch die Projektion. Vincent folgte ihm und bereute es eine Sekunde später. Die Strahlung kratzte mit eisiger Kälte über seine Haut und schien daran zu reißen. Vincent hielt den Atem an. Sein Herz tat einen besonders schweren Schlag, bevor es zögernd wie ein stotternder Motor weiterlief.

»Alles okay?«, fragte Yashi und forderte den Fahrstuhl an.

»Ja«, schnaufte Vincent. »Ist nur zu viel Strahlung. Überall.«

»Wir haben's gleich geschafft.«

Der Aufzug hatte sich geöffnet. Doch der Verkäufer versperrte ihnen erneut den Weg.

»Ich kann da nicht noch mal durchgehen«, sagte Vincent und machte einen Schritt zurück.

»Mach Platz!« herrschte Yashi die Projektion an. »Los! Oder wir melden dich dem Administrator.«

»Bitte legen Sie Ihr Datenband an«, sagte der Verkäufer unbeirrt freundlich. »Damit wir unsere Produktvorschläge Ihrem Alter, Ihrem Geschlecht und Ihren Vorlieben anpassen können.«

»Komm schon«, sagte Yashi. »Wir müssen uns beeilen.«

Vincent spürte die Strahlung, die von der Projektion ausging, am ganzen Körper. Er machte noch einen Schritt zurück. Der Verkäufer folgte ihm. »Wenn Sie kein Datenband besitzen, werden Sie in wenigen Sekunden von einer Sicherheitsdrohne markiert. Sollten Sie ein nicht registrierter Gast sein, melden Sie sich bitte umgehend bei der Stadtverwaltung, da wir sonst verpflichtet sind, den Sicherheitsdienst zu benachrichtigen. Danke für die Kooperation.«

Die Projektion löste sich auf, und eine handtellergroße Drohne schoss auf Vincent zu. Sie nahm ihn mit Suchstrahlern ins Visier.

Vincent schrie vor Schmerz auf. Die Strahlen brannten wie Brennnesseln auf der Haut. Yashi stellte sich schützend vor ihn und wurde an der Brust von einem roten Ball getroffen. Die Drohne drehte wieder ab.

»Was war das?«, fragte Vincent. Seine Haut brannte wie Feuer. Er kratzte sich am Arm, und das Brennen wurde noch stärker.

»Eine Markierung«, sagte Yashi und versuchte, die kleinen Metallplättchen, die an Konfetti erinnerten, abzuschütteln. »Jetzt bin ich wieder im System, und gleich wird der Sicherheitsdienst hier sein. Du musst alleine weiter, Vincent. Bevor es zu spät ist. Ich werde sie ablenken.«

Vincent wollte nach dem Ball greifen, doch Yashi wich ihm aus.

»Das bringt nichts, die Nanotransmitter und der Datenstaub sind überall. Wenn ich mit dir komme, werden sie uns finden.«

»Du musst gehen.« Yashi schob Vincent in den Aufzug.

»In Ebene 5 musst du aussteigen. Und dann immer dem Alpha-Zeichen folgen. Das ist der schnellste Weg zur Bibliothek. Ich komme nach, sobald ich kann. Viel Glück.« Yashi schaute Vincent fest in die Augen, spurtete davon und verschwand in einer Häuserschlucht.

Vincent war unerträglich durstig, als er die Bibliothek betrat, aber aus dem Wasserhahn in der Toilette kam nur warme Luft. Das Brennen auf seiner Haut war abgeklungen, doch an den Stellen, wo ihn die Strahlung besonders stark getroffen hatte, bildeten sich lauter kleine Bläschen, die bläulich schimmerten. Erschöpft ließ er sich in einen der Sessel fallen. Hier drin ging es mit dem Atmen etwas besser, aber die Stille, die er sonst als angenehm empfand, machte ihm Angst. Sein Atem kam ihm schrecklich laut vor. Sein Herzschlag war so schwerfällig wie damals, als er nach dem Sprung durch die Mauer im Pool gelandet war. Er zog den Kragen seines T-Shirts nach vorne und hielt die Luft an. Die Auslöschung hatte seinen Brustkorb erreicht. Wie lange blieb ihm noch? *Ein unsichtbares Herz kann nicht schlagen*, dachte er und zwang sich, die aufsteigende Panik zu verdrängen.

Die Lichter kamen ihm von Minute zu Minute schwächer vor, obwohl über den Regalen und in der Kuppel die Scheinwerfer angegangen waren. Er stand wieder auf und drückte jeden Lichtschalter, den er fand, bis er den Eindruck hatte, die Dunkelheit auch aus dem hintersten Winkel der Bibliothek verdrängt zu haben. Das Licht und das Geräusch seiner eigenen schwerfälligen Schritte übertönten Vincents Gefühl, allein zu sein. Womöglich allein hier unten zu sterben. Ohne dass seine Eltern, Cornelius, Riley oder seine Schwester etwas davon ahnten. Als er wieder bei dem Tisch mit den aufgeschlagenen Büchern angekommen war, griff er nach *Huckleberry Finn* und suchte die Stelle, die Leonie ihnen letztens vorgelesen hatte.

Mit einer Hand riss Vincent einen von den dicken roten Vorhangschals herunter, die vor den zugemauerten Fenstern hingen, und wickelte sich darin ein. Er verstand selbst nicht, warum er nicht seine letzten Reserven mobilisierte und sich nach draußen zu seinen Eltern schleppte. Er wusste nur, dass er nicht sterben wollte. Er war doch noch ein Kind! Im Sommer wollte er mit Cornelius ein Floß bauen und den Fluss hinunterfahren. Würde er jetzt wirklich sterben? Sich auflösen, einfach nicht mehr da sein?

Bei dem Gedanken, wie ihn Äsch damals angepflaumt hatte, als er für das Paket unterschreiben sollte, kräuselte sich ein kleines Lächeln in seinen Mundwinkeln. Er zog den Würfel – den *neunten* Würfel – aus seiner Hosentasche und umschloss ihn fest mit seinen Händen. Die Oberfläche fühlte sich immer noch kalt an, doch dann wurde sie warm und begann zu blinken. Langsam zu blinken, sehr langsam, im Rhythmus von Vincents schleppendem Herzschlag. Doch die Wärme schien es nicht durch Vincents Haut hindurchzuschaffen, und obwohl der Vorhangstoff sehr dick war, konnte nichts die Kälte mindern. Das schreckliche Gefühl zu erfrieren schien von innen zu kommen. Wenigstens hatte er keine Schmerzen mehr.

Vincents Zähne klapperten, und er begann, stumm zu lesen. Er stellte sich dabei Leonies Stimme vor. Sie konnte gut betonen und machte die Pausen an den richtigen Stellen.

… und ließ mich mit den Wellen treiben.

Bei der Vorstellung, auf einem Floß zu liegen und wie Huckleberry Finn in den Himmel zu starren, fiel Vincent das Atmen leichter. Sein Gesicht entspannte sich. *Ja*, dachte er, *Yashi und*

Leonie sind echte Freunde, und Äsch auch. Wieder umspielte ein winziges Lächeln seine Lippen, die von der Kälte inzwischen blau angelaufen waren. Er merkte nicht, wie seine Augen zufielen und er in einen Traum hinüberdämmerte.

Das Floß trieb hinaus auf den Fluss, der sich friedlich durch eine Landschaft aus blühenden Sommerwiesen schlängelte und am Horizont unnatürlich anstieg. *Wasser kann nicht bergauf fließen*, dachte Vincent in diesem Zustand zwischen Wachen und Träumen und lauschte dem unaufgeregten Plätschern des Wassers, das mehr und mehr von einem anderen Geräusch übertönt wurde: dem Summen von Bienen.

ZWEIUNDZWANZIGSTES KAPITEL

Sechzig Minuten bis zum Exit

Leonie konnte die Bienen kaum im Zaum halten. Sie surrten als großer dunkler Ball vor ihr auf und ab und erwarteten einen Einsatzbefehl. Ein Ziel. Diesmal sollten sie keine Blüten finden, um sie zu bestäuben, sondern einen Menschen: Vincents Onkel. Doch zuerst musste die App, mit der man die Maschineninsekten steuerte, mit Informationen gefüttert werden. Nicht nur Bilder und Sprachaufnahmen, sondern auch Duftproben waren nötig, um die gesuchte Person aufzuspüren.

Leonie hatte neulich etwas über den misslungenen Test mit den Bienen gelesen, der dazu geführt hatte, dass man sie nicht mehr einsetzte. Ein Hacker aus dem angrenzenden Wohnwagenpark hatte die Bienenvölker dazu benutzt, wichtige Leute von der Alpha-Gruppe auszuspionieren, die krumme Geschäfte machten. Man hatte alles live im Internet verfolgen können. Es hatte sogar Festnahmen gegeben.

Nachdem Yashi und Vincent weg gewesen waren, war Leonie wegen der Duftprobe noch einmal zu Cornelius' zurückgerast und hatte sich einen Handschuh aus der Hütte geschnappt – und ein Buch. Wegen des Buches hatte sie ein schlechtes Gewissen, aber sie hatte es einfach tun müssen. Bei der Online-Ausgabe waren viele Seiten geschwärzt, genau die, die Hintergrundinfos zu Cornelius' spannendsten Experimenten enthielten.

Sie sah auf ihre linke Hand. Dort, wo sie sich verletzt hatte, als sie den Würfel berührt hatte, war noch ein winziges Schimmern zu erkennen, und sie spürte ein leichtes Ziehen – wie bei einer Verbrennung –, wenn sie die Finger abspreizte. Der Beweis, dass die Lage ernst war. Auch wenn der Kratzer nichts war im Vergleich zu Vincents Verletzung. Hoffentlich ging es ihm gut.

Zitternd hielt sie den Geruchssensor ihres Handys an den dünnen Fleecehandschuh von Vincents Onkel und wartete, bis das Programm genügend Informationen gesammelt haben würde.

Der Fortschrittsbalken bewegte sich entsetzlich langsam. Noch acht Minuten, bis die Bienen ausschwärmen konnten, und noch eine Stunde, bis die Erde kopfstand. Sie setzte sich auf einen ausgemusterten Bürostuhl, schlug das Buch wahllos an irgendeiner Stelle auf und begann zu lesen.

Wie viel Wahrheit steckt in der phantastischen Welt der Science Fiction? Dürfte man Lebewesen teleportieren, wenn die Wissenschaft dazu in der Lage wäre?
Wenn in Hollywoodfilmen vom *Beamen* die Rede ist, kommt nur selten zur Sprache, dass die Person nach der vollständigen Übertragung zumindest kurzfristig zweimal existiert oder, drastischer formuliert, dass es dann eine Kopie von ihm, gibt. Es stellt sich hierbei die Frage, ob die Auslöschung der Urversion am Ursprungsort nicht die Seele des neuen Ichs am Ankunftsort verletzt.

Leonie stieß geräuschvoll Luft aus, bevor sie diesen Abschnitt ein zweites und drittes Mal las, um ihn wenigstens ansatzweise zu verstehen.

Unter dem Text war eine Graphik abgebildet, die zwei gesichts- und geschlechtslose Menschen zeigte, die mit seitlich ausgestreckten Armen in einer Art Ganzkörperscanner standen, wie es sie am Besuchereingang zu Eden Park gab. Die Wände saugten Daten ab und sendeten sie an einen Computer, der eine Wolke mit Nullen und Einsen ausspuckte.

Darüber hing eine gestrichelte Sprechblase, die mit beiden Köpfen verbunden war.

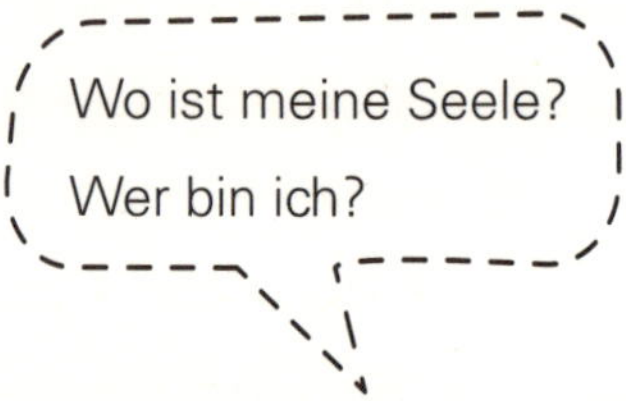

Danach wurde es wissenschaftlich, und so sehr sich Leonie auch anstrengte, sie kam nicht dahinter, was genau bei den Experimenten eigentlich untersucht wurde. Bilder vom Teilchenbeschleuniger und mehrere Graphiken zeigten den Aufbau des Versuchs, gefolgt von einer halbseitigen Gleichung mit unendlich vielen Variablen. Immer wieder tauchten komplizierte Versuchsanordnungen auf, die Vincents Tante zum Überprüfen der Theorien erfunden hatte. Wahrscheinlich gab es auf der Welt nur eine Handvoll Menschen, die damit etwas anfangen konnten. Leonie blätterte auf die nächste Seite und schüttelte ungläubig den Kopf. »Das kann doch nicht sein.«

Die Theorie der zwei Welten: Ein Experiment

Außer der Überschrift war auch in der gedruckten Ausgabe alles geschwärzt.

Das Piepsen ihres Handys holte Leonie zurück in den Lagerraum. Der Daten-Upload war abgeschlossen. Vom vielen Nachdenken war ihr ganz heiß geworden, und sie stand auf. Erst jetzt bemerkte sie, dass der Bienenschwarm in einem an- und abschwellenden Ton summte und dieses Summen von Mal zu Mal lauter wurde, als seien die winzigen Maschinen schon ganz ungeduldig.

»Dann zeigt mal, was ihr draufhabt«, flüsterte Leonie und drückte den rot blinkenden Startbutton des Programms. Eine Welle durchlief die Bienensäule, bevor sich der Schwarm waagerecht legte und in einer Schlangenformation durch einen Lüftungsschacht nach draußen schoss.

Yashi rannte keuchend nach Hause. Er schaffte es gerade noch rechtzeitig in sein Zimmer, bevor seine Mutter klopfte und ihn nach seinem Armband fragte.

»Draußen ist ein Mann vom Sicherheitsdienst«, sagte sie aufgeregt. »Bist du wieder, ohne dich abzumelden, bei den Leuten im Wohnwagenpark gewesen? Um die Uhrzeit?«

»Ich hab nur gedacht, Papa ist am Eden-Park-Eingang, wegen dem Besucherparkplatz, den hat es unterspült.«

Seine Mutter hob eine Braue. »Wieso haben sie dich dann in der Altstadt markiert? Lieferst du mir dafür auch eine Erklärung?«

»Ich … ich hab Papa nicht am Eingang gefunden, deshalb hab ich's in der Altstadt versucht.« Yashi machte eine Pause und fügte hinzu: »Ich wollte ihm bloß helfen.«

»Das war das dritte Mal in diesem Jahr, dass sie dich ohne Armband irgendwo erwischt haben, wo du nicht sein solltest. Wenn sie dich erst heruntergestuft haben, wird es schwierig, wieder aufzuholen. Also *keine* Ausflüge mehr! Auch nicht, um deinem Vater zu helfen.«

»Tut mir leid.«

»War Leonie auch wieder dabei?«

»Nein.«

Yashis Mutter zog die Stirn kraus. »Du weißt, was für ein Glück wir haben, hier wohnen zu dürfen. Wir haben so lange nach einer guten Arbeit gesucht. Und die Schule in Eden Park ist die beste, die es gibt.« Sie ging zur Tür und blieb stehen. »Auch wenn ich Leonie mag. Für sie gelten andere Bedingungen. Wir sind hier nur so lange Gast, wie wir uns an die Regeln halten.«

Yashi nickte. »Es tut mir wirklich leid.«

Äsch stemmte sich mit aller Macht gegen die unsichtbaren Wellenstürme. Um Kraft zu sparen, hatte er seine nicht gerade wind- und wellenschnittige Gestalt beibehalten und sich nur um mehr als die Hälfte verkleinert. Mehr ging nicht, sonst konnte er den Rucksack mit den Würfeln nicht mehr tragen. Ihre Strahlung hatte begonnen, sich auszudehnen und die negativen Wellen hier oben in der Erdatmosphäre zu bekämpfen. Zwar bestand Äschs Smoking aus einem abschirmenden Material, aber am Hinterkopf spürte er ganz deutlich, wie die Anti-Strahlung an ihm zerrte und Bilder, Geräusche und Stimmen in seinen Kopf zeichnete, die gar nicht existierten. Immer wieder musste er sich sagen, dass er sich in der Wirklichkeit der Erd-Dimension befand. Dass er sich diese Stimmen nur einbildete, die ihn von seinem Weg abbringen und ihm einreden wollten, dass er das Schicksal dieser Welt nicht ändern konnte.

Er würde nicht sterben, wenn die Würfel zu früh explodierten und sich miteinander zu einem Schutzschirm verbanden. Er konnte ja nicht sterben, nicht richtig sterben, wie andere Geschöpfe, wie die Menschen und Tiere hier oben auf der Erde oder die Bewohner der inneren Welt. Aber er würde den Verstand verlieren und seine Erinnerungen. Und die Erinnerung an diesen Jungen, an Vincent und seine beiden Freunde, waren das Schönste, was er in all den Jahren der Einsamkeit und Enttäuschungen erfahren durfte. Diese Wellen der bedingungslosen Freundschaft, der Hoffnung und Unvoreingenommenheit, hatten sein einsames Wesen zum Klingen gebracht, wie die kleinen silbernen Glöckchen, die er einmal von einer Reise zu einem anderen kriegerischen Planeten mitgebracht hatte und zum Läuten brachte, wenn er sich nach Geborgenheit sehnte.

Aber vielleicht, dachte Äsch weiter, vielleicht war das der Preis, den er bezahlen musste, wollte er den Jungen und seine Freunde retten. Vincent würde ein Held sein, eines Tages würde er ein Held sein, ein stiller Held, der durch sein Handeln und seine Verbundenheit mit allen Lebewesen die Welt verändern würde. Ja, Kinder, dieses Kind, nein, diese Kinder, korrigierte er sich, konnten das. Sie konnten ihre Welt zu einer besseren machen.

Äsch duckte sich, aber die paradoxen Verwirbelungen, die ihm aus dem Bohrloch entgegenschlugen, trafen ihn wie Peitschenhiebe. Seine geschrumpfte Smokingjacke flatterte wie eine Flagge im Sturm, sein Gesicht sah aus wie Knetmasse, in die der Wind tiefe Furchen geschnitten hatte. Geduckt arbeitete er sich an den Rand des Bohrlochs vor. Dort angekommen, schleuderte er einen der Würfel mit aller Kraft in den dunklen Schlund. Kurz darauf prallte eine Druckwelle gegen Äschs Körper, riss ihn von den Beinen und schleuderte ihn durch die Luft. Äsch schaute nur kurz auf seine Uhr – noch vierzig Minuten – und stolperte weiter.

Bei fünf der neun Bohrlöcher hatte sich Äsch auf sein Bauchgefühl verlassen können. Je größer der Schmerz in seinem Kopf,

Unter paradoxen Verwirbelungen versteht man plötzlich aufkommende Wellenstürme, die zwischen der inneren und der äußeren Welt entstehen. Anstatt sich gegenseitig zu vernichten, wickeln sie sich wie Seile umeinander, was sich für jedes Lebewesen, Äsch eingeschlossen, anfühlt, als würde man im Wechsel extrem heiß und kalt duschen und in Gedanken zwischen Vergangenheit und Gegenwart hin und her springen.

je trauriger die Erinnerungen, desto tiefer war das Loch und damit auch die Intensität der Wellenstrudel.

Erschöpft schob er sich eine Handvoll Erdnussflips in den Mund. Es gab noch mindestens fünfzehn Bohrlöcher, die in Frage kamen, und jetzt auch noch den Krater vor dem Eingang zu Eden Park. Ohne unwahrscheinlichen Blitzantrieb war es so gut wie unmöglich, sie alle zu schließen, bevor der Exit begann. Aber inmitten dieses unsichtbaren Wellensturms könnte Äschs Blitzantrieb ein enormes Erdbeben auslösen und unzählige Menschen töten oder auflösen.

Resigniert machte er sich auf den Rückweg nach Eden Park. Wenn er die katastrophale Schwerelosigkeit schon nicht verhindern konnte, dann wollte er wenigstens das Leben des Jungen retten.

DREIUNDZWANZIGSTES KAPITEL

Der falsche Duft

»Vincent«, sagte eine Stimme wie durch einen Berg aus Watte. »Vincent!« Es war die Stimme eines Mädchens. Die Stimme, die er schon einmal in einem Traum gehört hatte. In der Nacht des Bebens. In Hochtal. Doch jetzt wusste Vincent, zu wem sie gehörte. Zu Leonie! War das möglich?

Ein paar Wochen, bevor sie sich zum ersten Mal begegnet waren, hatte er schon einmal ihre Stimme gehört. Vincent schüttelte innerlich den Kopf. Dann öffnete er die Augen und sah die Umrisse ihres schmalen Gesichts. Nur die Nase war scharf, der Rest verschwommen. Aber was war das im Hintergrund? Ein surrender Ball aus … aus Bienen?

»Hey, du siehst gar nicht gut aus.« Leonie strich ihm besorgt über die Stirn.

Vincent richtete sich auf. »Ich muss eingeschlafen sein.«

»Wo ist Yashi?«

»Sie haben ihn markiert. In der Altstadt.«

Leonie nahm ihr Handy. »Mist. Die Sicherheitsleute sind gerade bei ihm zu Hause.« Sie schrieb ihm eine Nachricht, dass er so schnell wie möglich zur Bibliothek kommen sollte.

Vincent kniff die Augen zusammen. Der Raum schien zu schwanken. Leonie weitete erschrocken die Augen. Ihr Mund öffnete sich zu einem stummen Schrei. »Du … du leuchtest.«

Der Streifen auf Vincents Arm sah aus, als würde er von innen heraus brennen. »Es ... es tut nicht weh«, sagte er und stellte erleichtert fest, dass die Auslöschung sich nicht weiter ausgebreitet hatte. Komischerweise fühlte er sich auch nicht mehr so schwach. Und das Gefühl der Kälte ... es war verschwunden.

»Wie spät ist es?«, fragte Vincent. Die Ziffern auf seinem Handy waren nur ein hektisches Flimmern.

»Kannst du aufstehen?«, frage Leonie. »Geht das?«

»Denk schon.«

Leonie fasste Vincent unter den Arm und half ihm dabei, auf die Beine zu kommen. »Noch fünfunddreißig Minuten, bis sich Äschs Planet aus unserem herauslöst, wenn das wirklich stimmt.« Eine heftige Erschütterung ließ sie verstummen, überall fielen Bücher aus den Regalen, es schepperte und knallte, und dann hüllte Vincent und Leonie ein tiefes Brummen ein.

»Ich glaube, es passiert«, sagte Vincent. »Es geht los.«

»Wo ist denn dieser Äsch? Ist er abgehauen? Lässt er uns doch im Stich?«

Vincent schüttelte den Kopf. »Er bringt die anderen Würfel zu den Bohrlöchern. Er will uns retten.« Erneut zitterte der Boden, und im selben Moment teilte sich der Bienenschwarm auf. Die eine Hälfte schoss auf Vincent zu. Die andere verschwand raschelnd durch die Lüftungsschlitze im Boden.

Vincent fuchtelte wild um sich, als die Bienen anfingen, auf ihm zu landen. Es pikste und krabbelte überall, und Vincent hatte Panik, dass die kleinen Tiere in seine Ohren krochen oder in seinen Mund. »Aaaaaah! Hilfe!«

»Was ist denn mit denen los?«, rief Leonie entsetzt. Sie packte sich ein Buch und fing an, damit in der Luft herumzuwedeln. »Haut ab, ihr nutzlosen Mistviecher! Ihr seid falsch programmiert.«

Nach und nach fielen die kleinen Maschinen leblos zu Boden und machten dabei traurig klackernde Geräusche. Sobald Leonie die letzte falsche Biene aus Vincents Haaren gezogen hatte, rief sie die App auf.

»Zwei Treffer? Aaaach, die App ist einfach Schrott.« Sie zog den Handschuh aus ihrer Jacke. »Ich hab die Bienen sogar mit Duftinformationen von deinem Onkel gefüttert.«

»Ähm, Leonie, das ist mein Handschuh«, sagte Vincent.

»Ah.« Leonie starrte betreten den Boden an. »Das erklärt so einiges«, sagte sie dann niedergeschlagen und verfolgte das dunkle Livebild auf ihrem Handy, das der andere Teil des Bienenschwarms übertrug.

Vincent rieb sich die Augen. Er konnte wieder scharf sehen, und sein Handy zeigte eine Nachricht. Sie war von Cornelius.

Komm so schnell wie möglich in mein Labor unter der alten Bibliothek. Der Sensor am Eingang reagiert auf deine Stimme.

Die Nachricht war schon eine Stunde alt. Er war also hier unten. Direkt unter ihnen im Labor!

»Die Bienen haben ein zweites Ziel ausfindig gemacht«, sagte

Leonie in dem Moment. »Dein Onkel! Sie haben ihn doch gefunden.«

»Ja«, antwortete Vincent. »Er ist direkt unter uns. Wir müssen sofort zu ihm.«

Leonie und Vincent rannten zum Aufzug und fuhren sechs Stockwerke in die Tiefe. Vincent spürte einen enormen Druck auf den Ohren. Und als der Aufzug stoppte, hatte er für die Winzigkeit einer Sekunde den Eindruck, zu schweben.

Die Aufzugtüren glitten lautlos zur Seite. Eiskalte Luft schlug ihnen entgegen. Auf den dicken blauen Röhren, die sich durch den Rundgang zogen, hatte sich eine glitzernde Eisschicht gebildet. Bald hörten Leonie und Vincent das an- und abschwellende Brummen der Bienen. Das Licht flackerte, als wäre es aufgeregt, und dann war da noch ein Geräusch: ein scharfes Klicken. Vincent glaubte, das Geräusch zu kennen. Sich zu erinnern. Auch der modrige Geruch kam ihm bekannt vor.

»Dein Onkel hat den Teilchenbeschleuniger aktiviert«, sagte Leonie, als sie Richtung Labor gingen. Man konnte ihren Atem sehen. »Deshalb ist es hier drin so kalt wie in einem Eisschrank.«

In der frostigen Umgebung fühlten sich Vincents Beine steif an. Er hatte den Eindruck, dass der Betonboden unter seinen Schritten nachgab. Sie kamen an einem Schaltkasten vorbei, doch auf der glänzenden Oberfläche spiegelte sich nicht Vincents blasses Gesicht, sondern wieder sah er dort das Bild von einer anderen Welt, das ihn nun schon so lange begleitete und ihm inzwischen so vertraut war. Doch etwas hatte sich verändert: Schmale Schatten zwischen der kreisrunden Anordnung der Holzhäuser, die ausgefransten Umrisse von Menschen irrten kreuz und quer über die Sandwege, und er hörte Stimmen, die aufgeregt durcheinanderbrüllten. Auch wenn er ihre Sprache nicht verstand, spürte Vincent ihre Angst. Sie schälte die letzte wärmende Schicht von seiner Haut und versetzte ihm Nadelstiche.

Stumm folgten sie dem weißen Strich am Boden zur Steuerzentrale des Teilchenbeschleunigers. Bienen säumten ihren Weg. Sie klebten an den vereisten Rohren, und ihre winzigen Flügel hoben sich nur noch schwerfällig. Der Anblick der scheinbar halb erfrorenen Insekten hatte etwas Bedrückendes. Auch wenn sie nicht wirklich sterben konnten, weil sie ja nur Maschinen waren, machte Vincent ihr aussichtsloser Kampf traurig.

»Es ist nicht wegen der Kälte. Die Magnete halten sie fest«, sagte Leonie. »Sie können nicht entkommen, solange die Maschine läuft.« Sie schaute auf eine Übersichtstafel. »Da hinten sind der Detektor und die Zentrale. Da müssen wir hin.«

VIERUNDZWANZIGSTES KAPITEL

Déjà-vu

Cornelius eilte ihnen entgegen. Einige Bienen hatten es durch die Schleuse geschafft. Sie hingen wie Kletten an seiner Jacke, aber es schien ihn nicht zu stören.

»Vincent! Ich hab schon gedacht, du, ich meine, *ihr* …«, er warf Leonie ein freundliches Lächeln zu, »… schafft es nicht hierher.« Er nahm eine Axt aus einem roten Kasten an der Wand und, sobald Vincent und Leonie über die Schwelle waren, verkeilte er sie in der Mechanik der Tür.

»Kann sein, dass wir gleich Besuch bekommen. Sie haben diese kleinen Spione hier geschickt, um ja nichts zu verpassen.« Er schnippte eine Biene vom Kragen seiner Jacke. »Diese Blutsauger von der Alpha-Gruppe geben einfach nicht auf. Ihre Habgier ist ungebrochen. Aber so leicht werden sie nicht gewinnen.«

»Äh … Das mit den Bienen war ich«, sagte Leonie kleinlaut. »Sie haben uns geholfen, Sie zu finden.«

Cornelius schmunzelte überrascht. »Oh, dann musst du die ehrgeizige Computerexpertin sein, von der Vincent erzählt hat.«

Ihr Blick streifte Vincent. »So ehrgeizig bin auch wieder nicht.«

Cornelius verschwand in einen Nebenraum und kehrte mit einem Bürostuhl zurück, der statt auf Rollen auf silbernen Kugeln fuhr. »Setz dich, Vincent. Du musst dich schonen.«

»Wird er sterben?«, fragte Leonie ängstlich.

»Sterben?«

»Er löst sich doch auf.«

»Wer sagt das?«

»Ein Freund.«

»Das ist Quatsch.« Cornelius schob Vincent durch einen langen Korridor. Vorbei an verwaisten Glaskästen, Aktenschränken und Büros, die aussahen, als hätte bis vor kurzem noch jemand darin gearbeitet. Überall Papierstapel, Monitore und grüne Tafeln mit endlosen Kolonnen aus Formeln, die nirgendwo endeten. Leonie kam aus dem Staunen nicht mehr heraus.

Der Geruch änderte sich, je weiter sie sich von der Schleuse entfernten. Es roch hier eher nach verbranntem Plastik und kaltem Rauch. Wahrscheinlich wegen des Feuers damals, bei dem seine Tante ums Leben gekommen war, dachte Vincent.

Sie erreichten einen Saal, der an die Kommandozentrale der NASA erinnerte, und gingen vorbei an Reihen mit hell erleuchteten Computermonitoren, über die sich endlose Zahlenreihen aus Nullen und Einsen ergossen. Nach einer weiteren Schleuse gelangten sie in einen holzgetäfelten Raum, der bis unter die Decke mit Büchern vollgestellt war, die das beständige Brummen des Teilchenbeschleunigers schluckten.

So wie das rechteckige Zimmer eingerichtet war, erinnerte es an das Arbeitszimmer in der Bibliothek. Auf der Stirnseite befand sich ein altertümlicher Schreibtisch, über dem das Modell eines Sonnensystems im Luftzug der Klimaanlage baumelte. Dahinter hing eine grüne Tafel an der Wand, auf die eine Formel gekritzelt war. Sie bestand aus nur einer einzigen langen Zeile und war am Schluss mit einem dicken Ausrufezeichen versehen.

Auf einem Sekretär auf der rechten Seite lagen die Speziallupe und der Laptop, mit denen Cornelius häufig Vincents Allergie untersuchte. Daneben standen zwei gerahmte Bilder. Eines von Vincents Tante. Und ein anderes, auf dem Vincent zu sehen war, wie er an ihrer Hand vor einer meterhohen Wand aus Magnetspulen stand und breit grinste. Die Aufnahme ähnelte der, die er vorhin in der Hütte gesehen hatte.

»Wo ist eigentlich der Dritte im Bunde?«, fragte Cornelius. »Dieser Junge, von dem du neulich erzählt hast. Hat er das gesagt, mit dem Auflösen?«

»Nein, das war …«

Vincent bedeutete Leonie mit einem Kopfschütteln, nicht weiterzureden. Von Äsch zu erzählen, hätte nur unnötig Zeit gekostet. Und davon hatten sie nicht mehr viel. In weniger als dreißig Minuten begann der Exit.

Cornelius fuhr den Computer hoch. Er strengte sich an, um seine Nervosität zu verbergen, aber seine Bewegungen waren fahrig, und seine Pupillen flackerten unruhig hin und her, als würden tausend Gedanken gleichzeitig durch seinen Kopf rasen.

Leonies Handy vibrierte. Sie lächelte erleichtert. »Yashi, er … er ist auf dem Weg zu uns. Können wir ihn reinlassen? Bitte.«

Cornelius schüttelte den Kopf. »Das geht leider nicht. Das wäre zu gefährlich. Bestimmt sind sie euch hierher gefolgt.« Ohne eine weitere Erklärung nahm er die elektronische Lupe vom Schreibtisch und näherte sich damit Vincents Arm. Zwar

war die Auslöschung nicht weitergewandert, aber das Leuchten war noch stärker geworden.

Seltsamerweise war Vincents bleierne Erschöpfung völlig verschwunden. Vielleicht lag es daran, dass sie so tief unter der Erde waren. Vielleicht schirmte das wirklich die gefährliche Strahlung ab. Es fühlte sich auch an, als hätte er in der letzten halben Stunde kiloweise Gewicht verloren. Nur der Würfel in seiner rechten Hosentasche schien sein Gewicht beibehalten zu haben.

Diesmal hatte Cornelius den Ton des Programms nicht stumm geschaltet, als er die Lupe dicht über seine Haut gleiten ließ. Ein einziges Rauschen, Tackern und Zischen war zu hören.

Vincent beobachtete die Wellen auf dem Monitor. Sie waren größer als sonst – und löschten sich im Sekundentakt gegenseitig aus. Größere Wellen schienen gegen kleinere, leicht gezackte Wellen zu kämpfen, sie zu überlagern und ihnen ihren Rhythmus aufzuzwingen, bis nur noch eine flache Linie übrig blieb.

»Was ist mit ihm?«, fragte Leonie. »Macht das die Allergie, dass sich die Wellen auslöschen?«

Cornelius schluckte. »Vincent hat keine richtige Allergie. Die Ursache für diese Auslöschung ist eine andere. Ich frag mich nur, woher diese Extrawellen kommen. Die sind nicht menschlicher Natur, oder der Computer ist defekt. Ja, das wird es wohl sein.« Er startete das Programm neu. Dann schaute er Vincent direkt in die Augen. »Was ich dir jetzt sage, klingt verrückt, aber es ist die Wahrheit. Und diese Wahrheit …«

Weiter kam er nicht. Es gab einen lauten Schlag, die Lichter über ihnen blitzten hell auf, die Regale auf der linken Seite des

Raums wackelten, bevor die Bücher flatternd über Leonie, Vincent und seinen Onkel hinwegschossen.

Cornelius riss die Kinder zu Boden und warf sich schützend über sie, bevor ein eiskalter Luftschwall über sie hinwegjagte und der Computer kreischende Laute ausstieß.

Danach war es still und dunkel.

FÜNFUNDZWANZIGSTES KAPITEL

Der neunte Würfel

»Ähm, sorry«, sagte eine Stimme. Sie gehörte zu Äsch. Das Licht war wieder angegangen. Äsch saß auf dem Boden, und neben Äsch saß Yashi.

Vincent konnte sich ein Grinsen nicht verkneifen. Es sah wirklich komisch aus, wie die beiden sich aus dem Bücherhaufen freischaufelten.

»Wer seid ihr?«, fragte Cornelius und schüttelte fassungslos den Kopf.

»Ich gehöre zu den beiden«, brachte Yashi hervor, er zeigte auf Vincent und Leonie.

»Dann musst du Yashi sein.«

»Genau.«

»Und ich bin Äsch«, sagte Äsch und räusperte sich. Sein Gesicht war furchig und faltig, als sei er hundert Jahre alt.

Vincents Onkel blickte den Boten feindselig an. »Gehören Sie zur Alpha-Gruppe? Sie wissen, dass Sie hier nicht reindürfen! Das hat das oberste Gericht entschieden.« Er griff nach einem Gegenstand, der wie ein altmodischer Briefbeschwerer aussah, an dessen Vorderseite jedoch mehrere LEDs rot blinkten, und ging in Angriffshaltung. »Ich werde Ihnen die Formel nicht geben. Sie haben mit Ihren Bohrungen schon genug Schaden angerichtet. Sie werden noch alle umbringen mit Ihrer Gier!«

»Oh … nein, das ist ein Missverständnis«, sagte Äsch und hob beschwichtigend die Hände. »Ich gehöre zu den Kindern. Auch wenn ich vielleicht nicht so aussehe.« Er grinste unnatürlich breit.

»Und was haben Sie hier verloren?«, fragte Cornelius.

»Ver-? Verloren hab ich nichts«, stammelte Äsch, verdrehte dabei komisch die Augen und stockte. Irgendwas stimmte mit ihm nicht. »Der Frühling«, sagte er beinahe singend, »der Frühling lässt sein … sein … sein blaues Band …«

»Was hast du?«, fragte Vincent besorgt.

»Ich … Super-Ich … am ichsten«, sagte Äsch. Dann schüttelte er den Kopf und rollte derart heftig mit den Augen, dass einem vom Zusehen schwindelig wurde. »Ah, ah, alles in Ordnung. Etwas komisch ist mir.«

Vincent schob ihm den Schreibtischstuhl heran. Äsch setzte sich und atmete mehrmals hintereinander tief ein.

»Geht es wieder?«, fragte Vincent.

»Ja, ja, alles im blauen, ähm, im grünen Bereich.«

»Haben Sie getrunken?«, fragte Cornelius misstrauisch.

»Nein. Gegessen. Nur gegessen. Big Crunch sind die besten.« Äsch stieß ein hysterisches Lachen aus, während er den Rucksack mit den Würfeln aus dem Bücherhaufen zog.

Was war nur mit ihm los? Vincent sah ihn wieder doppelt, doch diesmal waren beide Versionen durchsichtig. »Äsch ist ein Freund«, sagte Vincent zu Cornelius.

»Wie dem auch sei.« Cornelius schüttelte den Kopf und wandte sich Vincent zu. »Wie haben nicht mehr viel Zeit.« Sein

Blick ging zu einer Graphik auf seinem Computer. »Die Strahlungswerte steigen an.«

Er drückte auf einen Knopf unter der Tischplatte des Schreibtischs, und das halbleere Bücherregal schob sich ächzend zur Seite. Dahinter kam ein hell gefliester Raum zum Vorschein. In der Mitte ein Podest mit einer gläsernen Kabine. Cornelius nahm den Gegenstand, mit dem er Äsch vorhin bedroht hatte und ließ ihn in eine Öffnung in der Wand gleiten. Die LEDs an der Vorderseite blinken jetzt grün, und ein Brummen ertönte.

Vincent hatte ein Déjà-vu. War er schon mal hier gewesen? War das alles schon einmal passiert?

»Was haben Sie vor?«, fragte Äsch mit krächzender Stimme. Sein Blick war plötzlich ganz klar. »Sie … Sie dürfen Vincent nicht teleportieren. Auf keinen Fall. Unsere Empfänger können die Fehler nicht korrigieren. Die Wellen in seinem Körper spielen verrückt, weil er aus irgendeinem Grund auch Teile der inneren Welt in sich trägt. Er wird sterben, wenn Sie das tun. Nur der neunte Würfel hält ihn momentan am Leben.«

»Woher wollen Sie das wissen?«, sagte Cornelius. »Und was soll das überhaupt für ein Würfel sein, von dem Sie da reden?«

Vincent zog den Würfel aus seiner Hosentasche. Das Blinken war unregelmäßig und schnell geworden. Genau wie der Schlag seines Herzens.

»Ich habe Ihre Formeln studiert«, machte Äsch weiter. »Aber in diesem Fall ist alles noch viel komplizierter. Wenn Sie Vincent wirklich helfen wollen, muss er so schnell wie möglich dorthin, wo der energiereichste Krater ist. Nur ein dreifach verzwirbelter Energie-Crash kann Vincent vor der Auslöschung bewahren.«

»Papperlapapp, so etwas gibt es doch nur in Filmen!«, entgegnete Cornelius. »Sagen Sie mir endlich, wer Sie wirklich sind und was Sie von Vincent wollen!«

»Ich will nichts mehr, als ihn retten. Er ist mit beiden Welten verbunden. Er ist ein Wunder. Er ist eine Brücke zwischen hier und dort und vielleicht auch überall.«

Vincent spürte ein leichtes Brennen, dort, wo der Würfel seine Hände berührte. Irgendetwas stimmt mit seinen Augen nicht. Alle paar Sekunden sah er von dem Raum, den Möbeln und Büchern nur noch die Umrisse. Die Flächen waren leer. Wie in einer Bleistiftzeichnung.

Cornelius nahm erneut die Lupe vom Tisch, doch Äsch schlug sie ihm aus der Hand. »Dieses Gerät kann so spezielle Wellen nicht messen! Sie müssen mir einfach glauben! Was Vincent da in seiner Hand trägt, ist hypergalaktische Antimaterie!«

Cornelius' Messgeräte zeigten keinen Ausschlag. Dafür sah Vincent etwas anderes: Auf der Spiegelung der gläsernen Trennwand sah er sich selbst. Zwei Versionen von sich. Neben den zwei Versionen von Äsch.

»Wir brauchen die Koordinaten des größten Kraters«, rief Äsch und raufte sich die Haare. »Vincent muss sich genau dort in eine Superposition begeben, bevor der Würfel zu schwach wird.«

Äsch wischte die Formel von der Tafel, nahm ein Stück Kreide und schrieb in Windeseile eine neue Gleichung hin, die nur wenige Zahlen und Buchstaben lang war. »Sie brauchen Beweise? Das ist der Beweis«, sagte er und machte einen Punkt. Die Kreide zerbrach. »Wenn Sie Vincent teleportieren, wird die Leere zwischen den Elementarteilchen auch die intakte Materie auslöschen. Er wird für immer unsichtbar sein. Tot. Ein Geist. Gefangen zwischen den Welten. Nennen Sie es, wie Sie wollen!«

Leonie und Yashi starrten Vincent entsetzt an, dann wandten sie sich an Cornelius. »Sie müssen Äsch glauben«, sagte Leonie verzweifelt und stampfte dabei ungeduldig mit dem Fuß auf. »Vincent ist was Besonderes. Er kann durch Wände gehen.«

Cornelius reagierte nicht. Seine Augen überflogen die Gleichung Zeile für Zeile. »Nein, nein, nein! Ihre Annahme ist falsch, Herr Äsch«, sagte er und wischte mehrere Buchstaben weg. »Die Atome werden nicht einfach unsichtbar, wenn sie sich auslöschen. Das ist Hokuspokus. Das ist wider jede Vernunft, wie alles, was Sie hier von sich geben.«

Äsch schüttelte enttäuscht den Kopf. »Aber es ist die Wahrheit mit aller mir zur Verfügung stehenden Wahrscheinlichkeit. Sie dürfen Vincent nicht teleportieren! Auf keinen Fall!«

Vincent wusste nicht mehr, wem er glauben sollte. Er umschloss den Würfel fest mit beiden Händen, und diese zweite Version von ihm, seine Spiegelung, begann zu flirren wie eine Fata Morgana über heißem Asphalt.

Aufgebracht redete Äsch weiter: »Bei Ihrer kranken Frau hat die Teleportation nur deshalb funktioniert, weil alle Atome, trotz ihrer schweren Krankheit, am richtigen Platz waren.«

Cornelius' Schultern sackten herab, und er ließ erschrocken die Kreide fallen. »Bei Angelika hat es funktioniert? Sie lebt?«

Äsch nickte. »Ihre Frau ist immer noch verwirrt, nach all den Jahren bei uns, und ihr Geist ist verschränkt, aber ihr Körper ist wieder gesund, und langsam kehren die Erinnerungen zurück. Und damit auch die Sehnsucht nach ihrer Heimat, ihrem Zuhause und Ihnen, dem Menschen, den sie am meisten liebt.«

»Ich glaube Ihnen kein Wort!«

»Haben Sie nicht selbst in einem Ihrer Bücher geschrieben, dass die Physik der kleinsten Teilchen dem Glauben manchmal näher ist als der Wissenschaft?«

»Sie lügen! Sie sind ein verdammter Lügner!« Wie von Sinnen ging Cornelius auf Äsch los, packte ihn am Revers seines goldenen Jacketts und schüttelte ihn. »Wer hat Sie geschickt? Für wen arbeiten Sie? Was haben Sie mit Vincent getan?«

»Lass ihn los!«, rief Vincent. »Er ist kein Spion. Er sagt die Wahrheit!«

Cornelius ließ Äsch tatsächlich los, und der Bote zog sein Jackett zurecht. »In der inneren Welt wissen alle, was Sie getan haben, um Ihre Frau zu retten. Ihre Briefe, die tiefempfundene Liebe, von der darin zu lesen ist, schenkte uns bei jeder Entscheidung Hoffnung und den Glauben, dass die Menschheit es schaffen kann, eines Tages in Frieden zu leben und all die zerstörerischen Eigenschaften wie Habgier und Machtstreben hinter sich zu lassen. Nur deshalb haben wir diesen Planeten nicht schon vor längerer Zeit seinem Schicksal überlassen, sondern sind geblieben.« Äsch fuhr sich verzweifelt mit den Händen über die

Wangen. »Herrje, wir haben überhaupt keine Zeit für all das hier!«

Cornelius' Blick streifte das Porträt von Angelika. »Der Briefkasten funktioniert?«, sagte er vorsichtig. »Die Briefe haben Angelika erreicht?«

»Ja«, sagte Äsch. »Alle Briefe und Postkarten sind angekommen. Der Rat der Kinder konnte Ihrer Frau nur nicht gestatten, Ihnen zu antworten. Das wäre zu gefährlich für unsere geheime Welt gewesen.«

»Heißt das, dass Tante Angelika gar nicht gestorben ist?«, rief Vincent.

»Sie hatte Krebs und nur noch ein halbes Jahr zu leben«, antwortete sein Onkel mit Tränen in den Augen. »Dieser großartige Mensch, mein liebster Mensch, nur noch ein halbes Jahr ... Mit all dem Wissen und all der Liebe. Das war nicht fair.«

»Sie haben Ihre Frau in die innere Welt teleportiert?«, meldete sich Leonie zu Wort. »Um sie zu retten?«

»Unsere Berechnungen hatten ergeben, dass die Zeit dort deutlich langsamer vergeht als bei uns. Das war unsere Hoffnung.«

Äsch nickte. »So ist es. Eine Minute bei uns entspricht etwa sechs Minuten hier oben.«

Cornelius legte seine Hände auf Vincents Schulter. »Deine Allergie. Das, was gerade mit dir passiert, das ist alles meine Schuld. An dem Abend, als ich Angelika in die innere Welt teleportiert habe, bist du uns hierher ins Labor gefolgt und hast einen Teil der Strahlung abbekommen. Du warst drei Jahre alt.«

Äsch schlug sich die Hand vor den Mund. »Das könnte die Erklärung dafür sein, warum er mit beiden Seiten verbunden ist. Deshalb löst Vincent sich auf.«

»Ich würde alles dafür geben, um diesen schrecklichen Zwischenfall ungeschehen zu machen. Vincent, du –«

Eine neue Erschütterung unterbrach ihn.

»Die Beben haben begonnen«, sagte Äsch. »In fünf Minuten wird die Erdanziehungskraft aufgehoben.« Er wuchtete die beiden verbliebenen Würfel aus dem Rucksack. »Ich habe nicht alle aussenden können. Bei den letzten beiden hat mein Bauchgefühl versagt. Das bedeutet, dass wir das Unglück nicht verhindern können. Doch der neunte Würfel, der kann Vincent retten, wenn er seine Strahlung über dem richtigen Krater freigibt.« Äschs Gesicht verzog sich zu einer Grimasse. »Ich … ich …«, sagte er und hielt sich am Schreibtisch fest. Sein Kopf begann zu zittern, und vor ihren Augen schrumpfte der Bote auf die halbe Größe.

»Freunde«, brachte Äsch mit heiserer Stimme hervor. »Für immer Freunde.« Er wurde ohnmächtig.

Leonie nahm entschlossen ein Glas Wasser vom Tisch, murmelte: »Es tut mir leid«, und kippte es ihm ins Gesicht.

Äsch kam wieder zu sich, aber er hatte Mühe, die Augen zu öffnen.

»Wir müssen Vincent an die richtige Stelle bringen, bevor es zu spät ist.« Dann verlor er erneut das Bewusstsein.

Vincent rüttelte ihn an der Schulter, aber er wachte nicht mehr auf.

Ein Säuseln drang aus Äschs Mund. »Tu-tu-tunneln«, murmelte er, bevor sein Kopf leblos zur Seite kippte. »Vincent muss tunneln.«

»Äsch! Du darfst nicht sterben!«, rief Vincent. Eine Träne lief über seine Wange, während er Äsch umarmte. »Wir brauchen dich doch.«

»Wir haben keine Zeit mehr«, sagte Cornelius, seine Pupillen flackerten hin und her wie unter Schock.

Yashi und Leonie blickten ihn feindselig an, doch er ließ sich davon nicht beirren, sondern drückte auf eine Fernbedienung, und es wurde kurz dunkel. Dann wurde der Raum mit der Glaskabine in ein blaues Licht getaucht.

»Nein! Das wird ihn umbringen!«, schrie Yashi Cornelius wütend an.

Leonie riss ihren Blick von Äschs eingefallenem Gesicht los und schaute auf ihr Handy, das zu vibrieren begonnen hatte. Ein flirrendes Bild wurde angezeigt. »Ich, ich glaube, ich weiß, wo der Krater ist, den wir suchen. Es ist der vor dem Haupteingang. Ein paar Bienen haben sich von den Schwärmen gelöst und sind nach draußen gelangt. Sie melden dort außergewöhnlich starke Magnetströme. Vincent, wir müssen dich dorthin bringen.«

»Vincent wird auf keinen Fall dort hingehen!«, sagte Cornelius mit schneidender Stimme. »Das würde ihn umbringen.« Ein Computerterminal schob sich vor ihm aus dem Boden, und er startete das Teleportationsprogramm. »Die Strahlenwerte steigen überall immens an. Eden Park muss sofort evakuiert werden.« Eine rote Lampe begann zu blinken. »Die Transformatoren haben sich aufgeladen. Wir …« Cornelius drehte sich um und erstarrte.

Vincent, Leonie und Yashi waren verschwunden.

»Was haben sie vor?«, fragte Cornelius den bewusstlosen Äsch. Er war noch weiter geschrumpft. Jetzt hatte er nur noch die Größe eines Babys. »Die Kinder kommen hier nicht raus, wenn ich die Schleuse nicht öffne«, redete Vincents Onkel unbeirrt weiter.

Äsch öffnete schwerfällig ein Auge und sagte mit schleppender, raschelnder Stimme. »Für Vincent gibt es diese Grenzen nicht mehr.«

SIEBENUNDZWANZIGSTES KAPITEL

Die Entscheidung

Vincent musste nur einmal kurz auf der Stelle tanzen. Dann spürte er wieder, wie diese unsichtbare Kraft gegen seine Wirbelsäule drückte. Jetzt wusste er genau, wann er sich abstoßen musste. Er streckte die Arme nach vorne, bis er wie ein flaches Brett in der Luft lag und wie ein Pfeil beschleunigt wurde. In seinen Ohren zischte es. Die Stahltür sah aus, als würde sie schmelzen. Er hielt die Spannung und tunnelte mit Leonie auf dem Rücken durch die Schleuse.

Die Landung war diesmal kein Problem. Er schaffte es, den Sprung in den Knien abzufedern und Leonie sicher abzusetzen. Dann ging er sofort wieder auf die andere Seite und machte dasselbe mit Yashi.

Sie hatten die beiden verbliebenen Würfel mitgenommen. Auch wenn Vincent seinen Onkel liebte und ihm vertraute, glaubte er, dass Äsch in diesem Fall recht hatte. Vincent musste es rechtzeitig zu dem Krater am Eingang von Eden Park schaffen, wenn er überleben wollte.

»Ich habe auch die Koordinaten der anderen beiden Löcher«, verkündete Leonie.

Yashi hatte eine Drohne gekapert und befestigte nun einen der beiden Würfel an der Haltevorrichtung. »Du musst sie für die Drohnenfänger unsichtbar machen«, sagte er zu Leonie.

»Wird erledigt.« Leonie tippte mit fliegenden Fingern auf ihr Handy ein.

»Wo ist das dritte Loch?«, fragte Vincent. Schweiß rann ihm von der Stirn. Seine Schritte waren noch leichter geworden. Wenn das so weiterging, würde er bald schweben. Er würde schwerelos sein, wie ein Astronaut auf dem Mond. Und das machte ihm Angst.

»Liegt auf halber Strecke nach Hochtal«, seufzte Leonie nach einigen Sekunden. »Dafür reicht der Akku der Drohne nicht.«

»Das übernehme ich«, sagte Yashi und schwang sich auf sein Hoverboard. »Leonie, du bringst Vincent und den neunten Würfel zum Haupteingang.«

»Nein«, sagte Vincent. »Das ist zu gefährlich, selbst für normale Menschen. Die Strahlung dort ist jetzt viel zu stark.« Er wollte Leonie nicht in Gefahr bringen. Er wusste nicht, was passieren würde, wenn er den Würfel in den Krater warf.

Leonie blickte ihn unentschlossen an. »Aber … ich bin nicht feige.«

»Nein, bist du nicht«, sagte Vincent. »Du bist mutiger als Huckleberry Finn.« Er stellte sich auf das andere Hoverboard, als er spürte, wie sein Herz ein paar Schläge lang aussetzte. Es fühlte sich an, als würde es stolpern. Die Auslöschung leuchtete jetzt durch sein T-Shirt hindurch. Sein Brustkorb war ein einziger leuchtender Fleck. »Bringt euch in Sicherheit, wenn die Schwerkraft aussetzt! Danke, dass ihr mir geholfen habt.«

»Noch drei Minuten«, rief Leonie ihm hinterher. »Du musst dich beeilen, Vincent. Du musst es schaffen.«

Vincent schoss Richtung Haupteingang davon. Obwohl es dunkel war, sah er alles ganz klar. Die Häuser, Straßen und Plätze wurden zu Strichen und Schraffuren, zu geometrischen Figuren ohne Inhalt. Selbst die Bäume und Büsche erschienen ihm unwirklich wie Bleistiftzeichnungen.

»Ich bin bei dir«, sagte plötzlich eine Stimme aus dem Nichts. Sie gehörte zu Äsch, aber er war unsichtbar. »Schau nach vorne.«

Das tat Vincent. Nur eine Sekunde schielte er nach rechts. Da saß ein Marienkäfer. Seine Flügel flatterten im Fahrtwind, als würde es ihn gleich fortreißen. Hatte Äsch sich verwandelt? In einen Marienkäfer?

Es spielte keine Rolle.

»Aber du wirst sterben, wenn du mitkommst«, sagte Vincent. »Das hast du doch selbst gesagt.«

Der Marienkäfer bewegte sich, Vincent spürte das Krabbeln auf seiner Haut. Es fühlte sich viel zu schwer an für ein gewöhnliches Insekt.

»Ich … ich habe nie wirklich gelebt«, erwiderte der Bote. »Leben bedeutet doch, ein Zuhause zu haben und Freunde, die alles von dir wissen und dich trotzdem gern haben.«

»Wir sind Freunde«, sagte Vincent. »Und Leonie und Yashi auch.« Er wollte nicht, dass der Bote starb. Er wollte nicht, dass irgendwer starb. Sein Herz ratterte nun wie verrückt. Der Würfel blinkte. Aus den Seitenflächen schossen kleine blaue Blitze, die sich in Spiralen in seine Haut bohrten. Wie kleine Stromstöße fühlte sich das an.

»Hab keine Angst!«, rief Äsch, gefolgt von einem Schluckauf, der selbst Vincent durchrüttelte. »Nur noch vierzig Sekunden«, kam es leise.

Vincent hatte abgebremst. Vor dem Haupteingang standen mehrere Wagen der Sicherheitsfirma. Ihre Scheinwerfer blendeten ihn. Die Strahlen trafen ihn wie Peitschenhiebe. Er stöhnte schmerzvoll auf und machte sich so klein wie möglich, um nicht getroffen zu werden.

»Was soll ich tun?«, fragte Vincent außer Atem. Sein Herz – er spürte es nicht mehr. Seine Haut fühlte sich taub an. Er traute sich nicht, auf den Würfel zu schauen. Er hielt den Atem an. Die Lichtstrahlen waren keine Lichtstrahlen mehr, sondern eine Reihe von länglichen hell leuchtenden Geschossen, die wie an einer Schnur aufgefädelt über ihn hinwegzischten.

»Fahr weiter«, sagte Äsch. Seine Stimme hörte sich verzweifelt an. »Fahr einfach weiter und vertrau mir.«

»Aber du darfst nicht sterben.« Das Board begann zu wanken. An der Spitze begann es, rot zu blinken. Wahrscheinlich war der Akku gleicht leer.

»Wir werden uns wiedersehen. Das verspreche ich dir bei allen Wahrscheinlichkeiten in deiner und meiner Welt. Und jetzt volle Kraft voraus!«

Vincent nahm seinen ganzen Mut zusammen und jagte auf den Ausgang zu. Drohnen stiegen vor ihm in die Luft und versperrten den Weg. Selbst wenn er wollte, er konnte nicht mehr ausweichen. Die Auslöschung hatte seine linke Brust erreicht. In seinen Ohren rauschte das Blut, obwohl sein Herz zu schlagen aufgehört hatte.

»Du musst es schaffen«, hörte er Äschs Stimme ein letztes Mal. Dann kam von allen Seiten ein scharfes Klicken. Blaue Blitze schossen an ihm vorbei, trafen die Drohnen und ließen sie explodieren. Vincent raste mitten durch die Feuerbälle, spürte die glühende Hitze in seinen Augen und versuchte, den umherfliegenden Trümmerteilen auszuweichen. Die Spitze eines Rotorblatts traf seinen rechten Arm. Er spürte es nicht. Unsichtbare Hände griffen nach ihm und verhinderten, dass er vom Board stürzte und in die Tiefe fiel. Er schlingerte über die Sperre hinweg und hielt auf den Krater zu. Mit letzter Kraft zog er den Würfel aus seiner Tasche und schleuderte ihn in das Zentrum des Kraters hinein.

Einen Augenblick später schnappte eine gewaltige Kraft nach Vincent und riss ihn mit in die Tiefe, in das Nichts. Doch statt Angst erfüllte ihn ein Gefühl tiefer Dankbarkeit. Der freie Fall, der Flug, der Sturz verlangsamte sich, bis Vincent nur noch Dunkelheit umgab. Und Stille. Eine wunderbare Stille. Diese Dunkelheit war nichts, vor dem man sich fürchten musste, sondern voll Ruhe und Schwerelosigkeit.

Vor Vincents Augen erschienen dicke schwingende Saiten, wie die einer Gitarre. Vincent meinte, ein leises Summen zu hören, wie das Abklingen eines Tons, der letzte Moment, bevor er sich in die Stille fügte. Die Saiten, es mussten Hunderte sein, reichten kilometerweit in die Tiefe. Und an diesen Saiten hingen seine Erinnerungen, schöne Erinnerungen, Bilder und Düfte, die sich ständig veränderten, je mehr er sich darauf konzentrierte. Vincent hörte eine sanfte Melodie, die ihm allen Schmerz nahm, sich wie eine Decke an seine Haut schmiegte und ihn wärmte, bis nur noch ein einziger heller Ton übrig blieb. Er begann, diesen Ton zu summen, spürte seine Vibration zuerst auf der Zunge, dann auf den Lippen und schließlich in Armen und Beinen, Kopf und Bauch, als sei er selbst ein Instrument. Die Dunkelheit begann zu bröckeln wie eine Mauer aus Sandstein, je stärker sich Vincent auf diesen einen Ton konzentrierte. Und während das Licht durch die Risse in der Mauer zu ihm zurückkehrte, wünschte er sich nur eines: zu leben.

ACHTUNDZWANZIGSTES KAPITEL

Der Tag danach

Liebe Bewohner von Eden Park,

aufgrund der schweren Unwetter kam es in der vergangenen Nacht in und um Eden Park zu massiven Strom- und Internetausfällen und leichteren Erdstößen. Glücklicherweise haben unsere Schutzmaßnahmen gewirkt, und es wurde kein Bewohner von Eden Park ernsthaft verletzt.

Wir bitten Sie, die Unannehmlichkeiten und die zeitweise unklare Informationslage zu entschuldigen, und möchten Sie auf unseren achttägigen Sonderverkauf hinweisen sowie den neu eingeführten Shopping-Sonntag. Als Entschädigung erhalten Sie Gutschriften auf Ihre Geld-zurück-Konten und Sonderrabatte. Die Risse in den Straßen und Gebäuden werden von unseren Fachleuten in den nächsten Tagen repariert.

Wir bedanken uns für Ihr Verständnis und wünschen Ihnen einen erfolgreichen Erlebniseinkauf und eine gute Woche.

Hochachtungsvoll, die ALPHA-Gruppe,
Beatrice von Sittgenstein

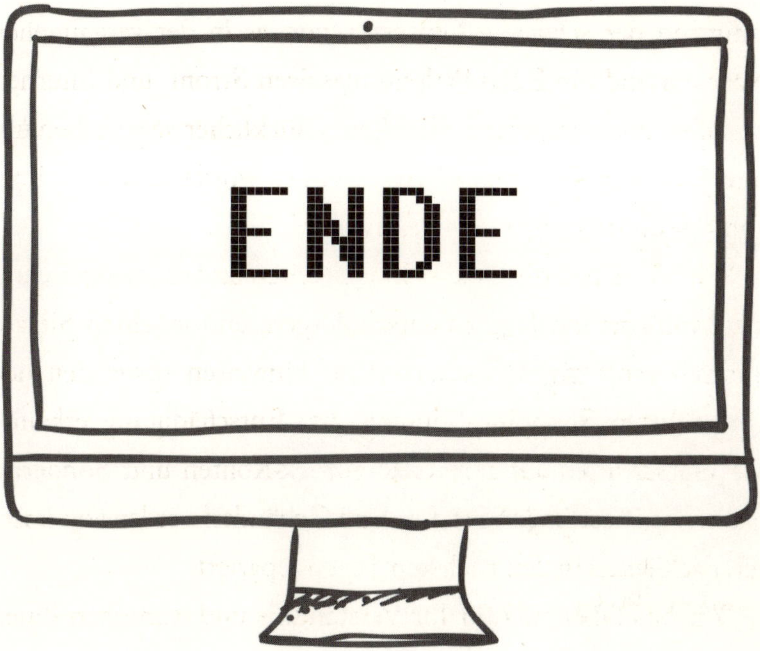
ENDE

Danksagung

Was wäre ein Autor ohne eine gute Lektorin? An dieser Stelle möchte ich Doreen Tringali für ihr Einfühlungsvermögen, ihre Ratschläge und den tollen Ideenaustausch danken. Danken möchte ich auch all den Menschen, die mich dazu ermuntern, weiterhin Bücher zu schreiben und nicht nach einem sicheren Hafen zu suchen.

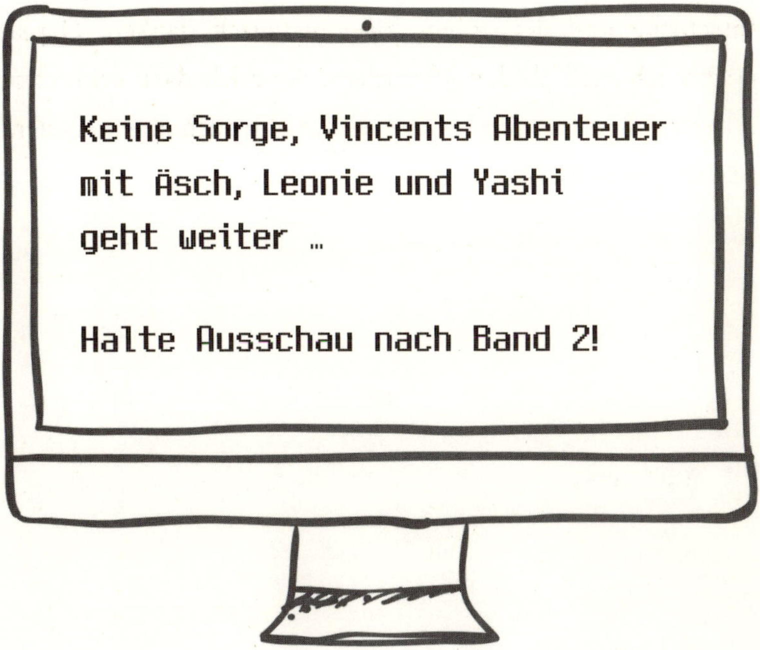
Keine Sorge, Vincents Abenteuer
mit Äsch, Leonie und Yashi
geht weiter …
Halte Ausschau nach Band 2!